永臣小陽
第一高校一年B組。
実家は魔法工学メーカー
『トウホウ技産』の共同経営者。
ぽっちゃり体系を気にしていて、
茉莉花と同じ悩みを抱えている。
「魔工製品に興味があるんですか？」
十文字アリサ
第一高校一年A組。
ロシア人の母親譲りの金髪碧眼の少女。
得意魔法は十文字家の秘術、
『ファランクス』。

「ええ。私、魔工師志望だもの」
五十里明（いそりめい）
第一高校一年A組。
主席入学の才女でCADの知識も豊富。
メガネは視力矯正用ではなく
AR情報端末。

「えへへ、アーシャだぁ……」

魔法、部活、それから恋。
新たな出会いに胸をふくらませて
二人の少女が入学するとき、

魔法科高校に新たな風が吹き抜ける——。

新・魔法科高校の劣等生 キグナスの乙女たち

Cygnus Maidens
The irregular at magic high school

author.
佐島 勤

illustration.
石田可奈

新・魔法科高校の劣等生

キグナスの乙女たち
前日譚

[1]

西暦二〇九七年二月二十四日、日曜日。日本魔法師社会の頂点に立つ十師族を構成する十の家の一つであり「鉄壁」の異名を取る十文字家の当主・十文字克人は辺りにまだ雪の残る新千歳空港に足を下ろした。

随行はいない。小さな旅行バッグを手に提げたその姿はせいぜい一、二泊程度の旅行、というより出張を思わせる。

彼は空港から苫小牧方面行きの個型電車に乗った。北海道の個型電車は克人が慣れ親しんでいる首都圏の物とは違って半円筒の透明な屋根が付いている。一部で「チューブ・キャビネット」と呼ばれている所以だ。チューブといっても完全に密閉されているわけではないので、今世紀初めに提唱されて結局は夢物語に終わったハイパーループのように減圧して空気抵抗を減らすという仕掛けは組み込めないのだが。

克人が個型電車を降りたのは北海道南西部のとある町——ここでは仮にS町としよう——の市街地の西外れの駅。そこで予約しておいたレンタカーを借り、川に沿って内陸部へ進む。

北海道南西部のこの辺りは道内でも積雪が少ない地域だが、それでも町の名を冠する川を遡り山間部に入っていけば雪はやはり残っている。除雪された幹線道路を外れ、冠雪した支路を進むこと十数分。克人はある動物病院の前で車を降りた。

病院に隣接する居宅には『遠上』と書かれた表札が掛かっていた。

克人は訪問をあらかじめ告げて了解を取っていたので、すんなり中に通された。だが明らかに、歓迎されている雰囲気ではない。座卓を置いた和室の応接間で克人の向かい側に座る世帯主は硬い表情の下に迷惑がっているのを隠し切れていないし、お茶を持ってきてすぐに引っ込んだ夫人は敵意を隠そうともしていなかった。

克人はポーカーフェイスで内心のため息を隠した。遠上夫妻の態度は非難できない。彼は歓迎されなくて当然の用件を持ってきているのだから。無言の敵意を向けられる程度は許容範囲だ。克人は正面から罵倒される可能性すら覚悟していた。

もっとも、覚悟していたからといって何も感じなくなるものでもない。まして今回は自分に——十文字家の側に非がある。克人は待ち人が現れるまでの間、居心地の悪さに耐えなければならなかった。

正面に座るこの家の主、遠上良太郎は形式的な挨拶を口にした後、黙ったままだ。明らかに自分との会話を拒んでいる相手の心を解きほぐすような話術を持ち合わせていない克人は、気まずい空気のまま無言の行に付き合う他、為す術がなかった。

会話をしない相手の顔を正面から見続けるのはかえって挑発と受け取られかねない。克人は廊下側に目を逸らした。

この家は古い民家をリフォームした物らしく、断熱性や空調設備は現代の標準的な性能を備えているが、内側の造りは前世紀中頃の様式になっている。この応接間と廊下を仕切る建具も伝統的な襖だ。襖紙の柄は中々凝った山水画で、手持ち無沙汰の時間を鑑賞で潰すにはちょうど良かった。

そのまま待つこと十五分。

「ただいま！」「ただいま」

玄関から帰宅の挨拶が元気な声と内気そうな声の二重唱で届いた。

「ようやく帰ってきたか……」

その呟きは克人のものではない。この家の主、遠上良太郎が零したものだ。

「ごめーん、遅くなっちゃって」

襖越しに、元気な方の少女の声が聞こえる。

この家には二人の少女が暮らしていると分かっている。果たして克人の目当ての少女は賑やかな方だろうか。それとも静かな方だろうか。

余り長く待つ必要は無かった。「あたしも！」という声と、それをたしなめている気配がした後、「失礼します」という呼び掛けがあった。

直前に聞こえてきたものとは異なる少女の声だ。どうやら彼がこれから言いにくい話をしなければならない相手は賑やかでない方の少女らしい。

声や口調が内気そうだからといって、性格までそうであるとは限らないのだが。

「入りなさい」

克人の向かい側に座る良太郎がその声に応える。

すぐに襖が開いた。

廊下に膝をついていた少女が軽やかに立ち上がって応接間に入る。

彼女の外見に、克人のポーカーフェイスは破られた。

良太郎の隣、自分の斜め前に座った少女の姿に、克人は驚きを隠せない。

少女は日曜日であるにも拘わらず、何故か紺のカーディガンの下に黒のセーラー服を着ている。だが克人が驚いたのは、その点ではない。

白銀に近い淡い金色の緩やかにうねる髪、濃い緑の瞳に動揺したのでもない。少女の実の母親が金髪のロシア人だということは父親の和樹から聞いている。克人が緑の瞳を見るのは初めてだったが、あらかじめ白人種の容姿を持っている可能性が高いと分かっていれば驚く程のことではなかった。

克人が目を見張ったのは、少女から伝わってくる濃密な魔法の気配。大きな力を発散しているのではなく、強いエネルギーが小さな身体に凝縮されているのを感じたからだ。

それは「十」の魔法師に見られる特徴。己の感覚が正しければ、この少女は自分に匹敵する「十」の魔法師としての資質を秘めている。

この直感が克人の心を揺さぶったのだった。

「アリサ、十文字さんにご挨拶しなさい」

良太郎に促されて、少女が克人に身体ごと目を向ける。

「はじめまして、伊庭アリサです」

克人はいつまでも驚いてばかりではなかった。少女による初対面の挨拶に、彼はすぐ自己紹介を返した。

「十文字克人です。私は貴女の異母兄に当たります」

ただその何処か他人事のような表現は、彼と少女の関係からすれば相応しいものではなかった。

◇◇◇

事の発端は二〇九七年二月二十三日、土曜日。師族会議を狙った箱根テロ事件が、首謀者であるジード・ヘイグこと顧傑の死によって幕を閉じたばかりの週末のこと。

十師族を代表して顧傑を最後（最期）まで追跡した十文字家当主・十文字克人は、前当主であり父親でもある十文字和樹に呼ばれて彼の書斎に来ていた。

当主が代替わりしたからといって、書斎の主が変わったりはしない。十師族の十文字家は代替わりしたが、実業家としての十文字社長は今でも和樹のままだ。書斎の本棚には会社関係の書類綴りや本が並んでいる。

「――事後の処理は以上の通りです。四葉家、一条家、七草家の同意も得てあります」

「そうか。調整ご苦労だったな、克人。……ああ、待て。私からも話がある」

一礼して退出しようとした克人を和樹が呼び止める。

既に立ち上がっていた克人は逆らわず、執務中の仮眠用ベッドにもなる一人掛けのソファに戻った。

「実はな、克人……」

克人は無言で、父の言葉を待つ。

だが和樹は中々本題に入ろうとしない。

「先代？」

遂に待ちきれず、克人が続きを促した。

和樹が観念した表情で口を開く。

「克人、実はだな」

しかしまたしても、言葉が途切れてしまう。

「……言いにくいことでしたら、また日を改めては？」

克人が丁寧語を使うのは、十師族十文字家当主として先代当主に礼儀を払っているからだ。

この時点ではまだ、克人は父親の話がごく私的なものだと予想していない。

「いや、今話しておく。本当はもっと早く伝えておかねばならなかったことなのだ」

腰を浮かせ掛けた克人が元の体勢に戻る。

和樹は今度こそ、本題に入った。

「克人、お前には腹違いの妹がいる」

克人は大きく目を見開いたが、言葉を無くしはしなかった。

「……念の為にうかがいますが、和美のことではないのですよね？」

克人には元従弟の義弟と異母弟と異母妹が一人ずついる。義弟は勇人、異母弟は竜樹、異母妹の名は和美という。

克人の実母は彼が二歳の時に死去した。病死だった。

そして彼が五歳の時に、父親の和樹は今の妻と再婚した。竜樹と和美はこの後妻の子供だ。

年齢差もあり克人と二人の弟妹の関係は、それほど親密とは言えない。克人には幼少の頃から十文字家の次期当主としての厳しい訓練が課せられていて、弟と妹の面倒を見られなかった。だが一応、生まれた時から同じ家に住んでいる。今更「妹がいる」と改まって告げられる関係ではない。

「無論違う。名前は伊庭アリサ。北海道南西部のS町に住んでいることが分かっている。年は今年の九月で十四歳だ」

「伊庭アリサ……。竜樹と同学年ですか。九月生まれということは、生まれたのは慶子さんと結婚した翌年ですね」

慶子というのは和樹の後妻、克人の義母の名。和樹が再婚したのは克人が五歳の時、今から十四年前の十二月だ。

「ダリヤとは慶子と結婚する前に別れている」

竜樹は来年の二月で十四歳。同学年でも、アリサより生まれたのは半年近く遅い。確かに妊娠期間を考えれば、アリサは再婚前にできた子供かもしれない。

「それはつまり、結婚直前まで二股を掛けていたということだろう。親父殿、まったく言い訳になっていないぞ」

克人の言葉遣いが十師族・十文字家前当主向けのものではなく、父親向けのものに変わった。

息子の指摘に和樹の目が泳ぐ。やはり後ろめたさはあるようだ。

「……ダリヤさんというのが浮気の相手か？　日本人ではなさそうだな」

ダリアならばそういう花もあるので、日本人女性の名前としてあり得なくはない。だが『ダリヤ』というのは、日本人の名前とは思えなかった。

「浮気……、まあ、そうなるか。亡命ロシア人だ」

和樹は浮気と決め付けられたのが不本意そうだったが、結婚直前まで別の女性と付き合っていたのだからそう言われても仕方が無いだろう。たとえ、付き合い始めた時期は結婚した後妻の方が後だったとしても。

現在の妻、慶子を選んだのは今は亡き和樹の父親、十文字家初代にして先々代当主の十文字鎧だ。当時既に当主の座は和樹のものだった。だが遺伝子的に親というだけで本当の意味での血のつながりが無いにも拘わらず——和樹は調整体でこそないが、人工授精・人工子宮で生まれた「試験管ベビー」だった——、自分を息子として育ててくれた父親が選んだ相手を、和樹は断れなかった。

父親に逆らえなかったからという理由だけではなく、慶子は十文字家直系の魔法師を産む母親に相応しい者として、前妻が死んでから二年以上を掛けて慎重に選ばれた相手だった。それに対してダリヤ——ダリヤ・アンドレエヴナ・イヴァノヴァ、当時は既に帰化していて伊庭ダリヤに改名——は少し訳有りな相手だった。亡命ロシア人という点を横に置いたとしても、十師族当主の夫人としては不安が残る要素があった。

なお克人は異母妹の母親の国籍のことを、実は余り気にしていない。「日本人ではなさそうだな」というのは、ふと思っただけのセリフだ。生者であれば工作員の可能性とか残された家族が人質にされる可能性とかで問題になったかもしれないが、故人であれば裏切りを警戒する必要は無い。——娘が母親から任務を受け継いでいるかもしれないと考える程、克人は疑り深くなかった。

「親父（おやじ）殿にも事情があったのだろうから、昔のことを非難するつもりは無いが……、何故（なぜ）今になって隠し子のことを打ち明ける気になったのだ？」

「か、隠していたのではない。ダリヤが私の子を産んだことを、私は知らなかったのだ」

克人（かつと）が非難を込めた眼差（まなざ）しで父親を見詰める。

和樹（かずき）は息子の視線から目を逸（そ）らした。

「……当主の座をお前に譲って、私の中に自分の人生を振り返る余裕が生まれた。そこでまず気になったのは、不本意な形で別れたダリヤのことだ。ダリヤは私に何も告げず、ただ一通の書き置きを残しただけで姿を消した」

克人（かつと）が無言の圧力で続きを促す。

「無論、探そうと思えば探せただろう。だがダリヤはきっと、私に良かれと思って身を引いた。その意思を尊重すべきだと当時の私は考えた。私は浅はかにも、彼女が身ごもっているとは思わなかったのだ」

下がった口角に、和樹（かずき）の深い後悔が滲（にじ）んでいる。

父親に向ける克人（かつと）の目付きが、少し和らいだ。

「私がダリヤの消息を求めたのは、ただ彼女が息災かどうかを知りたかっただけだ。それ以上の目的は無かった。だが彼女はもう、この世にいなかった。八年前に病死していた」

和樹（かずき）が唇を震わせる。

克人は無言で、続きを催促するのではなく、話が自発的に再開されるのを待った。

「……お前の妹はダリヤの亡命を助けた夫婦に引き取られていた。文句を言える筋合いでないのは分かっているが……、すぐに報せてくれれば放置などしなかったものを」

克人は奥歯を噛み締めている父親をしばらく黙って見守っていたが、やがて躊躇いがちに問い掛けた。

「親父殿。その子を引き取るつもりか？」

息子の視線を避けていた和樹が、克人と目を合わせる。

「克人、お前が決めろ。いや、お前に決めてもらいたい」

克人が反論しようとするのを、和樹が手を上げて遮った。

「アリサは──お前の妹は、おそらく私の力を受け継いでいる」

「十文字家の魔法を？」

「そうだ。だからお前に決めてもらいたい。十文字家当主として、『十』の魔法を受け継ぐ可能性が高い女の子をどう扱うべきか。その子の私生活を尊重して、そっとしておいてやるべきか。それとも十師族として、力を持つ者にはそれに応じた責任を果たさせるべきか」

「そういうことでしたら」

克人は全く迷わなかった。

再び十師族当主の口調に戻って自分の意見、いや、決定を述べる。

「我が家に引き取るべきでしょう。『十』の魔法資質を受け継いでいるなら、正しい力の使い方を学ばせてあげなければならない。さもなくば命を縮めることになりかねない」

旧第十研で開発された十文字の魔法師には、自分の限界を超えた魔法の力を振るう機能が埋め込まれている。それは制御できる技術であり、制御しなければ暴走してしまう素質だ。

和樹が四十代半ばにして魔法力を失ったのは、この機能を使い続けた結果だ。十文字家正統として危険性を熟知していた和樹でさえ、魔法師としての寿命を削る結果になった。使い方を学ばなければ魔法力を失うだけでは済まない。人間としての寿命を縮めることになる。

この様に、克人の判断は十師族の利害のみに基づくものではなかった。だが現在の家族から引き離す決定を迷わなかったのはやはり、彼の価値観が十師族のものに染まっているからだろう。

「……そうか」

それに対して和樹の方が「娘を現在の家族から引き離し、引き取って側に置く」という決断に苦渋の色を滲ませていたのは、まだ顔を合わせたことすら無いとはいえ、子に対する愛情が働いた結果か。

煮え切らない態度の和樹に対して、克人はドライに話を進める。

「ではその異母妹を引き取っている家の名と場所を教えてください。早速交渉に行こうと思います」

克人の言葉は自分が一人で異母妹を迎えに行くことを前提にしている。和樹が同行することを考えていない。これはもちろん、和樹の体面を考慮したからではない。自分を捨てた父親にいきなり「一緒に暮らそう」と言われた時の異母妹の心情を慮ったのでもない。——和樹に「捨てた」つもりはなかったかもしれないが、今まで放っておかれた娘からすればそう思われても仕方が無い。

克人が異母妹を引き取る決意をしたのは、彼女が半分だけでも血のつながった妹だからではなく、十文字家の魔法師である可能性が高いからだ。一族の魔法師として十文字家に迎え入れる以上、当主の自分が行くのは当然であり、当主の座を退いた和樹が出る幕では無いと克人は考えたのだった。

「——後で地図を渡す。養父母一家の姓は遠上家だ」

ようやく腹を括った顔で、和樹は異母妹を引き取っている家族の苗字を告げた。克人が一人で行こうとしていることについても、十文字家当主として当然の判断だと考えているのか異を唱えなかった。

「……？　もしや、あの十神ですか？」

「その元・十神だ」

それは第十研を追われた数字落ちの名前だった。

◇　◇　◇

異母兄妹と聞かせられたアリサは、克人の予想に反して心を乱さなかった。

「そうですか。貴方が私の、本当の兄……」

彼女はただ、独り言のようにそう呟いただけだった。

「知っていたのですか？」

克人は丁寧な言葉遣いで訊ねる。妹ということを抜きにしても、六歳年下の少女に対する態度としては堅苦しすぎるかもしれない。

「ママから――死んだ母から聞かされていました。私の父は遠い所で生きていると。偉大な魔法師で母のことを愛してくれていたけど、どうにもならない事情があって母の方から別れを告げたと。だから父のことを恨むな、全ては自分の責任だから、と……母はいつも言っていました」

アリサが俯き、顔の前に流れた淡い金色の髪が彼女の表情を隠した。

「まだ幼かった私には分かりませんでしたけど……、母の言葉は、私にというより自分に言い聞かせるものだったような気がします」

突き放したような口調でアリサが故人を振り返る。

「アリサ、ダリヤさんのことを悪く言うべきじゃない」

そんなアリサを、良太郎がたしなめる。しかしそのセリフには、何処か遠慮が感じられた。

少なくとも克人の耳にはそう聞こえた。

「偉大な、というのは過大な評価だと思いますが」

克人は敢えて事務的な口調を使った。

「父は先日まで十師族・十文字家の当主でした。十師族はご存じですか？」

十師族、と聞いて良太郎が微かに眉を顰めたが、克人は気付かなかったふりをした。

「知っています。『十文字』さんというのはやはり、十師族の『十文字』だったんですね」

「そうです」

ここで克人は、やや性急かもしれないが、本題に入ることにした。

「そして貴女も十師族・十文字の血を引いています」

「実感がありません……」

「でも魔法は使えるのでしょう？」

他人事のように呟くアリサに、克人がやんわりと切り込む。

「分かりません……」

アリサの答えは、克人にとって予想外のものだった。

「十文字さん。アリサには、魔法に触れないようにさせています。理由はお分かりだと思いますが」

良太郎が意味ありげな視線を克人に向ける。それは皮肉げで哀れむような眼差しだった。

旧第十研で開発された魔法師の中で、魔法演算領域過剰活性化技術『オーバークロック』を与えられた魔法師は十文字家のみ。この機能故に十文字家は旧第十研出身の魔法師の中で「最強の十」と認められたのだが、同時に『オーバークロック』は「魔法演算領域の燃え尽き現象」による魔法力の消失にもつながり魔法師としての寿命を縮めることにもなっている。

十文字家前当主・十文字和樹はまさに『オーバークロック』の度重なる使用により魔法師として引退せざるを得なくなった。最強故に短命、十文字家に与えられたこの宿命を、「十のエクストラ」である遠上良太郎は哀れんでいるのである。

しかし克人は落ち着いていた。

「遠上さん。どうやら貴方は我々の事情をご存じのようです。ならばお分かりでしょう。アリサさんが十文字家の魔法資質を受け継いでいる以上、学ばずにいる方が危険です」

克人の指摘に、良太郎が息を詰まらせる。

「──しかし、積極的に魔法を使おうとしなければ、オーバーヒートのリスクは低い」

「発生の確率が下がるだけです。いったんオーバーヒートが起これば、オーバークロックとの相乗作用で普通の魔法師より重篤化する可能性が高い。制御の術を身に着けなければ危険です」

克人と良太郎が睨み合う。

いや、睨んでいるのは良太郎だけで、克人はむしろ困惑しているようだが、とにかく二人は無言で目を合わせていた。

「あの？」

そこへ不思議そうなアリサの声が割り込む。

「オーバーヒートって何のことです？　もしかして、私に関係することですか？」

「それは」

「小父さん、ごめんなさい」

良太郎が慌てて回答しようとするが、アリサに遮られてしまう。

アリサが良太郎を「小父さん」と呼ぶのは、彼女が遠上家の養女になっていないからだ。

「私は十文字さんのお話を聞きたいの」

アリサが克人と目を合わせる。その瞳の中に、それまでの控えめと言うより気弱な印象に反する意志の強さを見出して、克人は内心意外感を禁じ得なかった。

「魔法演算領域のオーバーヒートは命に関わることもある、魔法師に特有の病です。アリサさんは魔法に触れてこなかったそうですので詳しい説明は省きますが、十文字家前当主の血を引く貴女は、重篤なオーバーヒートを発症する可能性が無視できない」

「私はその病気で死んじゃうんですか？」

死を口にしながら、アリサに怯えている様子は無い。もしかしたら実感が無いだけかもしれないが、それだけではないように克人は感じた。

「いいえ。十文字家の魔法師がオーバーヒートを患いやすい理由は分かっています。その対策も確立している。十文字家で魔法の使い方を修得すれば、オーバーヒートで魔法を失うことはあっても死ぬことはありません」

「そうですか……。それで十文字さんは私にその『使い方』を教えてくれるのですか？」

「そうです」

「………」

アリサが再び俯いて顔を隠す。

「ですが、今日貴女に会いに来た本題はそれではありません」

しかし克人のこの言葉に、彼女はすぐに顔を上げた。

アリサは何かに気付いたように目を見開き、何かを予感したように顔を強張らせていた。

「アリサさん、十文字家に来てください。今更と思われるかもしれませんが、十文字家は貴女を家族として迎えたい」

黙り込み怯えているようにも見えるアリサに、克人は躊躇わず本来の目的を申し出た。

アリサが良太郎に目を向ける。

縋り付く眼差し。

良太郎は優しい声で「アリサがしたいようにしなさい」と告げた。

アリサが三度俯く。

座卓に隠れて克人からは見えないが、彼女の両手は膝の上で固く握り締められブルブル震えている。

「何故……」

アリサがか細い声を絞り出す。

克人は「何故」に続く質問に見当が付いていたが、アリサが自分の口で言い終えるまで待った。

「……何故、今なんですか」

その質問は、問い掛けというより非難のような口調で放たれた。

「恥ずかしい話だが、我が家がアリサさんのことを知ったのはつい先日なのです。十文字家当主を月初に引退した父が貴女の母上の消息を調べさせて、ようやく貴女の存在を知ったという次第で……。私が貴女のことを父から聞いたのは昨日のことなんです」

「母の消息を、調べた？　何故ですか？」

「父は十師族当主の重責から解放されて、ようやくお母上の行方を調べる余裕ができたと言い訳していました。お母上——ダリヤさんのことが、最大の心残りだったとも」

「母と私を捨てたのにですか⁉」

アリサが初めて激しい感情を見せる。

「父が二股をかけていたのは事実です。その結果、あなた方母子が苦労しなければならなかったことも。その恨み言は心行くまで父にぶつけてください」

「自分には関係無いと仰るんですか！」

「アリサ、十文字さんに当たるのは筋違いだ」

興奮したアリサを良太郎がたしなめる。

「ダリヤさんが十文字さんのお父上と付き合い始めたのはアリサが生まれる三年前。十文字さんの実の母君が亡くなられた直後のことだ。当時はまだ幼い少年だった十文字さんにとっては、ダリヤさんのことも愉快であろうはずがない。私たちはダリヤさんにお付き合いを止めるよう言ったのだが、耳を貸してはもらえなかった」

「いえ、節操が無かったのは先代・和樹が負うべき咎です。ダリヤさんに対してはただお気の毒にという気持ちしかありません」

良太郎の言葉を克人がきっぱり否定する。それが強がりでないことは、良太郎にもアリサにも直感的に理解できた。

克人の揺るぎない意思に呑まれたのか、激しく荒れていたアリサの心が落ち着きを取り戻す。

「アリサさん」

「はい……」

「貴女には、父親を詰る正当性がある。人でなしと罵る資格がある。これまでの負債を取り立てる権利がある」

アリサが不思議そうな目で克人を見返す。彼女は異母兄が何を言いたいのか分からなかったようだ。

「今までの恨み辛みを叩き付ける為にも、一度父に会ってみませんか。もし一緒に暮らすのが嫌なら、東京にマンションでも用意しましょう。もしここで暮らしたいのであれば、魔法の制御方法を身に着けた後、戻ってくれば良い。私は貴女に十師族としての生き方を強制するつもりはありません。十師族・十文字家当主の名に懸けて約束しましょう」

アリサの隣で、良太郎が目を見開いている。彼の顔には「意外」と大書されていた。アリサも酷く混乱している様子だ。まさか克人がここまでアリサ自身にとって都合の良い提案をするなど、彼女は思いもしなかったのだろう。

「小父さん……」

「アリサ。さっきも言ったように、お前がしたいようにしなさい。ただ私の考えを言わせてもらえば――」

「うん、なに？」

「実のお父さんに会うだけでも会ってきたらどうだろう。東京で暮らすかどうかは、それから決めても良いと思う」

そう言って良太郎は克人に目を向けた。

「もちろん、それでも構いません」

すかさず、克人が頷く。

「少し……考えさせてください」

アリサは結局、目を伏せた状態で答えを保留した。

「分かりました。来週、またお邪魔します。それでよろしいですか？」

「家は構いませんが……」

良太郎がそう言いながら、アリサへ視線を向ける。

「はい……」

アリサは克人と目を合わせぬまま頷いた。

「アーシャ！」

克人が遠上家を辞してすぐ、アリサとお揃いのカーディガン、同じセーラー服を着た少女が応接間に駆け込んできた。

黒髪ストレートのショートボブ、どんぐり眼の可愛い少女だ。

「ミーナ」

アリサにミーナと呼ばれたこの少女は、遠上家の長女にして末っ子の茉莉花。『ミーナ』というのはアリサの母親が付けた茉莉花の愛称だ。ロシア人女性の名前『ジャスミン』（Жасмин）の略称である『ミーナ』に由来する。――なお言うまでも無いかもしれないが、『アーシャ』は『アリサ』の愛称である。

十三歳にしては大人っぽくきれいな顔立ちのアリサと、溌剌として如何にも「お転婆娘」という雰囲気できれいと言うより可愛らしい顔立ちの茉莉花。外見は似ていないし血のつながりも無いが、二人の間に通い合う空気は友人同士というより姉妹のように感じられる。

見た目の印象では、大人っぽいアリサが姉で年相応の茉莉花が妹。アリサが座っていて茉莉花が立っているから分からないが、身長もアリサの方が五センチ近く高い。

だが実は、この二人は誕生日が一日違いの同い年だ。アリサの方が一日早いので、誕生日基準でもアリサが姉、茉莉花が妹という点は間違っていないが。

「まだ着替えていなかったの？」

自分同様制服のままの茉莉花にアリサが訊ねる。

「気になってそれどころじゃなかった！」

茉莉花が座卓の向かい側ではなく、アリサの横に、彼女に向かって座った。アリサは良太郎と茉莉花に挟まれた格好だ。

「茉莉花、襖を閉めなさい」

襖を開けっ放しにした娘の行儀悪さをたしなめる良太郎。

「アーシャ、さっきの男の話は何だったの!?」

だが茉莉花の耳に、いや意識に、父親の声は届いていなかった。

茉莉花に至近距離まで詰め寄られても、アリサは後退ったり仰け反ったりはしなかった。

鼻と鼻がくっつきそうな距離で、穏やかな微笑みを浮かべて茉莉花の目を見返すアリサ。

これには茉莉花の方が少し顔を赤らめて、恥ずかしそうに身を引いた。

「さっきの男って十文字さんのこと？」

「十文字って十師族の!?　十師族がアーシャに何の用があるっていうの？」

「あの人、血のつながった私の兄さんなんだって。それで、東京で一緒に暮らさないかって」

「アーシャ、東京に行っちゃうの!?」

茉莉花がアリサの両肩を挟み込むように摑む。

「ダメだよ！　行っちゃやだ！」

茉莉花が再びアリサに迫る。

——チュッ
しかしその直後、茉莉花は両膝を突いた体勢で襖が開いたままの廊下まで後退った。「ズザーッ」というマンガチックな効果文字が目に浮かぶような勢いだった。

茉莉花が顔を真っ赤にしているのは、アリサにキスをされたからだ。――唇ではなく、鼻の頭だが。

「ごめんなさい。ミーナが可愛かったから、つい」

口をパクパク開け閉めするだけで声を出せない茉莉花に、チロリと舌を出してアリサが言い訳する。先刻まで克人の前で見せていた硬い態度からは想像し難い茶目っ気だ。

娘たちの淫らな（？）一幕を見せられた良太郎は平然としている。この程度のじゃれ合いは、つい二、三年前までは日常的に見られる風景だった。

「私だってミーナと別れたくはないよ」

アリサがポツリと告げた一言に、茉莉花が赤面したまま期待に目を輝かせる。

「でも十文字さんが言うには、私、このままだと長生きできないんだって」

「それ本当っ？」

勢い良く躙り寄ってきた茉莉花の質問は、アリサではなく良太郎に向けられたものだった。

「絶対に早死にすると決まっているわけじゃない。その可能性があるというだけだ」

「でも、可能性はあるんだ？」

娘に問い詰められて、良太郎が言葉に詰まる。

「……それでね。そうならない方法を十文字さんが教えてくれるそうなの」

「じゃあ教えてもらおうよ！」

勢い込む茉莉花にアリサは曖昧な笑みで応えた。

茉莉花の表情がハッと何かに気付いたものに変わる。

「……もしかして、東京で一緒に暮らすのが条件？」

「うん、そう」

コクリと頷くアリサ。

茉莉花の顔が、違う意味で赤くなった。

「何それ！　人の弱みに付け込んで！　卑怯！　サイテー！」

「茉莉花」

そのまま何処までもエキサイトしていきそうな茉莉花に、良太郎がブレーキを掛ける。

「アリサも、そろそろ着替えてきなさい。この話は芹花さんも交えて後でじっくりしよう」

芹花は良太郎の妻、茉莉花の母の名だ。

「はい」

一人でゆっくり考える時間が欲しかったアリサは、良太郎の言葉に素直に頷いた。

「……はーい」

茉莉花もやや不満げながら、先送りに同意した。

◇◇◇

茉莉花は自分の部屋に戻り、ベッドに寝転んで「はぁ～っ」と大きくため息を吐いた。だがすぐに「このままでは制服に皺が付いてしまう」と思い直し、ベッドから降りて着替えの為にカーディガンとセーラー服を脱いだ。

外にはまだ雪が残っている。朝晩の気温は氷点下まで下がり、日中も摂氏十度に届くことは無い。にも拘わらず、セーラー服の下はブラとショーツ、それにサイハイソックス――太ももの半ばまであるオーバーニーソックス――だけだった。

中学一年生にしては中々グラマーだ。ブラジャーのカップはC。だが、決して太っているわけではない。身体を動かすのが好きなのか、腰は引き締まっていてお腹に贅肉は見当たらない。ただソックスとショーツに挟まれた領域は率直に言ってむっちりしており、茉莉花の密かでない悩みの種だった。

彼女の自室は元々七歳年上の兄が使っていた部屋だ。一昨年迄はアリサと同じ部屋を使っていたのだが、兄の遼介が関東の大学――魔法大学ではない――に進学したのを機に個室をもらったのである。

なおその兄は去年の一月、USNA旧カナダ領域バンクーバーに留学して、その二ヶ月後に消息を絶っている。一年が経過して未だに音信不通だが、父も母も茉莉花もほとんど心配はしていない。

魔法師の遺伝子を受け継ぐ者には許されないはずの留学が、交換留学という形で何故か許可された。その段階で本人も家族一同も胡散臭さを感じていたし、それを承知の留学だった。

どうせ「数字落ち」である遠上家の者には、魔法師としてまともな活動の機会など期待できない。「数字落ち」に対する差別はかなり薄れている。だがそれでも、魔法師社会で活躍できるのは元々の「数字」を隠している場合に限られる。各ナンバー研究所由来の特殊能力を使わない、それが魔法師のコミュニティに「数字落ち」が受け容れられる条件だ。

だが遠上家の魔法は「十」の特徴を非常に強く受け継いでいる。旧第十研由来の魔法を隠したままでは二流、せいぜい一流半の魔法師にしかなれない。そんな風に自分を偽らなければならないくらいなら、魔法師以外の生き方を選ぶ。それが遠上家の方針だった。

だがその様なしがらみは、日本国内に限った話だ。日本を脱出できれば、本来の自分として活躍できる道が開ける。遼介は留学先のバンクーバーからそういう趣旨の手紙を送ってきた。傍受を警戒したのか電子メールではなく、態々エアメールで。だから父も母も茉莉花も、失踪は遼介自身の意思だと思っていた。故にそれほど心配していないのである。

(……お兄、今どこにいるの?)

しかし茉莉花は今、兄の不在に愚痴を零さずにいられない心境になっていた。

年が離れている所為か、遼介は茉莉花にとって甘えさせてくれる良い兄だった。茉莉花も遼介によく懐いていた。

その茉莉花よりも遼介を慕っていたのがアリサだ。今ここに遼介がいてアリサの東京行きに反対してくれたなら、アリサは迷わずその言葉に従っていただろう。いや、もしも遼介があのまま東京近隣の大学に通っていたら、アリサは彼が近くにいるという理由で東京に行くと決めるかもしれない。だがその場合、遼介が北海道に戻ってくればアリサも戻ってくるに違いない。

茉莉花の両親はアリサに遼介と結婚して動物病院を継いで欲しいと考えている。アリサもそれを嫌がっていない。まだ中学一年生だが、獣医を目指しているのがその証拠だ。――なお留学前の遼介は工学部、茉莉花は勉強が苦手だから、遼介と結婚するとしてもしないとしてもアリサが良太郎の後を継ぐのに障碍は無い。無論、良太郎も茉莉花もアリサに病院を継げと強要するつもりも無い。

茉莉花の本音は、アリサに東京へなど行って欲しくない。ただ、血のつながった家族と暮らしたいとアリサが望むなら、自分が邪魔するのは間違いだと理解するだけの分別はあった。

それに、アリサに万が一のことが起こる可能性を低減する方法があるというなら少しの間くらい寂しさを我慢できるし、また我慢すべきだと茉莉花も思う。

アリサには遺伝的に早逝する要素がある。それを遠上一家は知っていた。良太郎とその妻・芹花だけでなく、長男の遼介も知っているし茉莉花にも教えられている。当時まだ小学生だった少女に告げる内容ではないかもしれないが、もしもの時に適切な行動が取れるようにと母親の芹花が敢えて伝えたのだ。

その遺伝的要素とは、十文字家のものではない。母親から受け継いだものだ。

アリサの母、ダリヤは新ソ連が作り出した調整体だった。

新ソ連の遺伝子操作技術は、豊富な実験サンプルの蓄積によって日本よりもむしろ進んでいる。だが魔法師の調整は生化学的な遺伝子操作だけで成否が決まるものではない。実は魔法的、より正確な表現を期するならば呪術的な要因が強く影響している。新ソ連の調整体技術はこの面のアプローチが弱かった。

元々オカルト的なものへの親和性が高い土地柄であるにも拘わらず、いや、だからこそかもしれないが、新ソビエト連邦建国時にあの国は唯物主義に傾いた。国力低迷時代への反動だったのかもしれない。

魔法という精神的な技術に対しても、長い間、魔法式の数学的な分析と改良に拘っていた。——原理面を重視しすぎた所為で応用的な、エレクトロニクスを利用した魔法工学技術が停滞したのは皮肉というしかないが、その点は取り敢えず今は関係無い。

要点は、新ソ連が開発した調整体は日本やUSNAの調整体に比べて生命体として不安定であるという事実だ。形質的には異常が見付からないにも拘わらず、肉体が正常に機能しない例が頻発した。医学的には原因不明。ただ強い魔法を使えば使う程、肉体の機能不全が発生するという相関が経験則的に判明しただけだった。

　新ソ連がスパイ活動を通じて調整体の胎児期に、精神を遺伝子改造された肉体に適合させる処置――呪術的な儀式を分析して現代魔法にアレンジしたもの――が必要であると知ったのは最近のことだ。二十年近く前に亡命してきたアリサの母親ダリヤ・アンドレエヴナ・イヴァノヴァは、当然この適合処置を受けていない。ダリヤは魔法を使わない生活をしていたからか、肉体の変調に襲われることは滅多に無かったが、結局若くして病死してしまった。

　魔法を使わなくても調整体の宿命からは逃れられなかったのだ。調整体第二世代であるアリサも、いつ調整体の悲劇に見舞われるか分からない。そこに十文字家(じゅうもんじけ)のネガティブな要因――それが具体的に何なのか茉莉花(まりか)は知らない――が加われば、悲劇の確率はますます上昇してしまう。

　悲劇を避ける、少なくともその可能性を引き下げる手段があるなら手に入れるべきだ。そこに議論の余地は無い。

　ただ茉莉花(まりか)は、絶対に必要なことの為(ため)であってもアリサと別れて暮らすのは嫌だった。理屈ではない。

　彼女はセーラー服を脱いだ状態で着替えを中断したまま――下着姿のまま、ぺたんと床に座り込んだ体勢で自分の感情を持て余していた。

◇◇◇

茉莉花の部屋の前で彼女と別れて、自分の部屋の学習机の前にアリサはそっと腰を下ろした。音を立てず、長いため息を吐く。物音を立てないようにするのは彼女の癖だった。何故そんな癖が付いたのかはアリサ自身にも分からない。特に苛められたり虐げられたりした記憶は無い。躾に関しても、遠上家は大らかな方だ。

彼女はそのまま一分以上、じっとしていた。制服を着替えなければと思ってはいるが、中々身体が動かない。克人との面談は、それほど長い時間でなかったにも拘わらず彼女を深く消耗させていた。

(とにかく、着替えなきゃ)

アリサは心の中で呟いてゆっくり立ち上がった。

まず紺色のカーディガンを脱いでハンガーに掛ける。

次に臙脂色のスカーフを抜き取り、袖のボタンを外し、フロントのファスナーを下げる。

セーラー服の下はスリップではなくブラカップ付きのキャミソール。

アリサの華奢な上半身のラインが露わになる。

スリムと言うより未熟。胸もようやくAカップまで育ったところで、同年代の中でも遅い方だが、アリサは余り気にしていなかった。

スカートのホックを外し、サイドファスナーを下ろしてスカートを脱ぐ。

黒いタイツに包まれた細く形の良い脚が露わになった。

幼女・少女性愛者でなくても目を離せなくなる妖精のような肢体だ。

未熟な上半身が、かえってその魅力を引き立てている。

クローゼットのハンガーに脱いだセーラー服を丁寧に掛け、セーターとウールのスカートを取り出しながらアリサはさっきの会話をぼんやり思い出していた。

(私、どうなるのかな……?)

早死にすると言われても実感は乏しい。母親との死別という身近に死を感じた経験はあっても、アリサはまだ十三歳。自分自身の死は未だ遠い世界の出来事だ。

彼女は普通の十三歳とは違って、自分が不安定な存在であることは知っている。だがそれは教えられた知識だ。稀に揺らめく炎のような「何か」の片鱗を自分の内側、自分の奥底に感じる時はあっても、それが己が身を脅かすものなのかどうかは正直なところ分からない。それが何でどんな性質のものなのか、明確に認識できる形での体験がないから、自らを害する脅威なのかどうかを判断できない。

(結局、私は自分のことを本当の意味では知らないんだ……)

圧倒的な知識不足、経験不足。中学一年生なら当たり前かもしれないが、自分は当たり前の中学生とは言えない。きっと、当たり前では済ませられない。

(知らなきゃならないのよね……多分)

自分が死ぬことへの実感は無くても、死がどういうものなのかなら、アリサは理解している。

死。

死別。

それは、思い出になってしまうということ。

二度と会えなくなるということ。

(ミーナやリョウ兄さん——遼介さんに会えなくなるのは……嫌だな)

死にたくない、ではなく、好きな人に会えなくなるのは嫌。それがアリサの中で出された結論のようなものだった。

◇◇◇

遠上家のテーブルに克人の提案が話題として上ったのは、食事が終わって後片付けを済ませた後だった。なお食後の皿洗いその他は茉莉花とアリサの仕事だ。「娘」の躾に関して、良太郎の妻・芹花は茉莉花とアリサを差別しない。

きれいに片付いたテーブルに芹花が人数分のティーカップを並べたところで、良太郎が

「アリサ」と呼び掛けた。――余談だが、遠上家は紅茶党である。それも、ミルクティー派だ。

まず芹花が良太郎の隣に座り直し、良太郎の正面に「はい」と応えたアリサが、その隣に茉莉花が腰掛ける。

「アリサの考えを聞く前に、今回の話の整理と補足をしようか」

全員が着席したのを見届けて、良太郎が口火を切った。

「今日、十師族・十文字家当主が家に来てアリサを引き取りたいと言ってきた。現当主の克人氏はアリサの異母兄だ。このことはもう、アリサも知っている」

芹花が「そうなの？」とアリサに目で訊ねる。

アリサは芹花に向かってコクンと頷いた。

「十文字家はつい最近までアリサの存在を知らなかったらしい」

「そんなことってある？」

芹花が棘のある口調で疑問を呈する。

「私が受けた印象だが、嘘は言っていなかったと思う」

「それはそれで腹が立つわね……」

芹花はどうしても納得できない様子。十文字家に対する怒りは良太郎よりも彼女の方が強いようだ。芹花は良太郎と違い元『十神』ではないから、旧第十研絡みの怨みではなく同じ女性として亡くなったダリヤの境遇に対する強い同情が反映されているのだろう。

「それで、十文字さんのお申し出はそれだけ？」

どうやら芹花は詳しい話を聞いていないらしい。良太郎が経緯を整理しているのは、芹花の為という意味合いが強いようだ。

「アリサを引き取って、十文字家に特有の魔法疾患を予防するテクニックを教えておきたいというのが提案の趣旨だ」

「お父さん、その疾患って何？」

茉莉花が問いを挿む。彼女はさっきからずっと、それが気になっていた。

「旧第十研で開発された魔法師の中で『最強の十』と呼ばれた十文字家には『鉄壁』の異名を支える切り札となる特殊なスキルがある」

良太郎もこの話を始めた時から、その点については説明するつもりだった。

「一時的に魔法演算領域を超過稼働させることで、術者の限界を超えた魔法力を絞り出す秘術。だがそれは同時に、術者自身の身を損なう諸刃の剣だ」

「身を損なうって？」

茉莉花が話の腰を折るが、良太郎に気にした素振りは無い。

それこそが要点。最初から、質問されれば幾らでも答えるつもりだった。

「魔法師の、いや、人の無意識には森羅万象の情報を取り込み、それを意識で認識できる形態に加工する領域がある。これを私たち魔法師は『魔法演算領域』と呼んでいる」

「加工って？」

茉莉花の素朴な疑問。

別に、彼女の理解力が貧弱なのではない。アリサも口にしないだけで、同じ事を思っていた。

「世界は本来一体の存在で、その情報は膨大すぎて人間の意識には収まりきらない。だから一にして連続不可分の世界の情報を、私たちに認識できる大きさへと切り分ける加工を無意識で行っていると言われている。分かるかい、茉莉花？」

良太郎が態々念押ししたのは、娘の学業成績が芳しくないことを知っているからだった。

「へぇー」

案の定、茉莉花は分かったようで実は理解していない顔をしている。

「ミーナ、ホールケーキをそのまま出されても食べにくいでしょう？　ケーキを出す時は食べやすいように八つに切って、お皿に取り分けて、フォークを付けるじゃない。それと同じようなものじゃないかしら？」

「なる程ぉ。さすがはアーシャ、お皿に盛るだけじゃなくて、フォークを付けるってところがミソだね。そうでしょ、お父さん」

「……まあ、それで理解できるなら構わない」

心の中では「もう中学生だというのに、家の娘たちは大丈夫か？」と思った良太郎だが、余り脱線しすぎるといつまでも話が終わらないしお説教する程のことでもないと考え直した。

「話を戻すぞ。魔法はこの精神機能を逆転させ、人の認識を世界に反映させる技術だ。何故そんなことができるのかは取り敢えず脇に置く。魔法は魔法演算領域の働きによるものとだけ分かっていれば良い」

アリサと茉莉花が揃って頷いた。なお芹花は、レベルはそれ程高くなくても一人前の魔法師なので、この辺りのことは常識として知っている。

「魔法演算領域の性能は人間一人一人で異なる。魔法師でない人間はその性能のレベルが現実を書き換える最低ラインに達していない為、魔法を使えない」

ここで良太郎は表情を改めた。

「茉莉花。アリサ。二人とも勘違いしてはいけないよ。魔法師は魔法演算領域の性能が高いから魔法を使える。だけどそれは、魔法師がそうでない人間より優れているという意味ではない」

魔法師に対する間違った劣等感は疑心暗鬼、恐怖に変わり「人間主義」に結実しテロにまで発展している。間違った優越感は、そんな間違った劣等感以上に人を歪ませる危険性がある。

魔法師は決して優越種ではない。それを肝に銘じておかなければならない。

——良太郎は娘たちにそう教えようとしていた。

しかし。

「えっ？　そんなの、当たり前でしょ」

茉莉花が呆れ声を漏らし、アリサがその言葉に、控えめに頷く。

この二人には念押しの必要など無かったようだ。

「そうか。分かっているなら良い。偉いぞ、二人とも」

良太郎の称賛を受けて、茉莉花が得意げに鼻孔を膨らませる。中学生といってもこういうところはまだまだ子供だ。

アリサの反応はもう少し大人っぽかったが、それでも嬉しそうな表情を隠していない。

良太郎が二人に慕われている証拠だろう。この一幕を見たなら、世の多くの父親は羨望を懐くに違いない。

ここで良太郎が小さく咳払いをした。もしかして、照れ臭かったのだろうか。

「……魔法演算領域の性能差は当然、魔法師同士の間にもある。魔法の才能と呼ばれているのは、大部分魔法演算領域の性能のことだ。この性能は持って生まれたものに大きく左右されるが、それだけではない。ある程度は後天的に鍛えることができる。しかし先天的なものにせよ後天的なものにせよ、その時点で発揮できる性能には限界がある。イコール、魔法師の力の限界だ」

茉莉花からも、アリサからも質問はない。

二人とも、話の続きを待っている。

いよいよ本題だと予感している目を、二人は良太郎に向けていた。

「だがさっきも言ったとおり、十文字家にはこの限界を一時的に乗り越えるスキルがある。魔法演算領域の活動を本来の上限以上に引き上げて、限界を超えた魔法力を発揮するスキル、オーバークロック」

「昔のコンピューターに同じ用語がなかったっけ？」

首を傾げる茉莉花に、良太郎が頷きを返す。

「茉莉花の言うとおりだ。オーバークロックという用語は昔の個人用コンピューターの改造技術に由来している。単に言葉の一致だけでなく、パフォーマンスを向上させる点も、故障や寿命短縮につながる点も同じだ」

「そのスキルを使うと寿命が縮むんですね？」

今度はアリサが訊ねる。

良太郎は答えを躊躇わなかった。

「限界以上の力を引き出せば耐久限度を超えた負荷が掛かる。それは機械も人間も、肉体も精神も同じだ。本人の限界を超えた魔法は魔法演算領域を損傷させ、その寿命を縮める。魔法演算領域のオーバーヒートと呼ばれる症状だ。オーバーヒートは魔法師ならば誰にでも起こりうる病だが、オーバークロックのスキルはその発生リスクを高めてしまう」

「それが小父さんと十文字さんが言っていたオーバーヒートなんですね……」

アリサが「ようやく分かった」という顔で頷く。

良太郎は目で頷き返して話を続けた。

「オーバーヒートの影響は魔法演算領域、魔法技能だけに留まらない。魔法演算領域は魔法師だけにあるものではなく、本来は魔法を使う為のものですらない。人が世界を認識し、世界の中で生きていく為の機能だ。魔法演算領域の機能が停止すれば、人は世界を正常に認識できなくなる」

「狂ってしまうということ？」

「運が良ければね」

良太郎は娘の質問に硬い笑みで答えた。

「魔法演算領域の本来の役割は、世界の姿を人が認識できる大きさに切り分けることだ。人は世界の、ありのままの姿に耐えられない。大きすぎる情報に曝された人間に待っているのは、ショック死だ」

「…………」

アリサと茉莉花が言葉を失う。

「……悪いことに、十文字家の魔法師にはオーバークロックのスキルが先天的に備わっている。本人が意識しなくても、知らず知らずの内にオーバークロックを使ってしまうリスクは、確かに小さくない。自分の精神を守る為には、スキルを使わないだけでは不十分だ。スキルが暴走しないように、コントロールしなければならない」

「小父さん」

アリサがそれまでにもまして、真剣な顔を良太郎に向ける。

「つまり、十文字さんの言葉が正しいということですか？」

「オーバークロックに関しては、彼は嘘を言っていない」

「スキルを意識的にコントロールして、オーバーヒートを起こさないようにする方法を教えられるのは十文字家だけなんですね？」

「あのスキルを与えられたのは、旧第十研で開発された魔法師の中でも十文字家だけ。使い方を教えられるのもあの家だけだろう」

「分かりました」

頷いたアリサの顔付きは、今までよりもむしろ穏やかになっていた。

「小父さん、本当のことを教えてくれてありがとう」

アリサがぺこりと頭を下げる。その表情は、既に決意を固めているもののように見えた。

「アリサが十文字家の教えを受けなければならないのは分かりました」

ここで、まるでアリサが決定的な一言を発するのを遮るように、芹花が口を挿む。

「でもそれなら、東京でスキルのコントロール方法だけ教わって、またここに帰ってくれば良いのではないかしら」

「十文字さんはそれでも良いと仰った」

芹花は良太郎の答えに意外感を隠せなかった。

「だったらお言葉に甘えましょうよ」

だがすぐに気を取り直してそう続けた。その言葉はきっと、良太郎にというよりアリサに向けたものだった。

「そういうわけにもいかないだろう……」

しかしアリサが反応するより先に、良太郎が首を横に振る。

「魔法師各一族が持つ固有技能は原則として門外不出。ましてやオーバークロックは十文字家を最強たらしめている秘術だ。教わるだけ教わって後は無関係というのは、幾ら当主が許容しても周りの者が許すまい」

「それは……」

「そもそも十文字家は、血を分けた娘を引き取ると申し入れてきているのだよ。責任を放棄するとか金銭で処理したいとかなら幾らでも文句を付けられるだろうけど、今までの分も責任を取ると言っているんだ。口出しするにも限界がある」

「…………」

芹花もその程度の理屈は分かっているようで、何も言えなくなってしまう。

「アーシャはそれで良いの？」

そう言いながら、茉莉花が隣の席からアリサの腕に縋り付いた。

「東京よ、ミーナ。同じ日本。二度と会えなくなるわけじゃないんだから」

「東京は遠いよ。会いたい時に会えないんだよ」

「ヴィジホンで顔は見られるし、お話もできるでしょう？」

「でも、触れない」

目尻に涙を滲ませた茉莉花がアリサの手を取って、両手で包み込む。

「電話越しじゃ温もりは分からないよ」

「もう、ミーナったら……」

アリサは茉莉花に手を預けたまま柔らかく微笑んでいる。

その笑みは、泣くのを堪えているようにも見えるものだった。

［2］

三月三日、日曜日。

克人は先週と同じように、レンタカーで遠上家を目指していた。

今日は幹線道路を外れた支路でも、路上の雪は除かれている。だが道の左右には、まだうずたかく積もった雪が歪な壁となっていた。

当然、見通しは良くない。現代の自走車の標準装備として衝突防止システムは付いているが、元々道幅も狭く、また交通管制システムでカバーもされていない支路だ。克人はスピードを落として運転していた。

その御蔭で、とも言えるだろう。

いきなり進路上に人影が飛び出してきたのを見ても、彼は大して慌てることなく車を止められた。

（子供？）

車の前に立ち塞がっている人影は、身長百五十センチ台前半くらいの小柄な体軀。

（……いや、中学生くらいの女の子か？）

ダウンジャケットにスリムジーンズ、頭にはフライトキャップ、足元はヒールの無いショートブーツという中性的なファッションだが、運転席の克人を睨み付けている顔の性別は明らかに女性、それもかなり可愛い女の子だった。

何故睨まれているのか、克人に心当たりは無い。自走車の停止位置から女の子まで十メートル以上の余裕があるし、車道にいきなり飛び出してきたのは向こう側。客観的に見て非があるのは彼女の方で、睨まれるのは立場が逆ではないかと思われる。

とはいえ相手はまだまだ子供。克人は相手の言い分を聞こうと車を降りることにした。

幸い他に、車の通りは無い。ここでクラクションを鳴らすのも大人げない。

彼がドアを開けるのと同時に、女の子が車に向かって歩き出した。

克人は自走車を降りてその一メートル前方に立ち、少女が近付くのを待った。

二メートルの距離を挟んで少女が立ち止まる。

「失礼な真似をしてすみません」

それが少女の第一声だった。

彼女はそう言いながら勢い良く頭を下げる。車の前に飛び出した行為はとても褒められたものではないが、今の彼女の振る舞いは克人に好感を懐かせるものだった。

「あの、十文字さんですよね？」

克人が彼女の言葉に反応するより先に、少女が二の句を継いだ。

「そうですが？」

「あたし、遠上茉莉花っていいます」

少女の自己紹介に、克人は微かに目を見張った。

克人の訪問予定時間が近付くにつれ、遠上家には落ち着かない空気が充満していった。そわそわしているのは良太郎と芹花の大人二人。当事者のアリサの方がむしろ落ち着いていた。

今日の彼女は制服姿ではない。落ち着いた色のAライン・ラウンドカラーのワンピースを着ている。エレガントな雰囲気がアリサに良くマッチしていた。

良太郎と芹花のシナリオでは、アリサは克人が来るまで、自分の部屋で待機している段取りになっている。彼女はその指示どおり、机に向かって静かに勉強をしていた。既に中一の学年末試験は終わっているが、彼女には獣医という目標がある。

明確な目標があれば、モチベーションを維持しやすい。これはアリサの場合にも当てはまる。獣医になる為の勉強は、彼女にとって日常の一部だった。

「アリサ？」

とはいえ何も聞こえなくなる程、没頭していたわけでもない。

「はーい」

部屋の外から呼び掛ける芹花の声に、アリサはすぐに応えた。

「ちょっと良いかしら」

芹花の言葉に、アリサは机の前から立ち上がって部屋のドアを開けた。

「小母さん、なに？」

「アリサ、茉莉花が何処にいるのか知らない？」

「お昼ご飯の後、会ってないけど。家にいないの？」

「そうなのよ。靴も無いし、外に出たんだと思うけど……」

芹花は今にもため息を吐きそうな困惑顔だ。

「ごめんなさい、小母さん。ちょっと分かりません。何も聞いてないし……、今日はクラブの日でもないはずだけど……」

「そう……。困った子ね。出掛ける前に行き先くらい言えないのかしら」

そう言いながら、芹花にそれほど心配している様子は無い。

今の時刻は午後一時五十分。中学生が出歩いて危ない時間帯ではない。この辺りは治安が良く、犯罪に遭遇するリスクは小さい。またああ見えて茉莉花は目端が利く。事故に巻き込まれる懸念もしなくて良いだろう。

ただ克人と約束している時間は午後二時――もうすぐだ。先週は芹花も茉莉花も敢えて克人に会わなかったが、アリサを預けると決めた今週は、家族として最低限の礼儀は尽くしておくべきだ。

「……良いわ。あの子がいると、かえって失礼な真似をしそうだし」

だが家にいなければ挨拶のしようもない。芹花は逆に、娘の不在をポジティブに考えることにした。

「…………」

姉妹のように育った親友を酷評する言葉に、アリサは曖昧な笑みを浮かべることしかできなかった。

「……遠上動物病院のお嬢さん、か？」

克人は紳士だ。年下の女の子であろうと、親しくなるまでは基本的に丁寧な言葉遣いで話す。

「やだなぁ、アハハ。あたしはお嬢さんなんて柄じゃないよ」

だが茉莉花は、何となく改まった態度を取りにくい少女だった。

「……って、違うでしょ、あたし！」

照れ笑いに相好を崩していた茉莉花はお手本のようなセルフツッコミを見せた後、慌てて表情を引き締めた。

「十文字さん、あたし、貴方にお願いがあります！」

茉莉花が克人にビシッと指を突き付ける。

他人を指差す非礼についてはひとまず横に置いておくとして、茉莉花の語調はどう見ても「お願い」ではなく「要求」だった。

「私は君のお宅へうかがう途中だ。言いたいことがあるなら、君の家で聞かせてもらいたいと思うが、どうだろうか？」

「いえ、ここで聞いてください！」

克人は宥める口調で妥協案を提示したが、茉莉花は頑固だった。

「……分かった。だがもうすぐ約束の時間だ。手短に頼む」

「良いですよ」

克人の求めを、茉莉花は胸を張って快諾する。

「十文字さん！」

そして上半身を前に傾け、頭の上で「バンッ」と音を立てて手を合わせた。なる程、これは確かに「お願い」のポーズだ。

「お願いです！　アーシャ――アリサを東京に連れて行かないでください！」

茉莉花の「お願い」は、克人が何となく予想していたものだった。

「しかし、アリサさんは我が十文字家の魔法資質を受け継いでいる可能性が極めて高い。十文字の魔法を学ばなければ危ないのだ」

顔を上げて、克人を真っ直ぐに見詰める茉莉花。その視線は真っ直ぐすぎて、克人は後ろめたさを覚えずにはいられない。

遠上家の家庭事情はこの一週間である程度調べ上げてある。十三歳の少女が姉妹同然に育った相手と別れたくないという気持ちは、克人にも理解できる。いや、理解できるような気がする。

正直に言えば、アリサと茉莉花を引き裂くような真似は克人自身も気が進まない。しかしこのままではアリサの身が危ういというのも事実だ。茉莉花の懇願に頷くことはできなかった。

「アーシャが抱えているリスクはお父さんから聞いています。でもあたしは、アーシャと離れ離れになりたくないんです！」

「しかし……」

「十文字さん。アーシャに十文字家の魔法を教えてくれる家庭教師を派遣してもらえませんか」

困惑していた克人が、茉莉花のこの言葉に虚を突かれ、目を見張る。

「厚かましいお願いだと分かっています。でもあたし、アーシャに会えなくなるのもアーシャが不幸になるのも嫌なんです！」

「好き」や「嫌」という気持ちだけで行動できるのは子供の特権だろう。いや、ここまで純粋になるのは、現代の少年には難しいかもしれない。これは少女だけに許された特権なのかもしれない。

その姿は十師族としての義務を第一に考える克人にすら、眩しく見えるものだった。

心を動かされなかったと言えば嘘になる。

だが——。

「……それはできない」

頷くことは、できなかった。

「何故ですか⁉」

「十文字の魔法を、十文字家の外に出すことはできない」

もしここに母親の芹花がいたら「スキルのコントロールを修得した後で北海道に帰っても良いという言葉は嘘だったのか」と指摘して、克人を追い込んでいたかもしれない。だが茉莉花は残念ながら、そこまで頭が回らなかった。

「アーシャが可愛くないんですか⁉ あの子は半分だけでも、貴方の妹でしょう！」

茉莉花は、理屈ではなく情に訴えた。

「個人的には、君の言っていることはもっともだと思う。だが俺の一存で掟は曲げられない」

「十文字さんは当主なんでしょう？ 十文字家で一番偉いんじゃないんですか⁉」

茉莉花の糾弾に、克人は苦い顔で頭を振る。

「当主だからといって一人で何でも決められるわけではないのだ。他の家のことは分からないが、十文字家の当主は一族の最大戦力であり最後の切り札。敵の攻撃を食い止める最終防壁。それ以上の存在ではない」

「……どうしても、あたしのお願いを聞いてもらえないんですか？」

「──すまない」

茉莉花がギュッと唇を引き締め、両手を固く握り締める。

「そうですか……。仕方がないですね」

茉莉花がそう言いながら後ろ向きに下がる。

まるで、助走の為の距離を取るように。

セリフだけなら茉莉花の言葉は諦めを示していたが、克人は緊張を解くのではなく高めた。

彼女の声は、間違いなくこの国の魔法師の中で最強の一角である十文字克人をさえも警戒させる剣呑な気配を孕んでいた。

「──お願いは止めです！　力尽くで言うことを聞いてもらいます！」

そう叫ぶのと同時に、茉莉花の身体から眩い想子光が迸った。

「良太郎さん」「芹花さん」

キッチンで一緒にお茶菓子の準備をしていた良太郎と芹花が同時にお互いの名前を呼んだ。

「良太郎さんも感じた？」

「ああ。これは」

二人が硬い表情で頷き合う。

良太郎と芹花が捉えたのは強力な魔法が放たれている気配。

数字落ちである良太郎は言うに及ばず、芹花も一流とは言えないが、標準的なレベルには達している魔法師だ。魔法を発動しているのが自分の娘であるということくらいは、多少離れていても感じ取れる。

「何故？　あの子はまだ、魔法を使う訓練を受けていないはずなのに……」

今の日本の制度では、正式な魔法の教育は魔法科高校でしか始められない。とはいえナンバーズは大抵、一族内で独自に魔法教育を始めるし、ナンバーズでなくても魔法の基礎訓練なら教えてくれる私塾がある。魔法科高校の予備校的な、中学生向けの塾だ。

だが茉莉花には家の中で魔法を教えていないし、塾にも通わせていない。幾ら才能があっても、これ程に強力な魔法を発動できるはずはなかった。

「……茉莉花のクラブで教えている総合格闘技の流派はマーシャル・マジック・アーツの入門編としての性格を持つ。コーチも本人も気付かぬ内に、魔法の基礎技術を会得していたのかもしれない」

「才能、かしらね……」

芹花がぽつりと呟く。そこには娘を心配する親心だけでなく、娘の才能に対する羨望が微かに、だが確かに含まれていた。

良太郎はそれを、咎めなかった。妻が娘に対して懐いた醜い感情は、自分にも覚えのあるものだったからだ。克人を前にした自分に嫉妬があったことを、良太郎は否定できない。

「小父さん、小母さん！」

キッチンを支配しようとしていた息苦しい空気は、飛び込んできたアリサの切羽詰まった声に破られた。

「これ、ミーナに何かあったのよね!?　助けに行かなきゃ！」

何故魔法の訓練を受けていないアリサに分かったのか？　という疑問を懐く精神的な余裕は、良太郎にも芹花にも無かった。

「そうだな、車の鍵を取ってくる！」

ハッと我を取り戻した良太郎が速歩で自走車のキーを取りに行く。

こんなに強力な魔法を発動した状況も気になるが、それ以上に正規の訓練を受けていないにも拘わらず強い魔法を使っている茉莉花のコンディションが心配だ。芹花とアリサも、慌てて車庫に向かった。

良太郎が電子キーでドアを解錠し、ごついオフロード車の水素燃焼エンジンを始動させる。その時には既に、助手席に芹花、後部座席にアリサが乗り込んでいた。

「良太郎さん、場所は分かる？」

「あっち！」

芹花の問いに答えたのはアリサだった。

「大通り沿いの小さな牧場から少し家の方へ入った所！」

アリサの説明に、良太郎は何故分かったのかと訊ねはしなかった。

「十文字さんが来ているはずの道じゃないか」

不吉な予感が、アリサの感覚に対する疑問を覆い隠していた。

「良太郎さん。あの子、まさか？」

芹花の声は、少し震えていた。

「急ごう」

良太郎はそう言って、同乗者のシートベルトを確認せずにオフロード車を発進させた。

◇◇◇

余剰想子光の迸りと共に、茉莉花の身体に沿って魔法障壁が形成される。

(これは……『十神』の個体装甲魔法『リアクティブ・アーマー』か?)

十神が「数字落ち」として第十研を追放されたのは今から三十七年前。第三次世界大戦、別名二十年世界群発戦争末期のことだ。USNAが成立した直後であり、既に世界大戦の終結が見え始めていた頃(大戦終了の時期は一般的に二〇六五年九月頃のこととされている)。

旧第十研の目的は首都防衛、要人保護の魔法を開発すること。それに対して十神は、自分自身にしか魔法障壁を展開できなかった為この目的に合致せず、研究所から放逐されたと言われている。

しかしこれには、裏があった。無敵の装甲を纏い敵陣深くに突入可能な十神の魔法に特攻用、暗殺用の使途を見出した軍の幹部によって、十神の魔法師は表舞台から隠されたのだ。これは正史として認められている過去ではないが、少なくとも克人はそう聞いている。

(しかし……、これは?)

だが少女の身体の周りに展開されている魔法障壁は、到底「無敵の装甲」と呼べるものには見えない。特攻兵器となり得る十分な強度を備えているとは思われなかった。

この少女が『十神』の魔法師として、まだ未熟だからだろうか？

克人の戸惑いを余所に、茉莉花は闘志満々だ。自分の魔法が通用しないかもしれないと、恐れている様子は何処にも無い。

「行きます！」

その言葉は克人に対するものというより、自分自身を鼓舞するものだろう。

そう叫ぶと同時に茉莉花の身体は、魔法障壁を纏ったまま弾き出される勢いで飛んだ。

「やあぁぁぁ！」

飛び横蹴りの体勢で突っ込んでくる茉莉花を、克人は防御型ファランクスで迎え撃つ。

茉莉花の右足を覆う魔法障壁と、克人が構築したドーム型の魔法障壁が衝突した。

茉莉花の魔法障壁が砕け散る。

克人が読み取った障壁の強度からすれば当然の結果。

しかし。

次の瞬間、いや、瞬きする間も無い刹那の時間で茉莉花を覆う魔法障壁は再構築された。

茉莉花と克人の魔法障壁が拮抗する。

ただ単に再建されただけではなかった。

茉莉花の身を守る障壁は、克人のファランクスに匹敵するレベルにまで強度が上がっていた。

障壁魔法より先に、茉莉花の身体を飛ばしていた移動魔法が切れる。

魔法障壁同士の反発で茉莉花の身体が後方に跳ね飛ばされた。お互いの魔法障壁の性質が「物体のベクトル反転」だった為に反発力が生じたのだ。

茉莉花は空中で器用に宙返りして路上に足から着地した。運動神経の良さだけでなく、日頃から身体を鍛えていることが窺われる身のこなしだ。

しかし克人は彼女の身体能力よりも、茉莉花が見せた魔法障壁の再構築の方に意識を奪われていた。

今の障壁再構築は、意図的なものではない。

偶然という意味ではなく、最初の障壁が崩れ去るのを認識してから自分で意図して魔法を再発動したのでは、絶対に間に合わないタイミングだった。

自動的に障壁魔法が再発動したのは、明らかだ。

（最初の障壁崩壊をトリガーにして新たな障壁魔法が発動する仕組みか……？）

旧第十研で命名された十神家の個体障壁魔法は『リアクティブ・アーマー』という名称だったと聞いている。

もし今見た魔法が『リアクティブ・アーマー』なら、基本原理は十文字家のファランクスと同じだ。

あらかじめ何種類もの障壁魔法を何枚も待機させておいて、障壁が破られるたびに、同時に待機状態にあった障壁を顕現させる。それが『防御型ファランクス』のシステム。

『防御型ファランクス』の性質は「絶え間なく障壁を更新し続ける」ものだが、『リアクティブ・アーマー』は「より強い障壁を張り直す」仕組みなのだろうか？

（……強度を増していくものだとして、回数に限界はあるのか？）

もし障壁再構築の回数に制限が無いとすれば『リアクティブ・アーマー』の強度は無限に上昇していくことになる。しかし魔法に限らず、この世界に「無限」は存在し得ない。間違いなく『リアクティブ・アーマー』の再構築回数には限度があるはずだ。それも、余り多くないだろう。

（だから、特攻用なのか）

克人は推測を重ねた結果、そう思った。発動回数に低いところで限界があれば、敵の真っ只中で魔法が切れて無防備になってしまう可能性が高い。片道切符の特攻にしか役に立たないと見做されても仕方が無い部分があると思われた。

無論、魔法師を道具扱いした側の肩を持つつもりは全く無いが。

防御態勢を維持したまま考察を繰り広げていた克人に向かって、茉莉花が再び「やぁ！」と叫びながら突進する。茉莉花的には雄叫びのつもりなのだろう。しかし克人にしてみれば、声質が可愛らしすぎて微笑ましくしか感じない。

今回の茉莉花による攻撃は体当たりだった。背中から当たるのではなく、右脇を締め右肩から当たるチャージだ。左手の掌を相手に向ける形で頭部をガードしているのは、顔を大事にする女性の本能だろうか。

衝突の威力はかなりのものだった。今回は障壁魔法に移動系魔法ではなく、加重系魔法を重ねていたのだろう。状況に応じて異なる魔法を並列発動する。茉莉花の魔法はまだ未熟だが、そのセンスは本物だ。

しかしやはり、実力が違う。

練度が違う。

この瞬間までに積み上げてきたものが違い過ぎる。

加重系魔法の終了と同時に、茉莉花はまたしても弾き飛ばされた。

舗装された車道を転がっていく茉莉花。だが立ち上がった彼女に、怪我をしている様子は無い。それどころか服に痛みも汚れも見当たらない。魔法障壁がしっかり彼女を守ったようだ。

「まだまだぁ！」

茉莉花が克人の元へ駆け寄る。だがドーム状の障壁に阻まれて、その内側には踏み込めない。

「たあぁぁぁ！」

甲高い掛け声と共に、茉莉花が克人の障壁にパンチの連打を繰り出す。軽量級プロボクサーに匹敵するようなパンチの回転速度は、自己加速魔法の併用か。

それでも、克人のファランクスは破れない。一枚一枚の障壁は何度か壊れているのだが、瞬時に出現する次の障壁を纏めて破壊する威力は、茉莉花の攻撃には無い。

それどころか茉莉花の身を守る障壁も砕け始めていた。

（……四回……五回……六回……）

リアクティブ・アーマーによる障壁の再構築を、克人はファランクスに伝わる手応えで把握していた。

（七回）

再構築が七回を数えたところで、茉莉花が自ら後退する。五メートル以上の距離を取った茉莉花は、魔法障壁を纏っていなかった。自分の意思で解除したのではないだろう。障壁魔法のような、いつ終了させれば良いのか予測が難しい魔法は、発動中の魔法を解除する別の魔法を用意するのが一般的だ。克人もファランクスを使用する際はそうしている。だが茉莉花が解除の為の魔法を使った形跡は無い。

おそらく、生死に関わる本当の限界が訪れる前に自己防衛機構が働き無意識に魔法を解除したのだ。現代魔法のシステムからすればあり得ないのだが、魔法は人間の技能であり精神の機能。自分を守る仕組みが意識を超えて作動するというイレギュラーも、絶対に無いとは言い切れない。

しかしそれは「本当の限界」に間近まで迫っていたということ。

（リアクティブ・アーマーで障壁を再建できる回数は八回、多くても九回が限度、といったところか）

同じ基本システムを持つファランクスの障壁更新限度は術者によって異なるが、克人の限界は九百九十九回だ。これは実験で測定した回数で、実戦であればもう少し落ちるかもしれない。克人と茉莉花では年齢も経験も、何より積み重ねてきた修行の質と量が異なる。だがそれを考慮しても、九回と九百九十九回では差がありすぎる。

（やはり「より強力な障壁を再構築する」というシステムに無理があるのだろう）

克人は元・十神の魔法について、心の中でそう結論した。

それでいったん、魔法の技術的な考察を打ち切った。

今はそれより優先すべき問題がある。

彼の視線の先では、大きく肩で息をしていた茉莉花が呼吸を整えようとしていた。

明らかに、彼女はまだ続けるつもりだ。

だが——これ以上は危険だ。

魔法師の正式な教育が高校からとなっているのには理由がある。

第二次性徴発現の前後二年、女子の場合は安全マージンを取ってその後さらに二年間程度は魔法演算領域に負荷を掛けすぎない方が身体の為には良いと言われているのだ。男子ならば平均的に九歳から十三歳、女子ならば平均的に八歳から十四歳の期間は、魔法が肉体の成長を損なうというのが日本での定説だ。この期間に魔法の修行をさせる場合は、特にきめ細かなケアが必要だとされている。——なおＵＳＮＡでは、根拠薄弱としてこの基準は採用されていない。

克人(かっと)が見たところ目の前の少女は、まさにこの「魔法を使うべきではない期間」に該当する。数字落ち(エクストラ)とはいえ元は魔法師開発研究所出身の家系。家庭内のケアは心配要らないかもしれないが、ただでさえ魔法が肉体に負荷を掛ける時期なのにこれ以上激しい魔法戦闘を続けては、将来どんな悪影響が生じるか分からない。

(魔法演算領域になるべく負荷が掛からない方法で、この戦いを終わらせる)

克人(かっと)は早期決着を決意した。身体(からだ)に攻撃を当てずに魔法障壁だけを、再構築の仕組みごと吹き飛ばす。具体的には再構築が完了するより先に、次の攻撃を叩き付(たたつ)ける。『攻撃型ファランクス』ならそれが可能だ。

そして無系統魔法で魔法技能を一時的に麻痺(まひ)させる。克人(かっと)はそういう小技が苦手なのだが、今はそんなことを言っている場合ではなかった。

茉莉花(まりか)の中から制御しきれない想子光(サイオンこう)が漏れ出し始める。

克人(かっと)はじっと動かぬまま、魔法発動態勢に入った。

克人(かっと)と茉莉花(まりか)の間で、緊張が高まる。

「始まったか!」

走り出した直後の運転席で、良太郎の口から焦りが独り言となって漏れ出す。

彼が捉えたのは魔法障壁同士のぶつかり合いで生じた想子の波動。それが巨大な銅鑼を打ち鳴らした響きのような幻聴となって良太郎の意識に届いたのだ。

「良太郎さん、急がないと！」

その「音」は魔法的な知覚の持ち主ならば、誰にでも「聞こえる」程はっきりしたものだった。良太郎だけでなく、当然芹花にも聞き取れた。

「小父さん、これってミーナなんですか⁉」

そして、アリサもその波動を捉えていた。

「茉莉花と十文字さんだろう」

「十文字さんが、何でっ？」

アリサがパニックを起こしかける。

「今のところ十文字さんは、ただ受け止めているだけのようだ。だがそれだけでも茉莉花にはダメージになる。早く止めないと」

良太郎の表情から、余裕が完全に消える。彼は既にアクセルをベタ踏みしているが、自走車の安全装置の所為でスピードが上がらない。

茉莉花の気配は、すぐ近くと言って良い距離から発せられている。歩きでも二十分以下の距離だろう。車なら今の速度でも五分以内。しかしその五分が良太郎と芹花には、そして彼ら以上にアリサにとっては耐えられない程に長く、もどかしく感じられる。

(ミーナ!)

アリサがギュッと両目を閉じた。

その瞬間、アリサの「視界」に茉莉花の背中が現れる。

「えっ?」

思わず声を上げ、アリサが瞼を上げる。

目に映るのは車内の光景。茉莉花の姿は無い。

「アリサ、どうしたの?」

芹花が助手席から訊ねる。

しかしアリサに、その質問に答える余裕は無い。

アリサがもう一度、目を閉じる。

脳裏に浮かび上がる茉莉花の背中。そしてその向こうには、茉莉花へ厳しい眼差しを向ける克人の姿。

茉莉花の身体から激しい光が迸る。

あれは魔法の光だと、アリサは直感で理解した。

茉莉花に向かって克人が右手を翳す。

そしてその手から、圧し固められた「力」が――。

「駄目ぇっ！」

アリサの口から絶叫が、全身から想子光(サイオンこう)が、そして意識と無意識の境界に開かれた『ゲート』――精神と外界をつなぐ門――から強力な魔法が放たれた。

「まだだよ！」

茉莉花(まりか)が声と気合いを絞り出す。ＣＡＤも持たず何ら魔法的な手順を踏んでいないにも拘(かか)わらず、茉莉花(まりか)の身体(からだ)に沿って魔法障壁が形成される。

――まるで超能力者と魔法師のハイブリッドのような娘だ。

この姿に、克人(かつと)はそう思った。

だが手順を無視している以上、普通に魔法を使うより大きな負荷が掛かっているはずだ。一刻も早く止めないと、本当に取り返しがつかないことになるかもしれない。

ここで終わらせるべく、克人(かつと)は魔法演算領域の出力を上げた。

左手に持つ携帯端末フォルムのＣＡＤから攻撃型ファランクスの起動式を呼び出す。

――射出する障壁の威力を防御の魔法と相殺(そうさい)し合う強度に設定。

――照準を茉莉花の魔法障壁に固定。

――終了条件を障壁の破壊と定義。

準備、完了。

――攻撃型ファランクスを発動。

茉莉花が魔法で飛び出すのに先んじて、克人の右手から幾重にも重なり合った魔法障壁の砲弾が撃ち出される。

その瞬間の出来事だった。

『駄目ぇっ！』

耳ではなく心に響いた声。

そして茉莉花を中心にして構築されたドーム状の魔法障壁が、
克人の攻撃型ファランクスを防ぎ止めた！

障壁の砲弾とドーム状の障壁が相討ちの形で砕け散る。

次々と押し寄せる障壁の砲弾を、

次々と再構築される障壁のドームが受け止める。

「これは……」

克人がファランクス中止のコマンドを実行する魔法を行使する。

茉莉花に向かって放たれていた障壁の砲弾が途絶えた。

わずかに遅れて、茉莉花を中心に展開されていたドーム状の魔法障壁も消え失せる。

茉莉花は呆気に取られた表情を浮かべている。それを見れば、克人のファランクスを受け止めた障壁魔法を行使したのが彼女ではないと分かる。

いや、彼女の表情から推測するまでもなかった。

ドーム状の障壁を築いたのが茉莉花であるはずはない。

何故ならあれは――。

（……ファランクス）

克人が独り言を漏らし掛けて止めた言葉が示すとおり、あの障壁魔法は『防御型ファランクス』だった。

茉莉花の身体を覆っていた『リアクティブ・アーマー』の障壁が消える。思い掛けない事態に彼女も戦意を喪失したようだ。

まるで戦いの幕引きを告げるように、車高の高いオフロード車が茉莉花の背後に迫り、止まった。降りてきたのは茉莉花の父・良太郎と母・芹花。

それに、芹花の手を借りたアリサ。

足元がふらついているアリサを見て、克人は何が起こったのかを確信した。

茉莉花を守った『防御型ファランクス』を発動したのはアリサだ。肉眼で直接視認できない保護対象を守る魔法障壁を構築するという高等テクニックを、まだ魔法を使えないはずのアリサが成し遂げたのだ。

（やはり彼女の魔法資質は俺に匹敵するか、凌駕する）

克人は改めて異母妹が秘めている魔法師としての才能を確信した。それと同時に、すぐにでも魔法教育を始めなければ危ないという思いを強くした。

高すぎる適性は、暴走を起こしやすいということでもある。高校時代の後輩の少女は事象干渉力が強すぎて、意図せずに現実を凍り付かせてしまうことがしばしばあった。アリサの危うさは、あの後輩以上だ。せめて魔法発動を抑制する技術を学ばないと、高い確率で自滅してしまう。

一般的なセオリーに当てはめれば、アリサは魔法教育を避けるべき時期だ。しかし今『防御型ファランクス』を発動したことからも分かるとおり、彼女の場合は学ばずにいる方が危ない。

「ミーナ、大丈夫⁉」

芹花に支えられた態勢のまま、アリサが茉莉花の側に駆け寄る。「なんでこんなバカな真似をしたの！」と叱り付ける声は芹花のものだ。

「十文字さん、ご迷惑をお掛けしました」

そして良太郎は、克人の前で深々と頭を下げた。

「いえ、私には何も……。遠上さん、もうお嬢さんに『十』の魔法を教えているのですか？」

首を横に振った後の質問は、思わず口に出た疑問だった。

「……いいえ、教えていません。まさか娘が十神の魔法を……」

良太郎も「信じられない」とばかりに頭を振る。

「そうですか……余計なお節介かもしれませんが」

「いえ」

克人が言い掛けた言葉を良太郎が遮る。

「娘の魔法資質を甘く見ていました。すぐにでも教育を始めることにします」

克人に改めてアドバイスされるまでもなく、良太郎も茉莉花の危うい才能を理解していた。

同時に、アリサの才能も。

「今日のことで、感情的なしこりは棚上げにしなければならないと思い知りました。私たちはまず、子供たちのことを考えなければ」

「同感です」

これは克人が言うべきセリフではなかったかもしれない。

「——よろしくお願いします」

だが良太郎は、頷いた克人に握手を求めた。

［3］

克人と茉莉花の間で起こったちょっとした諍いを経て、遠上家を交えたアリサと克人の話し合いが持たれた。

茉莉花はここでもアリサの東京行きに散々抵抗した。だが自分自身も魔法を暴走させる一歩手前だったことを指摘されて、最終的にはアリサが十文字家に引き取られることに同意せざるを得なかった。

アリサはもうすぐ訪れる春休みに東京へ行き、翌年度から東京の中学校に十文字家から通うことになった。

そして三月三十一日、日曜日。新千歳空港出発ロビー。

今日、アリサは北海道を発ち、東京の十文字家へ行く。

「アーシャ、あたしのこと忘れちゃ嫌だよ！　毎日電話するからね！」

搭乗ゲートをくぐろうとしているアリサに、茉莉花が涙声で縋り付いていた。彼女の声を聞いた第三者の中には「毎日電話するなら忘れようがないのでは？」と思った者もいたが、本人は大真面目だ。

「忘れるわけないよ。たとえ何があっても、私はミーナを忘れたりしない。離れていたって、私はいつでもミーナのことを想っているから」

「アーシャぁ」

遂に茉莉花が本格的に泣き出してしまう。アリサも彼女の背中をさすりながら涙を滲ませている。

放っておくと、いつまで続くか分からない雰囲気だ。

「……アリサ、そろそろ飛行機の時間よ。茉莉花も、もう離れなさい」

この場には克人も良太郎もいたが、二人の間に割って入ることができたのは芹花だけだった。

「うん……、分かった」

茉莉花がアリサにしがみついていた手を放し、一歩下がって俯いたまま目をこする。

「ミーナ、私、行くね」

「アーシャ、あたし本気だから。二年後、約束だよ」

「うん、私も頑張る。じゃあ二年後に」

「必ずだよ！」

搭乗ゲートへ進むアリサへ、茉莉花が目を涙に濡らしたまま大きく手を振る。

振り返ったアリサが、目が赤くなった顔に微笑みを浮かべ、小さく手を振り返した。

◇◇◇

西暦二〇九九年三月。

今日は全国に九校ある魔法大学付属高校で一斉に入学試験が行われる日だ。

ここ八王子の第一高校にも大勢の受験生が集まっていた。彼らは基本的に関東の中学校出身者だが、中にはもっと遠方から入学を希望して試験を受けに来た中学生もいる。南は石垣島から、北は北海道まで。

南西諸島はともかく、北海道には第八高校がある。東北、中国、四国、九州地方にも魔法科高校は配置されている。にも拘わらず一高を目指す者が少なくないのは、あの司波達也の母校という理由が大きい。

まだ今年二十歳という若さでありながら日本だけでなく世界に、軍事面だけでなく技術・学問の分野でも名を轟かせている司波達也は、魔法師を目指す若者、その中でも魔工師を目指す子供たちにとって憧れの存在であり目指すべき目標となっていた。彼にあやかろうと、全国から大勢の少年少女が集まり、一高の競争率を大きく引き上げていた。

そんな大勢の受験生の中でも白銀に近いアリサの淡い金髪はその美貌と相俟って、とても目立っていた。魔法師は整った外見を持つ者が多い傾向にある。だがその中にあっても、アリサの容姿は際立っている。

だから彼女を見付けるのは、この人混みの中でも難しくはなかったに違いない。

「アーシャーっ！」

背後から掛けられた懐かしい声に、アリサは顔をほころばせて振り返った。――電話回線越しには日常的に聞いていたが、肉声を聞くのは久し振りだ。

「ミーナ」

「久し振り！」

アリサが完全に振り返りきる前に、駆け寄った茉莉花がアリサの肩に腕を回す。二人ともこの二年で背が伸びているが、それでもアリサの方が相変わらず五センチほど高いので、茉莉花が少しぶら下がるような体勢になっている。

「約束どおり来たよ！　勉強も頑張った！」

茉莉花があの日別れた空港でアリサと交わした約束は「高校は同じ学校に行く」だった。

「私たち二人とも、四月からここに通えると良いね」

アリサの言葉に茉莉花が大きく頷く。

「絶対、一緒に通うから！　アーシャの方こそ、落ちないでよ！」

「もちろん、私も頑張るよ」

周りの受験生にとっては、二人ともライバルである。

だが仲良く校舎に向かう二人を見ていた中学生たちは、男女の区別無く揃って微笑ましげに唇を緩めていた。

新・魔法科高校の劣等生

キグナスの乙女たち

［1］四月二日

二〇九九年四月二日木曜日の午前十時。十文字アリサは羽田空港の駐車場で車から降りた。運転席から降りてきた次兄の背中に続いてターミナルビルへ足を向ける。

彼女は二年前に十師族・十文字家に引き取られた、現当主・十文字克人の異母妹である。母親は亡命ロシア人ダリヤ・アンドレエヴナ・イヴァノヴァ。アリサは日露ハーフで、その外見はかなりロシア人寄りだ。

銀に近い淡い金髪に緑の目、スレンダーで手足が長く、腰の位置が高い体型。異民族の往来が増えた東京といえども、その姿は目立つものだった。

もっとも彼女が人目を惹いているのは、その異民族的特徴の故ではない。彼女個人の美貌とプロポーションの故だった。魔法師に共通する左右対称な外見に日本とロシア、両民族女性の魅力的な要素を加えた容姿は、空港ロビーを行き交う異性の視線のみならず同性の目も引き付けていた。

しかし目立つのが好きではないアリサ本人にとっては、いい迷惑である。到着ロビーに着いた彼女は同行者の陰に隠れるように立ち、俯いていた。

「アリサ、到着したようだよ」

アリサの名を呼んだのは彼女が視線の盾にしていた少年だ。名前は十文字勇人。二年前から彼女の兄となった十文字家の次男で、年齢は彼女の一つ上。この四月からアリサも通う国立魔法大学付属第一高校の二年生になる。

勇人は、法的には間違いなく十文字家の次男だが、当主の座を継いだ長男の克人とは随分印象が違う。身長は百七十七センチとそこそこ長身だが、見た目はスリムだ。実はかなり筋骨隆々なのだが、彼は着痩せする質だった。表現を変えれば「細マッチョ」と言えるだろうか。

元々勇人は、克人の従弟だった。彼の実父は十文字家前当主・十文字和樹の弟だ。両親が相次いで亡くなった為、和樹が自分の養子として引き取ったのである。

彼がここにいるのは、アリサと彼女の待ち人の送迎係を務める為だ。アリサを空港まで車で連れてきたのも勇人だった。二十一世紀末現在も四輪免許の取得条件は満十八歳以上だが、そこには抜け道があった。業務上の必要が認められ事業者の保証がある場合は、義務教育終了をもって四輪免許も取得可能と定められている。勇人はこの特例を利用して、中学卒業と同時に免許を取得していた。

勇人の言葉に、アリサは顔を上げて到着案内に目を向けた。彼が言ったとおり、案内板には新千歳空港からの国内便が定刻より十分遅れで到着したと表示されている。鬱陶しい視線に暗く沈んでいたアリサが明るい表情になった。

そわそわとアリサが見詰める到着客出口。そこから、彼女が待ちに待った少女がキャスター付きのスーツケースを引っ張りながら姿を見せる。

「アーシャ！」

声を上げたのは飛行機から降りたばかりの少女が先だった。黒髪ストレートショートボブの美少女だ。くりくりしたどんぐり眼が自然に愛嬌を振りまいている。可愛いルックスとは対照的に、ボディの方はバストとヒップが目立つグラマラスな体型だった。

アーシャというのは、アリサの愛称。亡き実母以外で彼女をそう呼ぶのは唯一人。

「ミーナ！」

その相手の愛称をアリサが叫ぶ。

姉妹のように育った彼女の一番大切な親友、遠上茉莉花の愛称を。

二人はお互いに駆け寄って、そのまま我が身を預けるように抱き締め合った。

「アーシャ、あたし、来たよ」

「いらっしゃい、ミーナ」

「これからまた一緒だね」

「ええ、嬉しい。また一緒になれた」

ここは羽田空港の到着ロビー。周りには大勢の他人がいる。

しかしアリサと茉莉花の二人には、その他人の目も耳も全く気にならない様子だ。しっかり抱き合ったまま、誤解を招きそうなセリフを熱く交わしている。

「あーっ、アリサ。それに遠上さんも？　混雑し始めているし、そろそろ移動しないか？」

二人の世界に浸っているアリサと茉莉花に、勇人が決まり悪げな表情で声を掛ける。

なお、混雑の原因は美少女同士の抱擁に目を奪われ足を止める到着客と出迎えが増えた所為だった。

勇人の言葉にアリサと茉莉花が離れる。

今更ながら注目されているのに気付いたアリサは、恥ずかしくなったのか目を泳がせているが、茉莉花は身体ごと勇人へ向き直って彼としっかり目を合わせた。

「茉莉花で良いです」

「遠上さん」ではなく「茉莉花」で良い。セリフの内容だけを見れば随分と友好的、若しくは打ち解けている。しかし挑戦的、むしろ「棘がある」とすら表現可能な口調は、到底親しげと言えるものではなかった。

「あっ、『さん』も『ちゃん』も付けなくて良いですから」

「そ、そう？」

勇人が及び腰になったのは気圧されたのではなく、どう接して良いか分からないからだった。

「……じゃあ、遠慮無く。茉莉花、俺とアリサは車で来ているんだ。君の部屋まで送っていくから着いてきてくれる？」

「はい、十文字さん」

茉莉花の堅い返事を聞いて、勇人が顔を顰める一歩手前の表情を浮かべる。

「俺もアリサも十文字なんだけど……」

「アリサのことは『アーシャ』と呼びますから間違えたりはしないと思います」

「……そうだね」

ここまでハッキリ言われては、自分のことも名前で呼べとは言えない。勇人はため息を呑み込み、アリサと茉莉花を先導して歩き始めた。

◇　◇　◇

国立魔法大学付属第一高校に合格した茉莉花は、卒業まで東京で一人暮らしをする予定だ。その為に借りたワンルームマンションは道州制導入前の行政区分で言えば、(旧)東京都台東区蔵前にある。この賃貸マンションを手配したのは勇人だった。

まだ高校生の勇人に何故そんな真似が可能だったかと言えば、そのマンションが十文字の経営する土木会社が懇意にしている不動産会社の管理物件だからである。要するに親のコネだ。

しかし、率先して部屋探しに動いたのが勇人であるのも確かな事実。父親の十文字和樹でも長兄で現当主の克人でもなく勇人が茉莉花の為に骨を折ったのは、茉莉花のことを気に掛けているアリサの為だった。

二年前に十文字家の一員となったアリサを、家族の中で最も可愛がっているのは勇人だ。

いや、彼のアリサに対する接し方は、可愛がっていると言うより気を遣っていると表現した方が妥当かもしれない。

勇人自身、両親が死んで十文字の本家に引き取られた身だ。母親を亡くして他人の家に身を寄せていたところを引き取られたアリサのことを他人事とは思えなかったのだろう。彼は兄の克人が連れてきたアリサが十文字家に、そして東京に馴染めるようあれこれ細やかに世話を焼いた。その甲斐あってか、アリサも十文字家の中で勇人に一番心を開いている。

勇人にとって茉莉花は、アリサの特別な親友に過ぎない。

勇人自身に、茉莉花に対する特別な想いは無かった。

茉莉花のマンションに到着したのは午前十一時。マンション前でいったん二人を降ろして、勇人は車を置きに自宅へ戻った。

マンションの鍵はアリサが預かっている。二人は早速部屋に入った。

電気と水道は既に開通済み（オール電化でガスは使わない）。後は、もうすぐ到着指定時間になる引っ越し業者を待つだけだ。

取り敢えず換気の為に窓を開け、直に絨毯の上に座って寛ぐ二人。「飛行機、少し遅れたね」「途中、結構揺れちゃって」とか、「小父さん、小母さんはお変わりない？」「うん、二人とも元気元気」とか取り留めのない話をしているところに、ドアホンのチャイムが鳴った。

「多分勇人さんだから私が出るよ」

アリサが軽やかに立ち上がってドアホンの前に立つ。モニターに映っている人影は、果たして勇人だった。

十文字邸からこのマンションまで歩いて十分足らず。徒歩圏内のご近所というのも、茉莉花に代わってアリサが出したリクエストだ。

部屋に上がった勇人は無人コンビニの袋を提げていた。

「無難にお茶を買ってきたんだけど。この気温だし、冷たいので良かったよね？」

「勇人さん、ありがとうございます」

「ありがとうございます。いただきます」

アリサが御礼を言った後では、茉莉花もつれない返事はできない。大人しく勇人からペットボトルのお茶を受け取った。

勇人が買ってきたのは飲み物だけではない。生分解プラスチック製のレジ袋には簡単につまめる軽食も入っていた。まだお昼にはなっていないとはいえ、そろそろ空腹を覚える時間。しかし、食器や家具が入るのはこれからだ。ＩＨコンロと自動調理機能付きオーブンレンジはあらかじめ部屋に備わっていたが、冷蔵庫は引っ越し業者が一緒に運んでくることになっていたから部屋に食べる物は無い。軽食が気の利いた買い物であることは茉莉花も認めざるを得ない。

現に彼女は勇人が買ってきた惣菜パンに手を伸ばしていた。

十文字勇人、若さに似合わず中々忠実な男だ。

再度ドアホンが鳴ったのは、取り敢えずの腹ごしらえを終えた直後だった。

「はーい、何方ぁ？」

先程、アリサはドアホンの前まで移動して応答ボタンを押したが、実を言えばこのマンションに取り付けられている機種は声だけでも応答が可能だ。またこの部屋の広さであれば、窓際にいても来客の声は聞こえる。

ドアホンの向こうにいたのは引っ越し業者だった。茉莉花は立ち上がり、モニターで身分証を確認した上でエントランスのドアロックを解除する。

この部屋は十二階建ての最上階だ。再びドアホンが鳴らされるまでには少しだけ待つ必要があった。ドアホンから流れ出た違う音色のチャイムに待ち構えていた茉莉花が応え、勇人が玄関へ向かう。

勇人が開けたドアの向こうには引っ越し業者が二人と、荷物を載せた台車が待機していた。

一人暮らしの引っ越しといえど、椅子とテーブル、冷蔵庫、エアコン、タンスなどもあるから結構な荷物だ。勇人が手伝いに来たのは、力仕事に男手が必要だと考えてのことだった。

しかし業者がパワーアシスト外骨格をつけているのを見て、自分の出る幕は無さそうだと考え直した。

女の子の引っ越しだ。同年代の男には見られたくないものも多いはずだから、自分がいたらかえって邪魔になるだろう。――勇人はそう思った。

「茉莉花、俺はこれで失礼させてもらうよ」

帰る前に、勇人が茉莉花に一言声を掛ける。

「はい、ありがとうございました」

茉莉花は惜しむでもなく邪険にするのでもなく、普通に挨拶を返した。

「アリサ、遅くなったら迎えに来るから連絡するんだよ」

「はい、分かりました」

アリサの返事は、茉莉花より愛想は良い。ただ他人行儀でなかったかと言えば、そこは疑問が残った。

◇ ◇ ◇

家具や電化製品の設置が終わり二人きりになったアリサと茉莉花は、楽しそうにはしゃぎながら食器や衣服の片付けを進めた。

昼過ぎに片付け始めて、荷物が全てあるべき場所に収まったのは午後五時前のことだった。

一人暮らしのワンルームに二人掛かりであることを考えると、少し手際が悪いように見えるかもしれない。

お喋りをしていても食器は手早く片付いた。勉強道具もこの時代はほとんどがデジタル化されているから、使えるようにするのに時間は掛からない。茉莉花は、一人暮らしにも拘わらず事務・学習机ではなく四人用──と言いながら実質二人用──の小さなテーブルをチョイスしたほどだ。

時間が掛かったのは衣服の収納だった。これこそ手早く終わりそうなものだが、サイズやデザインに対するコメントや突如訪れる沈黙などが手の止まる原因を作っていた。特にインナーを収納している最中、フリーズ現象は多く見られた。衣服の収納に関しては、おそらく一人の方がはかどったに違いない。

とにかく引っ越し作業は完了し、ベッドも含めて全てがすぐに使える状態になった。荷物の運送には未だに段ボール箱が使われているが、段ボールの回収は態々縛ったりしなくても廊下の端に設置されている共同の回収口に放り込めばＯＫだ。すっきりしたところで、アリサは約束どおり家に電話を掛けた。──まだ夕方だが、一人で帰ったりすると勇人がかなりうるさいのだ。彼は声を荒げたりしないのだが、説教の鬱陶しさに変わりはない。

本音ではアリサも「子供扱いは止めて欲しい」と思っている。だが勇人が純粋に心配してくれているのは理解できるので、無下にはできないのである。

『はい、十文字です』

電話に出たのはクールな印象だがアリサよりも年下の、少女の声。

「和美さん？　アリサです」

『はい、和美です』

相手はもうすぐ中学二年生になる異母妹の十文字和美だった。

二歳年下だが、アリサは彼女のことを「和美ちゃん」とは呼ばず和美もアリサを姉とは呼ばない。ただアリサのことを家族として受け容れていないかというと、そんなことはなかった。家の中で顔を合わせても和美はアリサのことを邪険にしたりはしない。本当に年下かと思いたくなるくらい、彼女は最初からアリサの存在をドライに受け止めていた。

『勇人兄さんですか？』

アリサにリクエストされる前に和美がこう訊ねたのは、普段からアリサが勇人としか話していないから――ではない。単に和美の察しが良いだけだ。

「ええ、お願い」

いつものことなので、アリサも先回りされたことを気にしなかった。

『少しお待ちください』

アリサは携帯端末から電話を掛けているので音声のみだ。携帯端末にもビデオ通話機能はあるが、モバイル通話にカメラを使うか使わないかは人それぞれの好みによる。そしてアリサはサウンドオンリー派だった。

音声通信ユニットを使うのではなく、昔のスマートフォンよろしく直接耳に当てた端末から保留中の音楽が聞こえてくる。十文字家の保留曲がポップスではなくクラシックなのは克人の趣味だ。

『代わりました。勇人です』

八小節のメロディーが流れたところで曲が途切れ勇人が電話に出る。

「アリサです。片付けが終わりましたので、これから帰ります」

『分かった。すぐに迎えに行くからそこで待っていて』

アリサは然りげ無く「独りで帰れる」と主張したつもりだったのだが、呆気なく釘を刺されてしまう。

「分かりました」

『じゃあ、十分後に』

十分後ということは、徒歩で来るのだろう。さすがにこの近距離で車を出すほど過保護ではないようだ。

だからといって、不満を覚えなくなるというものでもない。心の裡がついつい表情に出てしまう。そんなアリサの顔を見て、茉莉花は聞こえなかった電話の内容を正確に察した。

「愛されてるね、アーシャ」

「……そんなんじゃないって。勇人さんが良くしてくれるのは確かだけど、あの人は気を使ってくれているだけ。それに不満はないけど、愛されてるとかじゃないよ」

「ふーん……」

素っ気なく反論したアリサに、茉莉花は何か言いたげな目を向ける。その眼差しは、アリサを非難しているようにも見えた。

「何が言いたいの？」

茉莉花に責められる心当たりが無いアリサは、ストレートにそう訊ねた。

「べっつに」

茉莉花が無愛想にアリサの問いを否定する。だがほんの小さな子供の頃からつい二年前までずっと一緒だったアリサには、茉莉花が自分に対して不満を覚えているのが分かる。

それも、かなり仕様もないことで。

「別に、って顔じゃないけど」

明らかにはぐらかそうとしている茉莉花を、アリサは半眼――所謂『ジト目』――で見詰める。

「そんなことないよぉ。ただ、本当かな、って思っただけ」

茉莉花の口調には明らかに拗ねが入っている。アリサは幼馴染みが何を考えているのか大体理解した。

「百歩譲って勇人さんが私に対して気遣い以上の感情を持っているとしても……、私の方にはミーナが思っているような気持ちなんて無いから」

「でも結構良い人そうだったじゃん。上のお兄さんよりハンサムだし」

茉莉花がむきになって言い返す。

彼女が「上のお兄さん」と言っているのは、現十文字家当主である克人のことだ。茉莉花は二年前の克人しか知らないのだが、アリサは彼女の言葉を否定しなかった。

克人の外見は二年前からほとんど変わっていないし、勇人の方がハンサムというのは多くの女性が認めるに違いない。口にはしないが、アリサもそう思っている。

「勇人さんをそんな目で見たことはないから」

だが、それとこれとは別問題だ。アリサはそれを、はっきりと断言した。

勇人は十文字本家の養子であり、血縁関係で言えば従兄だ。恋愛の対象にしても一応は問題無い。

しかし実を言えばアリサは十文字家内部で別の人間関係に問題を抱えており、家の中に色恋を持ち込めば唯でさえ良くない関係をますます悪化させること間違いなかった。そんな分かり易い地雷を踏む趣味は、アリサには無い。

アリサがこの話題を本気で嫌がっているのが茉莉花にも伝わったのだろう。茉莉花はこの二年間アリサの側にいた勇人に対する嫉妬を引っ込めた。

勇人が再び茉莉花の部屋のドアホンを鳴らしたのは八分後のことだった。勇人は「十分後に」と自分が口にした予定を少しだけ繰り上げたことになる。——まあ、誤差の範囲だが。

「お邪魔します」

勇人は律儀に挨拶をした後、「まだ買い物はしていないだろう？」と二人に訊ねた。

「まだです」

当然の質問に、アリサが戸惑いながら頷く。

「じゃあ料理もできないよね？　茉莉花、君が良ければ家に食べに来ないか？」

どうやら買い物云々の質問はこの提案の前振りだったようだ。

勇人が善意で言っているのは明らかだ。引っ越してきたその日に、この時間から買い物に出て料理を作るのは大変に決まっている。

茉莉花も彼の下心を疑ったりはしなかった。

「いえ、出前を取りますので大丈夫です」

しかし彼女は勇人の誘いを断った。茉莉花は、勇人自身に思うところは余り無い。だが自分とアリサを引き離した十文字家に対する蟠りは、彼女の心の中で消えずに残っていた。

それを察したというわけではなかったが、アリサも勇人も強くは勧めなかった。

「じゃあミーナ。また明日」

「うん、また明日」

明日また来ると玄関で告げたアリサに、茉莉花は嬉しそうに頷いた。

元来アリサは、お喋りな質ではない。無口という程ではないが物静かな性格だ。

また勇人は気配り上手ではあっても軽い性格ではない。言葉よりも態度と行動で示す方だ。女子を相手に会話を弾ませるスキルは持ち合わせていない。

二人は徒歩約十分の道のりをほとんど無言で過ごした。

やがて、十文字邸の門が見えてくる。

十文字邸は、家屋自体はそれほど大きくない。だが敷地は、下町とはいえ東京とは思えぬほど広々としている。

それもそのはず、十文字邸は閉鎖された旧第十研の敷地をそっくり受け継いでいた。塀で仕切られているので一見別々に分かれているように見えるが、取り壊されずに残されている旧第十研の施設が建っている土地も十文字家の所有地だ。

十文字家が国有財産だった旧第十研の不動産を引き継いでいるのは、流出を防がなければならない旧第十研の研究を管理する役目が与えられているからだった。

第十研が閉鎖されたのは西暦二〇六六年。閉鎖から三十年以上が経過しているが、その成果は今でも最先端の軍事機密として通用する物が多い。

首都の最終防壁である十文字家と、要人警護の切り札となる十山家。両家の魔法の秘密が漏れれば、国の中枢を守る壁に穴が空くことになりかねない。それ故に政府は、十文字家を旧第十研の門番に置いたのだった。

従って十文字邸の門は、旧第十研残存施設に直接通じていないとはいえ、見掛け以上に堅牢な造りとなっている。その門から、ちょうど一人の少年が出てきた。

「竜樹、出掛けるのか？」

勇人が声を掛けた少年の名は十文字竜樹。勇人の義理の弟で、アリサにとっては約半年違いの異母弟になる。

竜樹は勇人を無視しなかった。

「ちょっと散歩」

ただ煩わしげな顔で極短い応えを返して、勇人の横をすれ違おうとする。

「こんな時間からか？　明日の準備は終わっているのか？」

勇人のセリフの前半を聞いて、アリサは「自分だけじゃないんだ……」と心に掛かっていた灰色の靄が少し晴れた気がした。しかしセリフの後半は、心に刺さっている棘を改めて意識させるものだった。

「とっくに終わっている。何なら、今すぐに出発しても良い」

竜樹の答えが、勇人を鼻白ませた。

「竜樹さん、早めに戻ってくださいね」

言葉に詰まってしまった勇人の身体を挟んで、アリサが竜樹に声を掛ける。竜樹の旅立ちを明日に控えて、今夜は家族揃っての晩餐が予定されている。竜樹の母・慶子も今夜ばかりは自動調理機任せではなく、腕によりを掛けているはずだ。

竜樹がそれを忘れているなど、万が一にもあり得ないとアリサも思っている。だが竜樹の旅立ちが決まって以来、アリサは義理の母の寂しそうな顔を何度も見ている。だから彼女は、言わずにいられなかった。

しかし竜樹はアリサの言葉に何の応えも返さず、ただ彼女へ一瞬目を向けただけでスタスタと歩み去った。

［2］四月三日

十文字竜樹はこの四月、魔法大学付属第三高校に入学する。

彼が一高ではなく三高を進学先に選んだのは、アリサが原因だ。本人は否定しているが、アリサも、勇人も――、その二人だけでなく家族全員がそう思っていた。

二年前、アリサが十文字家に引き取られた際、竜樹だけが彼女を歓迎しなかった。嫌がらせをしたわけではない。無視すらもしていない。ただ必要以上に関わりたくないという態度を隠さなかった。

彼が悪感情を抱いていた相手は、アリサよりもむしろ父親の和樹だ。竜樹にとってアリサの存在は、母親に対する裏切りの証に他ならなかった。また彼の心の中には、彼女を引き取る最終決断をした長兄の克人に対する蟠りも生まれた。

アリサ本人に罪はないと、竜樹も理屈では理解している。――全ての事情を考え合わせれば、本当は罪とすら言えないのだが。

だからアリサを責めるような真似はできなかった。しかし同時に、父親と長兄も責められなかった。竜樹にとって和樹は尊敬に値する父親であり、克人は自慢の兄だった。その想いが彼らに悪意をぶつけることを妨げた。

竜樹のアリサに対する態度は、彼が自分の感情を持て余した結果だ。

アリサに非は、一切無い。それでも家庭内に不和を持ち込んでしまったことが彼女は辛(つら)かった。アリサは竜樹(たつき)の冷淡な態度に接するたびに、自分を責めずにはいられなかった。

竜樹(たつき)が乗る金沢(かなざわ)行きの飛行機は、朝早い便だった。

出発ロビーに彼の家族の姿は無い。彼が拒否したからだ。竜樹(たつき)は母親の見送りすらも拒んだ。

彼は自分の振る舞いが幼稚なものだと分かっている。家族からもそう思われていると理解している。妹の和美(かずみ)などは、彼が三高進学を決めたときから軽蔑の眼差(まなざ)しを隠そうともしない。

母親からは、責められていると感じていた。三高に進学したことだけでなくそれ以前に、アリサを受け入れようとしない自分の態度を。

彼の感情は理不尽だと叫んでいた。自分は母親の為(ため)に怒っているのに、と。妹は自分と同じ母の子ではないか、と。もちろんそんなことは口にできない。だから余計に、頑(かたく)なになった。強情を張らずにはいられなかった。

彼が乗る飛行機の、搭乗手続き開始がアナウンスされる。

彼は故郷を捨てるようにして、家族から逃げ出すようにして、搭乗ゲートへ進んだ。

羽田から小松へ一時間。

羽田空港に見送りはいなかったが、小松空港には竜樹の出迎えが待っていた。

深紅——黒に近い暗い色調の赤いジャケットを着た青年が、到着ゲートから出てくる竜樹に向かって手を振っている。

その青年は、竜樹が知っている人物だった。過去に直接会ったこともある。

十文字家と同じ十師族の一つ、一条家長男・一条将輝。一時期、四葉家の婿の座を狙って次期当主の座を外れていたと聞いているが、婚約割り込み自体が頓挫しているから現在は一条家次期当主の地位に戻っているはずだ。

彼が小松空港で待っていると、竜樹は聞いていない。だがこちらに向かって手を振ったのだから、自分を出迎えてくれているのだろうと竜樹は思った。

ならばのんびり歩いている場合ではない。

彼はキャスター付きのスーツケースを置き去りにする勢いで、小走りに将輝の許へ向かった。

「一条さん、ご無沙汰しています。十文字竜樹です」

アリサに関しては幼稚な態度を改められなかった竜樹だが、彼は元来堅苦しいと言われることもあるほど礼儀正しい質だ。相手が自分の名前を知っていると確信しながら、自分から先にきちんと名乗った。

「久しぶりだな。ようこそ、金沢へ」

将輝の歓迎の言葉は厳密に言えば正しくない。ここは小松空港、金沢市ではなく小松市だ。だが自分の地元は金沢という意識が将輝は強く、また竜樹の最終目的地が金沢市内にある三高近隣のアパートということもあって、ついそういう言い方をしてしまったのだろう。――幸い、彼のセリフを聞き咎める小松市民はいなかった。

「一条さんがいらっしゃるとは予想していませんでした」

竜樹は今朝家を出るとき、一条家の人間が迎えに来ているはずだから案内してもらうよう次兄の勇人から指示を受けていた。しかし彼は、一条家が経営する会社の社員か一条家配下の魔法師が案内してくれるものだとばかり考えていたのだ。まさか一条家の跡取りに出迎えてもらえるとは、今口にしたように全く予想していなかった。

その反面、魔法大学二年生になる将輝がこの場にいることには意外感を覚えていなかった。魔法大学はまだ春休みだし、長期休暇中に将輝が帰省しているのはある意味当然だ。

彼は日本で二人目の国家公認戦略級魔法師なのだ。可能な限り地元の北陸で新ソ連や大亜連合に睨みを利かせておく必要がある。一条将輝には、アルバイトやサークル活動に現を抜かすような真似は許されない。本当は、魔法大学に通う為とはいえ東京に住むのも好ましくないくらいなのである。

東京には、戦略級魔法師でこそないが自分たち『鉄壁』の十文字家がいる。東京の南、伊豆諸島にはあの司波達也を擁する四葉家の拠点もある。ただでさえこの方面は過剰戦力気味なのだ。

その点、日本海側方面は北に大きな脅威を抱えているにしては、太平洋側に比べて魔法戦力が見劣りする。二〇九二年の佐渡島侵攻事件以来、陸海空の戦力は重点的に手厚く配備されている。だが目立った魔法戦力は一条家くらいだ。国防軍の魔法師部隊も舞鶴基地と新潟基地に各一個大隊が配属されているが、国防軍の魔法師部隊は全員が魔法師というわけではない。また戦闘魔法師のレベルも、十師族に比べれば劣っていると言わざるを得ない。

このような事情があるから、将輝が彼の地元にいることに不思議はない。しかし同時にこのような事情があるのだから、彼は忙しいのではないだろうかと竜樹は思う。大学の長期休暇で地元に戻った将輝は国家公認戦略級魔法師として、舞鶴と新潟に配属された国防軍魔法師部隊との情報交換や連携の手順確認、場合によっては連携訓練にも参加を求められるはずだ。

竜樹はまだ国防軍の運用について詳しくは知らないが、克人が結構な頻度で国防軍の基地に招かれていたのを小学生の頃から見ている。多分に感覚的な推測だが、大体のところは間違っていない自信が彼にはあった。

故に竜樹は、心配になってしまうのだ。一条家次期当主・一条将輝は十文字家当主である兄の依頼を受けて、無理をしているのではないか……、と。

「一条さん、その、お忙しいのではありませんか？」

だから、僭越かもと思いつつ竜樹はこう訊ねずにいられなかった。

「うん？　大学はまだ休みだが」

自分に気を遣ってとぼけているのだろうか？　——そう思って竜樹は将輝の表情を窺う。だが竜樹に分かる範囲では、将輝にそんな様子は無かった。

「いえ、あの……、国防軍との打ち合わせとか……」

「ああ、それを気にしているのか」

恐る恐る踏み込んだ質問をした竜樹に、将輝は気にするなという笑みを返した。

「確かに国防軍からは色々言ってくるし足を運ばなければならない日もあるが、毎日というわけじゃない。俺は防衛大の学生でもない、一応は民間人だからな。軍の都合に合わせてばかりじゃないさ。竜樹君は母校の後輩になるんだ。その君の為に多少の時間を都合するくらいのことは当然だ」

「……ありがとうございます」

単純かもしれないが、竜樹は将輝の男気を「格好良い」と思った。克人に対する尊敬とは性質が異なる、一種の憧れをこの時、将輝に対して懐いた。

「一条さんに恥ずかしくない後輩になれるよう頑張ります」

「ああ、竜樹（たつき）君。期待しているぞ」

将輝（まさき）が竜樹（たつき）の肩を叩（たた）いて激励する。

「はい」

竜樹（たつき）は将輝（まさき）に、笑顔で頷（うなず）いた。

それはこの二年、父親の和樹（かずき）にも長兄の克人（かつと）にも次兄の勇人（ゆうと）にも見せていない、素直な笑顔だった。

将輝（まさき）は空港まで車で来ていた。親から借りたのか社有車なのか、余り若者向けとは言えないデザインの四（フォー）ドアセダン。

竜樹（たつき）はその後部座席ではなく助手席に座った。

将輝（まさき）は後ろの席を勧めたのだが、それに従わなかった助手席の竜樹（たつき）を特に気にした様子も無く自走車を発進させる。

「知っているかもしれないが、俺の妹も今度、三高に入学するんだ」

将輝（まさき）が竜樹（たつき）にそう話し掛けたのは、無料化された高速道路（フリーウェイ）に乗った直後のことだ。

竜樹（たつき）は将輝（まさき）の妹のことを、態々（わざわざ）調べるまでもなく知っていた。

「はい、存じ上げています。一条茜（いちじょうあかね）さんですよね？　マーシャル・マジック・アーツの大会では中学生でありながら優秀な成績を収められたと聞いています」

竜樹の応えを聞いて、将輝は苦笑いを浮かべた。

「ますますお転婆になってしまって困っているよ……。それにしても君は大人びた話し方をするな」

「……改めるべきでしょうか？」

「いや、十師族直系にはそのくらいの方が相応しいかもしれない。妹にも見習わせたいよ」

この言葉には、竜樹も曖昧な笑みを浮かべることしかできなかった。

竜樹が入居するのは木造二階建ての学生向けアパートだ。この物件を紹介したのは一条家が懇意にしている不動産屋で、入居手続きを行ったのは兄の克人だが、竜樹も三高合格が決まった後に見に来ている。遠方から来る一人暮らしの学生向けに最低限の家具と一通りのホームオートメーションが備わった部屋に、竜樹は特に不満を覚えなかった。

「一条さん、ありがとうございました」

「大学が始まれば俺は東京だから中々相談には乗ってやれないと思うが、困ったことがあったら家の連中に何でも言ってくれ」

「はい、頼りにさせてもらいます」

竜樹の可愛げがある態度に、将輝は満足げな顔で去って行った。

一人暮らしは初めての竜樹は、常に親と家政婦が家にいる環境だったこともあって家事能力がほとんど無い。だが当面の生活に、不安はほとんど懐いていなかった。

不安よりも一人暮らしへの期待が、彼の心を大きく占めていた。竜樹に放埒な生活をするつもりは無かったがそれでも、何でも自分で決められる自由は十五歳の目には魅力的に見えた。

何でも自分で決められるというのは、何でも自分で決めなければならないという意味でもある。竜樹はそれも理解していた。――あるいは、理解しているつもりだった。だが今は無理にでも期待に意識を向けておかないと、家を離れる選択をしたことを早速後悔してしまいそうだ。竜樹としては、それだけはできない。強情を張った自分の過ちを認めることになってしまう。

彼が一人暮らしに対して殊更楽観的になっているのには、そういう背景もあった。

荷物は部屋の中に搬入済みだった。管理人が代わりに立ち会ってくれたとのことだ。学生向けアパートだからだろう。最近の物件には珍しく、同じ建物に管理人が住んでいる。一階の一番手前の部屋だ。人の好さそうな老人だった。深くは訊ねなかったが、おそらく子供が独立し伴侶に先立たれ、一人暮らしでできる仕事を選んだのだと思われる。

ちなみに竜樹の部屋は二階の一番奥だった。

荷物は多くない。――というより少ない。既に述べたとおり、このアパートには一人暮らしに必要な家具・家電が一通り揃っている。料理は自動調理機の使用が前提となっている為、鍋やフライパンは持ってきても使えない。もちろん竜樹は、そんな無駄なことはしなかった。

ちょうど片付け終わったところで、ノックの音が聞こえた。竜樹は玄関に訝しげな目を向ける。カメラ付きのドアホンが各戸に備わっているのに、態々ノックするとは。

もしかして、映像を録られたくない不審者なのだろうか？

だがドアホンを鳴らさなくても、廊下の往来は防犯カメラが記録している。本当に不審者だとしても無意味だ。

竜樹はドアホンを中からオンにして「はい」とだけ返事をした。同時にCADをスタンバイする。三年前にFLT――フォア・リーブス・テクノロジーが製品化した完全思考操作型CADは他メーカーの思考操作対応CADと共存しながら、完全にデファクトスタンダードとなっている。今や魔法師は、CADの操作で手を塞がれることが無い。魔法行使に圧倒的なスピードと圧倒的な自由を手に入れていた。

『隣の部屋の者ですけど、挨拶をしたいと思って』

微妙なところで丁寧に成り切れていない言葉遣いでそう返してきたのは、竜樹と同年代の少年だった。最初は明後日の方を向いていた目が慌ててカメラに向けられたのは、ドアホンに気付いていなかったからか。

緊張しているのだろうか？　このアパートは事実上、三高の男子生徒専用だ。緊張する理由は無いはずだが……？

首を捻りながら、竜樹はドアを開けた。

「初めまして」

人見知りとは縁が無さそうな、控えめだが人懐こそうな笑顔で相手の方から挨拶される。

ドアホン越しでは分からなかったが、竜樹より五センチ前後背が低い。だが体重は向こうの方が重そうだ。肥満しているのではなく筋骨逞しい体型だった。身長を別にすれば、長兄の克人に似た身体付きかもしれない。

「伊倉左門、新入生です」

(伊倉？　……まさかな)

「初めまして。十文字竜樹です」

伊倉という苗字に二十八家の「一之倉」との類似性を感じながら、竜樹はそれには言及せず自己紹介を返した。

「私も三高の新入生です」

竜樹がそう付け加えると、伊倉左門は笑顔から「控えめ」の形容を取りニカッと笑った。

「やっぱり新入生か。俺のことは左門と呼んでくれよ。あっ、こういう話し方で構わないか？」

馴れ馴れしくはあるが礼儀を知らぬわけではないようだ。それに左門の口調も表情も、不思議と不快ではなかった。

「いや、同学年なんだしそれで構わない。私のことも竜樹と呼んでくれ」

「おう、よろしくな」

左門が右手を差し出す。

竜樹はすぐにその手を握り返した。

左門の手は、分厚く力強かった。こういうところも竜樹に長兄を連想させる。

「部屋は隣だ。俺も金沢は初めてだし、分からないことは助け合っていこうぜ」

そう言って左門が手を離す。

「そうなのか。私は東京から来たばかりだが、左門はどこの出身なんだ?」

竜樹はそう言った後「まあ、入ってくれ」と付け加え、身体を横に向けた。

「それじゃ、遠慮なく……」

竜樹の横をすり抜けて左門が玄関に入り、サンダルを脱いで部屋に上がる。

竜樹も扉を閉めて部屋に戻った。

彼の部屋には――多分左門の部屋も同じだだろうが、テーブルは無い。二段ベッドの一段目が机と棚に置き換わっているだけだ。二人はウッドフローリングの床に直接腰を下ろした。

「すまんな。まだ飲み物も買えていないんだ」

「じゃあ、後で買いに行こうぜ。……っと、俺の出身地だったな。俺は新潟の長岡だ。東京から来たってことは、竜樹の『十文字』って、十師族のあの十文字家だよな?」

「そうだ」

自分が十師族・十文字家の人間であることを竜樹は全く隠す気が無かったので、左門の質問にあっさり頷く。

「一高じゃなくて三高に進学した理由は、訊かない方が良いんだろうな？」

「大したことではない。ちょっとした、家庭の事情だ」

これも竜樹は、別に誤魔化しているつもりは無かった。

自分では強がりとも思っていない。

父親が外で作った異母姉妹が原因で家族間の関係が悪化するなど、世間では掃いて捨てるほど「良くあること」だと竜樹は考えていた。

「そうか。それにしても竜樹は随分大人びた喋り方をするなぁ」

「……そうか？　特別な言葉遣いをしているつもりは無いが」

「言葉じゃなくて口調がな。やっぱ十師族ともなると、家庭内の教育も違うのかね？」

「そんなことは無いと思うが……」

自分では特別なことをしているつもりの無い竜樹は、言葉を濁すことしかできない。

同時に彼は、自分の話し方を変える必要性も感じていなかった。

ついさっき同じことを将輝にも指摘されたばかりだが、竜樹はそれが改めるべき短所とは思わない。

これは良くも悪くも、竜樹(たつき)の個性だった。

［3］四月四日

四月四日、土曜日。入学式の前々日の午後。

アリサは二日連続で茉莉花のマンションへ遊びに来ていた。

引っ越し当日を合わせれば三日連続だ。そんなに毎日で飽きないのか、と他人からすれば思われるかもしれない。だが二人にとっては、離れていた日々を埋めるにはまだまだ全然足りなかった。——離れていたといっても、毎晩ヴィジホンで顔を見ながら話をしていたのだが。

まあアリサは十文字家の魔法の修得を疎かにしているわけではないし、茉莉花もアリサと会っていない時間をだらけて過ごしているわけではない。二人ともやるべきことはやっているから、姉妹のように育った親友同士の逢瀬にケチをつけるのは野暮というものだろう。

「——アーシャ、お昼ご飯は？」

「ごめん、済ませてきた。……もしかして、待っててくれた？」

アリサが茉莉花の顔色を恐る恐る窺う。

茉莉花はカラッとした笑顔で「気にしなくて良いよ」と応えた。

「晩ご飯をこっちで食べるんだもんね。お昼ご飯はお家で食べないとお義母さんに悪いか」

そして付け加えたこのセリフに、アリサは「うん……」と歯切れの悪い口調で頷いた。

「それじゃ、仕方がない。さっさと済ませちゃうから少し待ってて」

アリサは今夜、茉莉花のマンションに泊まることになっている。「こっちで食べる」とはそういう意味だ。これが普通の家庭ならそんなに気にする必要はないのだが、アリサの家庭内における立場は、今時珍しくはなくても普通とは言えない。色々と気を遣っているだろうことは、改めて考えるまでもなかった。

「ミーナ、私が作るよ」

「えっ、いいよ」

茉莉花が驚いた表情で首を左右に振る。

「私が作ってあげたいの。お願い、作らせて」

だがアリサは引かなかった。お昼の食卓を一緒に囲めなかったからせめてそれくらいは、という思いが彼女の顔に浮き出ていた。

「……そう？　じゃあ、お願いしようかな」

茉莉花はアリサのその気持ちを無下にはできなかった。また一つには、一緒に暮らしていた頃、アリサの方が茉莉花よりも料理が上手だったという事情もある。久しぶりに食べるアリサの料理が、茉莉花は楽しみだった。

アリサがキッチンの壁に掛かっていたエプロンを着ける。昨日、二人で近場の小売店を巡った際に茉莉花とお揃いで買ったアリサ用のエプロンだ。

冷蔵庫の中身は、昨日一緒に買い物をしたのでアリサは確認するまでもなく把握していた。

もしかしたら自分で料理することを前提に食材を選んだのかもしれない。彼女は一切迷った素振りなく、すぐ調理に取り掛かった。

「わあっ！　美味しそう！」

調理時間二十分足らず。テーブルについていた茉莉花の前に置かれたのは、トマトの赤色が鮮やかなトマトチーズリゾットだ。

「ご飯が炊いてあったから手抜きしちゃったけど。どうぞ、召し上がれ」

「いただきまーす！」

時刻はまだ十二時半だが、茉莉花はお腹を空かせていたのだろう。深皿に突っ込んだスプーンを勢い良く口に運んだ。

「美味しい！　アーシャ、ますます腕を上げたね！」

「ありがと」

褒められて素直に嬉しいのか、アリサは茉莉花の向かい側でテーブルについた両手の上に顎をのせてニコニコと微笑んでいる。

「ムアーハ（アーシャ）、ジュームンニももむにねも（十文字のお家でも）……」

食べ物が口の中に残っている不明瞭な声で何事か訊ねようとする茉莉花に、アリサは軽く眉を顰めた。

「ミーナったら。口に物を入れたまま喋るのはお行儀悪いよ」

「ふぁーい」

茉莉花は少しも悪びれた様子が無い。それでも言われたとおり質問を中断して、口に含んでいたリゾットを飲み込んだ。

「――十文字のお家でも、良く台所には立つの？　十師族って何となく、専属のコックを雇っているようなイメージなんだけど」

改めて茉莉花が口にした疑問に、アリサは困惑の笑みを浮かべる。

「コックさんじゃないけど、住み込みのお手伝いさんはいるよ。でも家事を全部任せ切りってわけでもないの。お義母さんも週に二回くらいの割合で台所に立っているし」

「ふーん……。週に二回なんだ」

やっぱりね、とでも言いたげな茉莉花の呟きに、アリサは苦笑いを零した。

「最初の内は、余り良い顔をされなかったんだ」

「台所に立つのを？」

「うん」

茉莉花の言葉に、アリサがコクンと頷く。

「使用人の仕事を取っちゃダメ、とか？」

今度は、アリサは頭を振った。

「多分、私が気を遣って無理をしていると思われたんだと思う」

それが趣味という程ではないが、アリサは料理が好きだ。料理だけではなく、家事全般が苦にならない質だった。

だが、引き取られた非嫡出子の娘が義理の母や異母兄弟に気に入られようと慣れない家事を手伝おうとする、というのは世間にありがちな思い込みの一種と言えるかもしれない。

「そうなんだ……。面倒臭いね」

茉莉花はそう解釈して、うんざりした顔で呟いた。

「一ヶ月くらいで分かってもらえたけどね」

アリサは笑っているが、茉莉花の解釈を否定しなかった。彼女も十文字家の人々に対して、何も思うところが無いわけではないのだ。

「一ヶ月くらいで済んだんだ？」

一ヶ月と聞いて茉莉花は意外そうだ。彼女はアリサと十文字家のギクシャクした関係が、もっと長く続いたと考えていたのだろう。

「うん。今はお手伝いさんと一緒に、台所に立ったりもしているよ」

「お義母さんとは？」

茉莉花の質問は何気ないものだった。

「………」

「……ごめん」

だがアリサが苦い顔になったのを見て、茉莉花は決まり悪げに謝罪した。

「仲が悪いんじゃないのよ」

今度は逆に、アリサが慌ててしまう。

「お義母さんとは上手くやってるの。本当に」

一所懸命否定しようとするアリサの口調に、茉莉花は小さな引っ掛かりを覚える。

「――他の人たちとは？」

アリサの表情に暗い影が差す。しかし今度は、沈黙に陥ったりはしなかった。

「一人だけ、余り上手く行っていない……かな」

「それって一昨日の勇人さんのことじゃないよね？　もしかして、妹ちゃん？」

アリサは美人だ。彼女が男子に冷たくされるところを、茉莉花は見たことがない。だから上手く行っていないなら、同性の異母妹かと思ったのだ。

しかし、アリサは首を横に振った。

「和美さんとは――妹とは仲良くとは言えないけれど、まあまあ上手くやってるの。上手くいかないのは竜樹さんの方」

「竜樹さんって、同学年の弟君だっけ？　確か、半年違いの」

「うん、そう」

茉莉花の記憶は正しかったようで、今回、アリサの首は縦に動いた。

「嫌がらせされたりしてた？」

「ううん！　そんなことないよ！」

アリサが慌てて、勢いよく首を左右に振る。

「じゃあ、無視されたり？」

「無視じゃないけど……」

「話し掛けても返事をしないとか」

「それに近い、かな。私とは顔を合わせるのも嫌みたい。高校も一高じゃなくて、態々金沢の三高に進学しちゃうし」

「ふーん……」

それきり、会話が途絶えた。茉莉花は口を発声ではなく咀嚼に使い、スプーンを休みなく動かしてリゾットを平らげるのに専念する。

「ごちそうさま。美味しかった！」

「お粗末さま」

食べ終わった食器を茉莉花が食洗機の中に持って行く。現代のホームオートメーションに組み込まれた食洗機は、食器をきちんとセットする必要は無い。スイッチを操作する必要も無い。機械が自分の判断で整理し、洗ってくれる。

「でも、良かったんじゃない？」

テーブルに戻ってきた茉莉花が、いきなりアリサにそう言った。

どうやら茉莉花の中では、さっきの話が続いているようだ。リゾットが冷めるともったいないから中断していただけかもしれない。

「……何が？」

「だって、上手く行ってなかったのはその竜樹君だけなんでしょ？　今だから言うけど、あたしはアーシャがもっと辛い思いをしてるんじゃないかと心配してたんだ」

「それは……そうかも」

十文字家の者にとってみれば、アリサは父親が外で作った子供だ。確かに、家庭内がもっとギスギスしても不思議は無い。自分が家の中でいびられていた可能性もあったのだと、アリサは改めて思った。

「四人も兄弟がいるんだもん。一人くらい上手く行かなくても仕方が無いよ」

「……そういうものかな」

「そういうものだよ。それに、その子も自分の態度が良くないと分かっているから家を出たんじゃない？　離れることで、気持ちを整理する為に」

「そう、なのかな……？」

「アーシャは気長に待ってあげれば良いよ」

茉莉花が明るく言い切る。これは自分の推測に自信があるからではなく、アリサを元気づける為に敢えてそうしているのだろう。

「そうだね」

アリサの応えが疑問形にならなかったのは、茉莉花のその気持ちを理解していたからに違いなかった。

二人が「必要な物を揃える為の買い物」の名目で街に出るのは二日連続だ。昨日は近場で食料品と日用品を購入した。それに対して今日のお目当ては衣類や小物だ。一般的な少女の例に漏れず、茉莉花たちはマンションを出る時からウキウキしていた。

二人の家から最も近い繁華街は浅草だが、少し足を伸ばせば上野や神田もある。日本橋も気軽に出掛けられる距離だ。既に二年間ここで暮らしているアリサはともかく、北海道の決して都会とは言えない町から出てきたばかりの茉莉花にとっては、浮かれるなという方が無理な状況と環境だった。

アリサはまず、浅草のファッションビルに茉莉花を連れて行った。

「……へぇ～、アーシャはいつも、ここで下着を買ってるんだ？」

「ミーナ、声が大きいよ……」

「あっ、ごめん。ネットショップじゃないんだね？」

茉莉花がそれ程すまなさそうでもなく、それでも小声になって質問の言葉を続ける。

「ネットで買うこともあるけど、ブラは時々専門家にサイズを測ってもらわないと……。私たち、成長期だから」

「なる程。義理のお義母さんには頼みにくいか」

「そういうわけでもないんだけど。やっぱり専門家にフィッティングしてもらうと違うよ。数字上は同じサイズでも、物によってカップの形とか違うから」

「そうなの？　あたしもそうしようかな」

「しょっちゅうはお金掛かって無理だけど、時々はそうした方が良いと思う」

「じゃあ早速」

「えっ、買うの!?」

今日は案内だけのつもりだった——ウインドウショッピング、あるいは冷やかしとも言う——アリサが、立体映像サンプルの横にある店員呼び出しのボタンを茉莉花が押すのを見て、思わず声を上げる。

「記念にね。アーシャとの東京初デート記念」

「デートって……ミーナったら、何言ってるのよ」

口ごもるアリサを余所に、茉莉花は店員に試着を申し込む。そしてアリサの手を取り、試着室に引っ張っていった。

ランジェリーショップでお揃いの下着——サイズは違う——を買った二人は、その後も目についた服を——下着ではない。念の為——お互いに着せ合って夕方までウインドウショッピングを楽しんだ。場所も浅草だけでなく、上野まで足を伸ばした。残念ながら日本橋まではしごするのは、時間が足りなくて無理だったが。

午後六時を過ぎたところで、二人は茉莉花のマンションに戻った。

茉莉花の部屋に泊まることは、家を出るときにアリサは義母の了承を得ている。それでも念の為、アリサは十文字家に電話を入れて、改めて今日は帰らないことの了承を得た。

「アーシャ。お風呂とご飯、どっちを先にする?」

茉莉花が新妻コントのようなセリフを口にする。本人にしてみれば単なる質問だったのだが、アリサは思わずクスッと笑った。その反応で茉莉花も自分が誤解を招きかねない言い方をしてしまったのに気付いて、苦笑いを漏らす。

「……あたし、っていうのは無しだからね?」

「照れくさいなら、態々そんなこと言わなくても良いのに……。ご飯の準備を先にしましょう? お腹空いちゃった」

笑い声を漏らした。

「あはは……。じゃあ、一緒に作ろうか」

アリサが指摘したとおり少し赤い顔をしていた茉莉花は、明らかに照れ隠しと分かる乾いた笑い声を漏らした。

先に入浴を済ませた茉莉花が身に着けていたのは、今日買ったばかりのブラジャーと、ブラとセットのショーツだった。

下着姿のままでいることを、アリサは咎めなかった。今この部屋の中には二人だけ。他に見ている者も無いのに「はしたない」などと非難する程、彼女は頭が固くない。

「それ、もう下ろしたんだ」

ただ、多少の意外感は否めなかった。ちゃんとしたショップなら商品は完全無菌管理されているから、買ったばかりの物を素肌に着けても抵抗はない。普段使いができない程の高級品というわけでもない。ただ、これからどこかにお出掛けするわけでもないのに、新しい下着を下ろす必要があるのだろうか、と思ったのだった。

「せっかくだから」

「何それ。訳分かんないよ」

「アーシャも、はい」

茉莉花が買い物バッグの中からアリサの分を取り出して手渡した。

「私も？」

「うん」

茉莉花がアリサに、良い笑顔で頷く。

「まあ、良いけど」

アリサにとっても、別に拒否する程のことではない。素直にブラとショーツを受け取って浴室に向かった。

アリサが浴室から出て来た時、茉莉花はまだ部屋着もパジャマも着ていなかった。

下着姿のままだ。

「ミーナ、寒くないの？」

暦は四月になったばかり。暖房は付いていない。幾ら部屋の中といっても、下着だけでは普通なら肌寒い気温だ。

「全然」

だが茉莉花は余裕の笑顔で首を横に振る。

「この程度、家に比べれば寒い内には入らないよ」

茉莉花が「家」と言ったのは、北海道の遠上家のことだ。遠上家があるS町は北海道の南西部で冬の寒さもそんなに厳しくなく、雪もそれほど深くない。

しかしそれも、北海道の中では、の話。三月が終わっても雪はまだ残っているし、外に出るにはコートやダウンが必需品だ。

だがその反面、家の中の断熱はしっかりしている。屋内に関していえば、東京の賃貸マンションと良い勝負ではないだろうか。少なくともアリサはそう思っている。

「ミーナ……。油断してると風邪引くよ」

アリサはそう言いながら、茉莉花のワードローブを開いた。一緒に片付けたから、何処に何が入っているのか分かっている。彼女は淡いレモンイエローのパジャマを取り出して茉莉花に渡した。昔と好みが変わっていないなら、この色のパジャマは茉莉花のお気に入りだ。

「ありがと。あたしが好きな色、覚えててくれたんだ」

茉莉花が嬉しそうにパジャマを受け取る。

しかし、アリサが小振りなボストンバッグの中から自分のパジャマを取り出して振り返った時、茉莉花はまだパジャマに袖を通していなかった。

「……どうしてパジャマを着ないの？」

ここに至り、茉莉花には何か思うところがあるとアリサは気付いた。

「来て、アーシャ」

——実は、そんなご大層なものでもなかったが。

茉莉花がアリサを引っ張って立たせたのは、全身が映る姿見の前。

「うん、お揃い」

鏡に映った自分とアリサを見て、茉莉花が楽しそうに笑う。

「アーシャみたいにスタイルは良くないけど」

しかし次の瞬間、茉莉花は拗ねた口調で愚痴を零した。

「それ、私のセリフだと思う。ウエストはそんなに変わらないのに、ミーナの方が胸が大きいじゃない」

アリサが茉莉花と同じような口調で言い返す。

「胸なんて程々にあれば良いんだよ！　大きすぎると動きは鈍くなるし肩は凝るし可愛い服はシルエットが崩れて着られなくなるし、悪いことの方が多いんだよ！」

アリサに詰め寄る茉莉花の瞳には熱い光が宿っている。「強い光」ではなく「熱い光」だ。

その熱量に気圧されて、アリサは「そ、そう……」と曖昧に頷くことしかできなかった。

「その点アーシャは、胸の大きさもちょうど良いし足も細いし……。羨ましいなぁ。アタシの太ももお肉を少し引き取って欲しい……」

茉莉花が自分の太ももにコンプレックスを懐いていることをアリサは知っている。どうやらこの二年間で解消しなかったようだ。客観的に見れば茉莉花の足は決して太くないのだが、体型に関するコンプレックスは客観的に割り切れるものではない。また絶対値ではなく相対値で語られる世界だ。

「どうしてスカートやカーディガンじゃなくてお揃いの下着なの？」

スタイルに関する話を続けることに危機感を覚えて、アリサが唐突に話題を変える。——茉莉花の目付きは、段々怪しくなってきていた。

「えっ？　……だって、制服って元からお揃いでしょ？　だったら残るはブラとショーツじゃないの？」

そんな理由？　とアリサは思ったが、口にはしない。

そんなセリフを漏らすと茉莉花がショックを受けそうだったし、アリサ自身も本当は少しだけ嬉しかったからだった。

放っておくと茉莉花は一晩中下着姿のままでいそうな感じだったが、真剣に風邪が懸念されたのでアリサが強く言ってパジャマを着せた。——アリサ自身も、それでようやくパジャマを着られた。

ここは一人暮らしの部屋、ベッドはもちろんシングルだ。床に敷く余分な布団も無い。そうすると、どちらかが絨毯に直接ごろ寝、かと思いきや。

「お邪魔しまーす……」

「どうぞどうぞ」

前者はアリサ、後者は茉莉花のセリフだ。

茉莉花が先にベッドインして、アリサがその隣に潜り込もうとしているところである。茉莉花は掛け布団を上げて、アリサに早く入ってくるよう促している。

「……やっぱり狭いね」

少女二人とはいえ所詮はシングルベッド。しかも、二人とも女性としては決して小柄ではない。アリサは百六十五センチの長身。茉莉花もアリサ程ではないが、百六十センチある。またアリサはほっそりとしているが、茉莉花はグラビアを飾っていてもおかしくないグラマラスな体型だ。アリサが漏らしたように二人で寝るには、このシングルベッドはいささか狭かった。

「こうすれば良いよ」

「えっ⁉」

茉莉花がいきなりアリサに抱き付いた。アリサを抱き枕にするように、腕を回し足を絡める。

「ちょっと、ミーナ！」

アリサは少し尖った声を出したが、茉莉花の腕から逃れようとはしない。

もっとも、もっと強く言ったとしても茉莉花には通じなかっただろう。

「えへへ、アーシャだぁ……」

茉莉花は幼い子供のような笑顔で、とろけた声を漏らした。

「――変なことしたら突き落とすから」

諦観の滲む声でアリサが早くも白旗を揚げる。

「お休みのキスは？」

「ダメ」

「頬ずりくらい良いでしょ？」

「それもダメ」

「ケチ。じゃあこのままで」

茉莉花が体勢を変えて、アリサの肩口に顔を埋める。

アリサは「仕方無いなぁ」という感じの笑みを浮かべながら、自分でも横向きに体勢を変えて茉莉花をそっと抱え込んだ。


——ちなみに茉莉花の向こう側は壁なので、アリサが何をしても茉莉花が実際にベッドから落ちることはない。

——二人が朝起きた時には、茉莉花がアリサの背後から抱きつく体勢に変わっていた。

［4］四月六日

二〇九九年四月六日、月曜日。国立魔法大学付属第一高校の講堂には、二百人の新入生が勢揃いしていた。

可動式の椅子に行儀良く座る新入生の胸と肩には、漏れなく八枚花弁のエンブレム。

かつて生徒同士に深刻な対立をもたらし、外部の犯罪集団に付け入られる隙にさえなった二科生制度は、二〇九八年度から、つまり去年から廃止されている。これは生徒間の不和が憂慮された結果というより、二〇九八年三月に一高を卒業したあの司波達也が入学当時は二科生だったという事実が大きく影響していた。

在学中に「加重系魔法の技術的三大難問」の二つまでも解決し、飛行魔法と重力制御魔法式熱核融合炉を実現した英才、いや、鬼才が補欠と見做される二科生だったという事実は、制度の意義に大きな疑問を投げ掛けたのだ。

彼が補欠なら、他の生徒は何だったのか、と。

補欠でない一科生は、司波達也以上の実績を残しているのか、と。

無論彼は例外だ。高校生に社会で通用する実績を求める方が間違っている。

しかし間違っているというなら、生徒を校章の有無で分かり易く区別する二科生制度は、学校の体制として間違っていないのか――。

こんな当然の疑問が呈されたのだ。司波達也の在学中、二〇九七年の五月末、彼が『トーラス・シルバー』だと分かったあの時から。その議論は司波達也が戦略級魔法師を上回る実力を世界に誇示したことで、さらに加速した。いや、その段階でもう結論は出ていた。

こうして、常に問題視されながら長く続いていた二科生制度は廃止された。去年の新入生から、二百人の生徒に一科生・二科生の区別は無い。全員が同じ制服を着て、同じように教師の指導を受けられる。

しかし制度変更に伴う戸惑いと混乱は、まだ収まっていなかった……。

入学式は生徒会長による歓迎の辞が終わり、次は新入生総代の答辞というところまで進んでいた。

アリサも茉莉花もここまで行儀良く椅子に座り、大人しく壇上の話に耳を傾けている。座っている席は隣同士だ。座席は自由だったから、二人にしてみればこれは当然だった。

「あれっ？」

新入生総代が演台の前に立つのと同時に、茉莉花の口から声が漏れる。

「珍しい。メガネを掛けてる」

それは行儀良くしているのが限界だったからではなく、疑問が驚きとなりさらに言葉となって唇から零れ出たものだった。

「そうだね……」

アリサも茉莉花をたしなめるのではなく、同調する一言を口から漏らす。

現代で視力矯正のためにメガネを掛けるのは極めて珍しい。近視・遠視・乱視をそれぞれ治療する薬は普通の眼科医院で処方されているし、医師による施術を必要とするケースでもほとんどは日帰りで済む。近視を——無論遠視や乱視も——敢えて治療せずにメガネで矯正するのは、現代ではかえって高く付く。宗教的な信念に基づくものでもない限り、滅多にその様な選択肢は採られない。

この様な背景から、メガネを掛けているのは大抵ファッションだ。しかし壇上の少女は、銀色のアンダーリムのメガネを掛けている。この様な場で少女がメガネを掛けるのは、皆無とは言えないまでも相当珍しいことだと言えた。

「多分アレ、メガネじゃありませんよ」

不意に隣の席から聞こえてきたそのセリフが、自分たちに話し掛けるものだったと茉莉花が気付いたのは、約二秒が経過した後だった。——ちなみにその声は、アリサには届いていない。それほど小さな囁き声だった。

茉莉花が声の主へと振り向く。

　アリサとは反対側に座っているその新入生は、小柄で色々と柔らかそうな少女だった。

　彼女は茉莉花の視線に、にっこり笑って見せた。

「永臣小陽です」

　そして、小声かつ早口で名乗る。もしかしたら答辞が始まる前に、と考えているのかもしれない。

「遠上茉莉花よ」

　茉莉花も同じように、小声の早口で名乗り返した。

「それで、メガネじゃないって？」

　そして小陽に、先程の囁きの意味を訊ねる。

「多分あれ、ＡＲ端末だと思います」

「ＡＲって、拡張現実？」

「ええ。あれと同じモデルを見たことがあります。それに総代の人、答辞の原稿を持っていないじゃないですか」

「暗記してるんじゃなくて、端末に記録してるってこと？」

「多分あのメガネみたいなディスプレイに原稿が映るんですよ」

　そこまで会話が進んだところで、アリサから「始まるよ」と注意が入った。

　茉莉花と小陽は密談を打ち切り、大人しく答辞に耳を傾けた。

入学式が終わった。この後、学生証のカードを受け取り、今日は解散だ。

可動式の椅子が撤去されたフロアに、いったん外に出されていた新入生が改めて列を作る。カードを受け取るまで、新入生は自分の所属クラスを知らない。――入学式の一環として学生証の授与セレモニーがあった総代を除いて。

クラス分けが終わっていないこともあって、列は自由だ。だから無論、アリサは茉莉花と同じ列に並んだ。

アリサが前で、茉莉花が後ろ。そのさらに後ろには、永臣小陽が並んでいた。背が低い順ではなく高い順になっているのが絵面的に少し面白い。

外に出ている間にアリサと小陽はお互いに自己紹介を済ませていた。茉莉花と小陽も改めて初対面の挨拶をやり直した。

茉莉花から見て小柄という印象があった小陽だが、二人の身長は実際には五センチしか違わなかった。茉莉花が百六十センチ、小陽が百五十五センチだ。ただ本人たちにしてみれば、特に見上げなければならない小陽にしてみれば、五センチは大きな差かもしれない。印象と言えば、小陽が「色々と柔らかそう」というのは間違っていなかった。具体的にはバストとヒップが身長に似合わぬサイズだった。小陽の名誉の為に言うと、ウエストは標準の範囲内に収まっている。

胸が大きいという点は共通していても、茉莉花は格闘技で身体を鍛えている。だから余り、「柔らかそう」という印象は無い。

彼女が気にしている足の太さも、女性らしい脂肪の下に筋肉が発達しているから太く見えてしまうだけであって、決して太っているわけではないのだ。むしろ適度についている脂肪が落ちてしまえば、ゴツく筋張った印象になってしまって茉莉花の女性的魅力が大きく下がってしまうだろう。もっともコンプレックス、とりわけ美容に関するそれは、理屈と客観性で解決するものではないのだが。

茉莉花が主観的なコンプレックスに起因して小陽に懐いた親近感については、ひとまず横に置くことにする。

学生証交付の列はスムーズに進み、アリサの順番がやってきた。

この場で行われるのは本人確認だけだ。カードに書き込まれるべきデータは、既に決まっている。あらかじめデータを書き込んだカードを用意していないのは、純粋に配布の効率性を考えてのものだ。できあがっているカードを物理的に探し出して渡すより、全く同じメディアにデータだけ書き込んで渡す方が早いという、ただそれだけだった。

「アーシャ、何組？」

カードを受け取り列を離れるアリサに、茉莉花が小声で訊ねる。

「A組。同じクラスだったら良いね」

アリサも小声で答えて、邪魔にならないよう後ろの空いているスペースに移動する。

茉莉花は「A組、A組……」と呟きながら、係員の前に進んだ。まず名乗り、それから静脈認証機に両手を置き、網膜認証機をのぞき込む。

本人確認は一瞬で終わった。

カードが手渡される。

茉莉花は受け取った学生証カードを両手で挟み、目をつぶって拝むように額へ押し付けた。

そして、勢いよく手を開く。

カードには自分の顔写真、氏名、学生番号、そしてクラス。

「ああーっ……」

天を仰ぎこの世の終わりを垣間見たような声を上げた茉莉花に、多くの新入生が振り向く。

しかしその他大勢の訝しげな視線など、茉莉花の目には入っていなかった。

「ミーナ、どうしたの？」

今、茉莉花の目に入っているのは、何事かと小走りに駆け寄ってきたアリサのみだった。

「B組だった……」

茉莉花が泣き出しそうな声で答える。

「……そう」

それを聞いたアリサの表情は戸惑いを隠せない。

「残念だったけど、来月同じクラスになれるよう頑張りましょう？」

二科制廃止により一高のクラス制度は大きく変わった。実技の指導をしやすいようにクラスを実技成績順に分け、一ヶ月ごとにクラス替えを行うようになったのである。

一高に限らず、魔法大学付属高校のクラスは元々実技指導の単位という性格が強い。一科生と二科制の区別を廃止し指導人数は二倍になったのに、教師は倍増しなかった。その為、指導効率化の施策として成績順クラスと一ヶ月ごとのクラス替えが去年から採用されている。

つまり別々のクラスになったからといって、それが三年間ずっと続くわけではないのだ。それどころか一年も続かない。五月になれば、またクラス編成がある。

今回アリサがA組、茉莉花がB組だったのは、入試の実技成績を反映したものだ。だから同じクラスになりたければ、今月茉莉花が実技の授業を頑張れば良いのである。

「うん、そうだね」

それは入学案内にも書かれていたことだ。もちろん、茉莉花も読んでいる。アリサに言われて彼女はすぐに思い出した。

あっさり態度を変えた茉莉花に、アリサもさすがに脱力気味だ。

さっきの泣きそうな声は何だったのか……。

無論アリサは、せっかく収まった話を態々蒸し返すような真似はしなかったが。

そこへ小陽が平和な顔で近寄ってきた。

「私はB組でした。茉莉花さんたちはどうでした？」

何事も無かったようにそう訊ねてくる。

実際、何事も無かったのだ。単に茉莉花が大袈裟だったにすぎない。

「あたしもB組だった。よろしくね」

茉莉花がケロッとした顔で答える。

「私はA組ですよ」

アリサは直前の一幕を努めて気にしないようにしながら、愛想良く答えた。

ただその態度は、少し愛想が良すぎたかもしれない。

「アーシャ、どうしたの？　何だか他人行儀だけど」

茉莉花の目には、同級生に向けるには相応しくないものに映ったようだ。

「えっ、そんなことはないよ」

「ついさっき会ったばかりですから。私が馴れ馴れしい性格なだけで、アリサさんの方が普通だと思いますよ」

小陽から思いがけない援護射撃が飛んでくる。

「えっ？　それだと、あたしはもっと馴れ馴れしいってことにならない？」

援護射撃の必然か、茉莉花のターゲットが小陽に移る。

「い、いえ。あはは……。そういえばアリサさん、茉莉花さんからはアーシャって呼ばれているんですね」

小陽はあからさまに話題を逸らした。

この対応は正解と言えよう。茉莉花は勝ち負けが絡まない限り、しつこさとは無縁の性格だ。

「子供の頃からね」

答えたのはアリサではなく茉莉花。何故か自慢げだった。

「なんか、アリサさんに似合ってますね。私もそう呼ばせてもらって良いですか？」

小陽の言葉に深い意味は無かった。敢えて意味を求めるなら、アリサに似合っていると思ったからだ。

「ダメ」

しかし意外なことに、答えは「否」だった。

強い口調の拒否ではない。柔らかな言い方だったが、拒絶の意思は誤解しようのないものだった。

「私、日露ハーフなの。だからこんな見てくれなんだけど……」

「はぁ……」

小陽が「納得した」というニュアンスの声を漏らす。

彼女もアリサの目や髪の色は気になっていたのだ。今時ハーフは特別に希少な存在ではないが、アリサほど白人種の特徴が強く出ている例は珍しい。

「この顔であだ名がアーシャじゃ、ますます日本人ではないみたいでしょう？」

彼女の自虐気味な口調からは、その外見の所為で嫌な思いをした経験が窺われた。

「あたしは子供の頃からそう呼んでいるから、特別なの」

アリサの断りの言葉に、サポートのつもりなのか茉莉花が自慢げに付け加える。

茉莉花の言い方は「えっへん」という擬音が聞こえてきそうな子供っぽいもので、確かに愛称拒否という友好的とは言えないセリフから毒気を取り除く効果があった。

「そうなんですね」

実際に小陽は「ダメ」と一刀両断されたことに対して、不思議なほど悪い印象を懐いていなかった。

「私のことはそのままアリサか、愛称の方が良いならリサと呼んでくれると嬉しい。その方が日本人っぽいから」

「じゃあ今までどおり、アリサさんと呼ばせてもらいますね」

小陽は何の拘りも無い表情でそう言った。

「もしかして茉莉花さんにも、二人だけの特別な呼び方があるんですか？」

そして興味津々の顔で、そう付け加える。

「あるよ」

ますます自慢げに茉莉花が即答する。

「特別かどうか分からないけど……私は茉莉花のことをミーナって呼んでる。死んだ母がつけた愛称で、ロシアで使われているものらしいんだけど」

アリサは少し気恥ずかしそうだ。多分「特別」というフレーズが、そういう顔をさせているのだろう。

「ジャスミンの愛称なんだって。でも『まりか』と『みーな』じゃ語感が違いすぎるから、アーシャ以外の人にそう呼ばれても自分のことだとは分からないや」

「やっぱり特別なんですね」

「うん」

茉莉花は自分とアリサが特別な関係と言われることに、アリサと違って恥じらいを覚えないようだ。彼女の自慢げな表情を見ると、茉莉花はむしろ積極的に「特別」を主張したいのかもしれない。

「仲が良いんですねぇ……」

「もちろん」

小陽の感嘆に即答する茉莉花。

「そうだよね、アーシャ」

そして「当然でしょ」という顔でアリサに同意を求める。

しかし今この場で、アリサの応えは得られなかった。

「小陽、早速友達ができたのか？　そのコミュ力はさすがだなぁ」

アリサが応える前に横から掛けられた男子の声。それに三人の注意が向いたからだ。

「ジョーイ……。びっくりしました。いきなり話し掛けないでくださいよ」

「ははっ、悪い悪い。知り合いが目に入ったんで、つい」

ジョーイと呼ばれた少年は小陽に軽く謝罪し、アリサと茉莉花へ向き直った。

やや赤みを帯びた髪の、背が高い男子だ。目を合わせる為に、百六十五センチのアリサが上目遣いというレベルではなく顔を上に向けなければならない。百八十センチ、いや、百八十五センチはあるだろうか。ひょろっとした体型の所為で余計背が高く見える。

こういう体型の人間にありがちな猫背は、この少年には見られない。ピンと背筋が伸びた姿勢がさらに、背の高さを強調していた。

「初めまして、火狩浄偉です。小陽とは小学校からの知り合いですが、別に彼氏彼女の関係じゃないんで、遠慮せずに相手をしてくれると嬉しいです。あっ、クラスはA組でした」

丁寧すぎず雑すぎない自己紹介は好感の持てるものだ。アリサも茉莉花も、この男子生徒に懐いた第一印象は良好なものだった。

「十文字アリサです。私もA組ですのでよろしくお願いします」

まず同じクラスのアリサが自己紹介を返す。

「遠上茉莉花。あたしはB組です」

茉莉花も男子相手にいきなり常体――普通の言葉遣い――で話し掛けることはなかった。

「小学校からってことは、小陽とは幼馴染みなんですか？」

しかし単に名乗るだけで終わらないのが茉莉花のパーソナリティだろう。実はアリサもこの点は気になっていたのだが、茉莉花は遠慮せずにズバリと訊ねた。

「違いますよ！」

強い口調の否定は、小陽から返された。

「小学校時代からの知り合いというだけです。幼馴染みじゃありません！」

「でもお友達なんでしょう？」

強く否定する小陽に、アリサが不思議そうな表情で問い掛ける。

「うっ……。そりゃあ、友達だということは否定しませんけど」

渋々といった感じで頷く小陽。

「そこを否定されたら、さすがにショックだったよ」

すかさず浄偉が、ぼそっと一言付け加える。

「小学校何年生からですか？」

今度は浄偉に、アリサは質問を向けた。

「ええと、三年生の時だったかな……」

「ジョーイ、二年生です」

自信無さげな浄偉の答えを小陽が即、訂正した。

「小学二年生というと……八年前からですか」

アリサのセリフに茉莉花が「そうだね」と相槌を打つ。

「小学校低学年から友達だったんでしょ？　そういう関係を普通は幼馴染みと言うんじゃない？」

「それでも、違うんです！」

茉莉花の指摘は一般的に正しいはずだが、小陽は頑なだった。

「茉莉花さん、分からないんですか⁉　アリサさんなら分かってくれますよね⁉」

「ええと、付き合いが長いだけじゃ幼馴染みとは言えないということかな」

茉莉花もアリサも小陽の剣幕に引き気味だ。

アリサのセリフは小陽の勢いに押されて無理矢理、苦し紛れに捻り出したものだった。

「そうなんです！　付き合いが長いだけなら腐れ縁と変わらないんですよ！　分かります？」

「そ、そうかもね」

茉莉花の答えも半ば反射的なものだ。小陽が何を言いたいのか、実のところ茉莉花は半分も理解していない。

他方、「腐れ縁」呼ばわりされた浄偉は何も言わない。態度にも表情にも特に不満は見られない。もしかしたら小陽のこういうところには慣れているのかもしれない。

「幼馴染みってもっと、もっとこう……、甘酸っぱいものでしょう⁉」

随分と力のこもった叫びが小陽の口から迸る。

アリサと茉莉花はただ顔を見合わせるだけで、何もコメントできなかった。

小陽がようやく落ち着きを取り戻した時には、学生証カードの配布が終わろうとしていた。

「……私たちもそろそろ外へ出ない？」

人が減ってきている講堂を見回してアリサが移動を提案する。

「そうだね。……あれ、何の集まりだろう？」

同じように辺りを見回した茉莉花が、演壇のすぐ下に人集りを見付けて首を傾げた。

「あれは生徒会の勧誘だよ」

アリサの背後から発せられた回答は、浄偉のものでも小陽のものでもなかった。

振り返るアリサ。

「勇人さん」

茉莉花の疑問に答えたのは勇人だった。

「あたしたちの会話を盗み聞きしていたんですか？」

勇人のセリフを茉莉花が聞き咎める。

「ちょうど話し掛けようとしたら聞こえてきたんだよ」

勇人は慌てた素振りを見せずに、潔白を主張した。

茉莉花は勇人の答えに納得したようには見えなかったが、押し問答には発展しなかった。

「生徒会の勧誘ですか？」

その前にアリサが話題を戻す。

「うん。一高の伝統なんだ」

「あっ、知ってます」

そう口を挿んだのは小陽だった。

「新入生総代を生徒会役員に勧誘するんですよね？」

「そう、よく知っているね。ご兄弟が一高生だった？」

「いえ、そういうわけじゃないんですけど」

「勇人さん」

まるで知り合いのように話を続けようとする勇人をアリサが遮る。

「彼女は一年B組の永臣小陽さんです。それから彼はA組の火狩浄偉君」

アリサの視線から勇人は決まり悪げに目を逸らした。

「……生徒会副会長、二年A組の十文字勇人です」

そして、少し遅きに失した自己紹介を行う。

「あっ、あの、ご紹介にあずかった永臣小陽です……」

もっとも、初対面の相手に名乗らなかったのは小陽も同じだ。彼女の方は見ていて気の毒になるくらい、はっきりと恐縮している。

「火狩浄偉です。十文字先輩、よろしくお願いします」

すかさず浄偉が声を上げたのは、勇人の注意を自分に向ける為だったのだろう。意図してか、意識せずにかは別にして。

「こちらこそよろしく」

浄偉の気遣いをすぐに理解したのか、勇人は好ましげな視線を向けて彼に挨拶を返した。

「ところで、副会長は勧誘に加わらなくて良いんですか？」

勇人にこう訊ねたのは茉莉花だ。彼女の態度はそれ程あからさまなものではなかったが、勇人に対して友好的とは言い難かった。

「新入生の女子一人に対して上級生が三人では無理強いになりかねないからね。会長に任せておく方が良いんだよ」

勇人の主張はもっともなものに聞こえた。少なくとも茉莉花には、それ以上言い返せない。

茉莉花は反論する代わりに、改めて人集りの奥へ目を凝らした。

そこではスリムで背が高い――多分アリサと同じくらい背が高く、アリサよりも痩せている新入生総代の女子に、ふわふわした癖毛の小柄な女子が一所懸命話し掛けている。その少女が誰なのか、全員覚えていた。先程壇上で歓迎の辞を読み上げた生徒会長、三矢詩奈だ。

「……何だか会長さんの方が新入生みたいね」

勇人との口論（？）を引きずっていたのか、茉莉花はポロッと憎まれ口を零してしまう。

「ミーナ、それはちょっと……」

呆れ声でアリサにたしなめられ、茉莉花がハッと口を手で押さえる。どうやら本人も失言だと思ったようだ。

「ははは、確かに会長の方が新入生に見えるね」

しかしここで、茉莉花の肩を持つ人物が現れた。

勇人の隣に並んだその男子生徒は態度からして勇人の友人のようだが、アリサも初めて見る顔だ。勇人には何人か、家に遊びに来た彼の友人を紹介してもらったことがあるが、その中には含まれていない。

「早馬……会長に失礼だぞ。矢車先輩に怒られても知らんからな」

「矢車先輩はこの程度の冗談に目くじらを立てたりしないさ」

「裏部先輩に聞かれたらどうする？　何なら伝えてやろうか？」

「おい待て！　冗談だろ？　委員長に告げ口するのは卑怯だぞ！」

「お前が下級生の前で戯言をほざくのを止めたら考え直してやるよ」

そのセリフで闖入者を黙らせて、勇人は置き去りになっていた新入生に視線を戻した。

「見苦しいところを見られちゃったね」

「いえ、そんな……」

苦笑いする勇人に、アリサが困惑気味の笑顔で首を横に振る。ただ、早馬と呼ばれた男子生徒に向けられている不審者を見る目付きは隠し切れていなかった。

その視線に気付いた勇人は、ため息を堪えているような表情を垣間見せた。

「こいつは悪友の誘酔早馬。これでも風紀委員なんだ」

「はあ……」

「風紀委員……」

アリサと茉莉花の口からは半信半疑の声が漏れる。

「これでも、は心外だなあ。——誘酔早馬です。入学おめでとう」

早馬はセリフの途中で別人のように態度を改めた。——それがかえって、早馬に対する胡散臭いイメージを増幅している。アリサはそれ程でもなかったが、茉莉花は「胡散臭い」という印象を早馬に対して特に強く懐いていた。勇人に対する「良い人だけど気に食わない」という敵愾心が、その「悪友」にも投影されている可能性は否定できないが。

「勇人、僕にも紹介してくれよ。その子が君の自慢の妹なんだろう？」

「自慢の妹!?」

目をむき出しにする過剰反応をしたのは茉莉花。アリサ本人は困惑と羞じらいが綯い交ぜになった表情で「自慢の妹って……」と呟いていた。

「こ、こらっ、早馬！」

勇人は狼狽を露わにしている。良く見れば耳が少し赤くなっていた。義兄の克人とは違って結構表情は豊かなようだ。

「今更照れることじゃないだろう。これだけ美人な妹ができたんだ。自慢したくなるのも当然だと思うよ」

「良いから黙れ！　然もなくば紹介してやらん！」

「ええーっ、そりゃないだろ」

態とらしく不平を鳴らした早馬を、勇人がギロリと睨む。

早馬は芝居掛かった仕草で首を竦めた。

「オーケー、分かった。悪ふざけは止めるから紹介してくれ。親友の妹とまともに挨拶も交わしていない間柄にはなりたくない」

早馬が軽く両手を挙げて「降参」をアピールする。

勇人は渋い顔で「誰が親友だよ……」と零した。

「……アリサ、構わないか？」

初対面の相手が見ている前とは思えない早馬の奔放な振る舞いに圧倒されていたアリサは、嫌とも言えず無言で頷いた。

「この子が妹のアリサだ。早馬、手を出すんじゃないぞ。俺よりも克人兄さんが黙っていないからな」

早馬がブルッと身体を震わせる。その動作は、不思議と態とらしくは見えなかった。

「お噂は勇人から兼々。アリサさん、よろしく。勇人に言いにくい悩みがあれば何時でも相談に乗りますよ」

「よろしくお願いします」

そう言いながら、アリサは改めて早馬の顔を見た。

そこで、初めて気がついた。

（目の色が違う……）

長い焦げ茶色の前髪に半分隠れている右目がわずかに紫がかっている。左の瞳は平凡な濃褐色だ。

（だから前髪を伸ばしているのかな？）

アリサは相手が虹彩異色症だからといって特に何も思わないが、気にする人もいるかもしれない。他人とは違う瞳や髪の色に時々悩まされたアリサは、早馬の瞳と髪型を見てそんな風に思った。

不意に、視線が遮られる。

「遠上茉莉花です」

茉莉花がアリサと早馬の間に割り込んだのだ。

早馬は百七十センチ台半ばで茉莉花はアリサより五センチ低い。だから早馬に向けていた視線が完全に塞がれることはなかったが、自分が初対面の男子上級生をまじまじと見詰めていたことをアリサに気付かせるには十分だった。

急に恥ずかしくなり、アリサが俯く。

だが幸いなことにこの時の早馬の注意は、少なくとも表面的には、いきなり話し掛けてきた茉莉花に向けられていた。

「先輩、失礼かもしれませんが……先輩はあの十六夜家の方ですか？」

茉莉花の質問は、それほど的外れなものではない。「いざよい」と名乗られれば、多くの日本人は「十六夜」の文字を思い浮かべるだろう。魔法関係者であれば、特にこの傾向は強いに違いない。

十六夜家は百家最強とも言われている魔法の名家だ。十師族のような開発された魔法師の血統ではなく、古式魔法師が自主的に現代魔法を取り入れて名を高めた本物の名門と呼べる魔法師の一族だった。その力量は十師族に匹敵すると噂する者も少なくない。

そんな十六夜家だが、その能力の高さと血統の古さにも拘わらず、この家に関する風評は良いものばかりではない。強さと同時に十六夜家は、遺伝子操作で産み出された魔法師に批判的なことでも知られていた。十師族に対してはさすがに遠慮している節がある。だが調整体や数字落ちに対しては、侮蔑的な態度を隠そうとしないという悪評があった。

茉莉花が「失礼かもしれませんが」と前置きしたのは、この悪評の故だった。

「いや、百家の十六夜とは無関係だよ」

茉莉花の質問を、早馬はまるで気にした風もなく否定する。

「僕の『いざよい』は『十六の夜』じゃなくて、酔っ払いの『酔』を『誘う』と書くんだ」

「……随分珍しいお名前ですね」

確かに『いざよい』で『誘酔』と書く苗字は珍しいだろう。茉莉花も戸惑いを隠せない。

「ははっ、そうだね」

早馬は「失礼だ」と怒らなかった。気分を害した様子も、まるで窺わせない。

「実は十六夜家の一族と間違えられないように、親の代で改姓したんだ。あそこは尊敬されているけど敵も多いから」

種明かしをされてみれば、なる程と頷けた。調整体や数字落ちに対する差別意識は、魔法師のコミュニティで表向き恥ずべきこととされている。それを隠そうとしない十六夜家は、陰で喝采を送っている家も少なくないが敵視する魔法師も多いのだった。

「とにかく僕は、調整体や数字落ちの皆さんにも特に差別意識は持っていないよ」

それは話の流れからして自然な言い訳だったと言えよう。しかし茉莉花は、自分が数字落ちであることを改めて指摘されたように感じた。

「あの、十文字先輩」

　そんな茉莉花の押し隠した気持ちを読んだのか、それとも全くの偶然だったのか、小陽がこの時、絶妙のタイミングで勇人に話し掛けた。

「通学路にお勧めの喫茶店とかありませんか？」

「喫茶店？」

　いきなりの感が拭えない話題転換に、勇人の口調が訝しげなものになる。しかし物怖じしない性格なのか、小陽は全く気にした素振りを見せなかった。

「ええ。アリサさんとはクラスが違うので、何処かゆっくりお話しできるような所がないかなあ、って」

「勇人、あそこなんて良いんじゃない？」

　質問されたのは勇人だが、先に心当たりを示したのは早馬だった。

「あそこ？　……ああ、あの店か」

　具体的な店名を言われなくても話が通じているところを見ると、二人の間では結構馴染みの店であるようだ。

「良い店があるよ。端末は持ってる？」

　勇人が自分の端末を取り出して、小陽にこう訊ねる。

　小陽が言われたとおり携帯端末を取り出すと、勇人がデータを送信した。

「……『アイネブリーゼ』ですか？」

小陽が送られてきた店名を読み上げる。

「勇人さん、私にもお願いします」

「ああ、良いよ」

アリサの端末にもデータが届く。

「通学路から一本入った所ですね……。お客さん、結構多いのでは？」

マップデータを見ながら、アリサが勇人に訊ねた。

「この店はあの司波先輩たちの行き付けだったんだ」

「司波先輩って、恒星炉の？」

思いがけない名前を聞かせられて、アリサは驚きを隠せない。

アリサだけでなく、小陽も、浄偉も軽く目を見張っている。茉莉花は一人だけ、何故アリサたちが驚いているのか良く分かっていない様子だった。

「そう、その司波先輩と婚約者の元会長の行き付け。だからなのか『他の生徒が利用するのは恐れ多い』みたいな雰囲気になっちゃってね。それでも前会長の七草先輩なんかは良く通ってたみたいだけど、今の二年生、三年生は滅多に寄りつかないんじゃないかな」

「なる程、穴場ということですね」

横から小陽が口を挿む。

「そういうこと」

「ありがとうございます、十文字先輩。早速帰りに寄ってみます」

小陽がぺこりと頭を下げた。

「ありがとう、勇人さん。私も行ってみますね」

アリサも勇人にお礼を言って、同意を求めるように茉莉花に微笑み掛けた。

◇　◇　◇

アリサたちはいったん各々の教室に行き、クラスメイトと一通り初対面の挨拶を交わしてからアイネブリーゼで落ち合った。

「素敵なお店ですねぇ」

「うん、良い感じ」

一足遅れてきたB組の二人が店内に入るなり声を上げる。

一人だけ先に来ていたアリサもその意見には同感だった。――なお浄偉は今日会ったばかりの女子と、途中まででも二人きりで下校するのを遠慮した。

まだ五分も待っていなかったので、アリサのカップにはコーヒーが残っている。アリサはどちらかと言えば紅茶党なのだが、この店のお勧めがコーヒーだったので試しに頼んでみたのだった。

「アーシャ、味はどう？」

「美味しいよ」

「じゃあ、あたしもそれで」

アリサがお世辞で言っているかどうかは長い付き合いで分かる。茉莉花は安心してコーヒーを注文した。

「私はカフェオレでお願いします」

ウエイトレスの女性型ロボットが丁寧にお辞儀をしてカウンターに戻っていく。なおこの業務用ヒューマノイドロボット『サーバノイド』は司波達也が卒業の際マスターに贈ったものだが、アリサたちがそれを知るのは少しだけ先のことだ。

注文した飲み物が届くまでには、やや時間が掛かった。と言っても、何十分も待たされたわけではない。ただ現代のカフェスタンドでは、ほとんど待たされることがない。それに比べれば、時間が掛かったという印象は否めなかった。

「このお店、本格派なんだね」

しかし茉莉花はそれをポジティブに解釈した。今回に限らず彼女は基本的に前向きだ。

茉莉花は届いたコーヒーをろくに冷まさず、ブラックのまま一口飲んだ。

「茉莉花さん。ブラックで飲めるんですか？」

向かい側で小陽が目を丸くした。なお席の配置はアリサが四人掛けテーブルの奥の椅子で茉莉花がその隣、小陽は奥に詰めず茉莉花の正面の通路側に座っている。

「うん。平気」

決して太っているわけではないが、茉莉花の見た目は如何にも甘いものが好きというイメージだ。また実際にも、その印象は正しい。茉莉花が太っていないのは、それだけ多く運動するからだ。

小陽が言うように、茉莉花がコーヒーをブラックで飲んでいるのは確かに意外な感じがする姿だった。

「缶コーヒーとかだと辛いけど、美味しいコーヒーなら大丈夫」

どうやら茉莉花は「コーヒーならブラックで」という嗜好ではないようだ。

「すごいなぁ。私はブラックなんて、とても飲めません」

しかしそれでも、小陽には驚くべきことであるようだ。多少羨ましそうでもある。

ブラックコーヒーに大人のイメージを懐くのは、彼女の年頃では珍しくないのかもしれない。

自慢げな表情、所謂「ドヤ顔」になる茉莉花。

「ミーナだって紅茶はミルクを入れないと飲めないから。別に小陽がブラックコーヒーを飲めなくても気にする必要ないよ」

茉莉花の「ドヤ顔」に悪戯心を起こしたのか、アリサが茶々を入れた。

「えっ」

「わぁっ！　ちょっと、アーシャ！」

「珍しいよね。コーヒーはブラックでも平気なのに、紅茶はお砂糖だけじゃダメなんて」

「そうだけど！　せっかくかっこいい話になっていたのに！　オチを付けなくても良いじゃん！」

茉莉花が顔を赤くしてアリサに抗議する。

「アーシャは意地悪になった！　小陽もそう思うでしょ？」

「そんなことないよ。私はコーヒーにミルクを入れてもおかしくないと言っているだけ。それを意地悪なんて酷いと思わない、小陽？」

「あはははは……」

小陽はどちらにも味方できず、控えめに笑って誤魔化そうとする。

幸い二人からの追及はなかった。

来店を告げるドアベルがちょうど鳴り、アリサが何気なく顔を向けた。そして彼女は「あっ……」と小さな声を漏らす。

「どうしたの？」

そう言いながら茉莉花がアリサの視線をたどって目を向ける。そして、アリサと同じように「あっ」と声を漏らした。

新たな入店客は、三人と同じ制服を着ている。今はアンダーリムのメガネを掛けていないが、入学式の壇上で答辞を読んだ総代の少女に相違なかった。

「……あの人、新入生総代の五十里さんですよね？」

振り返って同級生の姿を確認し、体勢を戻した小陽が、驚きを漏らす代わりに自分の認識が間違っていないかどうか確かめる質問を口にする。

「ええ、そうね」

小陽の問い掛けに頷いたアリサが、もう一度少女へと視線を向けた。

その眼差しを感じ取ったのだろう。彼女はアリサに向かって足早に歩み寄った。

「こんにちは。同じ新入生よね？」

総代の少女の目がアリサに向けられているのは、最も目立っていたからという単純な理由だ。

「ええ、こんにちは。A組の十文字アリサです。五十里さんでしたよね？」

その視線に応えて、アリサがまず名乗りを返す。

「ええ、五十里明よ。私もA組。良ければメイと呼んでちょうだい」

怜悧な顔立ちに相応しい、歯切れの良い喋り方だ。

「良いよ。じゃあ私のこともアリサで」

「オーケー、アリサ。同席しても良いかしら？」

「どうぞどうぞ」

着席の可否について即答したのは、アリサではなく茉莉花だ。

小陽が奥に席を詰め、明は茉莉花の正面に座った。

「あたしは遠上茉莉花。B組だよ。よろしくね。あたしもメイって呼んでも良い？」

明が腰を下ろすと同時に、茉莉花は待ちかねたように話し掛けた。

「ええ、もちろん。貴女のことは茉莉花で良いかしら？」

「あたしも、もちろん、だよ」

茉莉花の笑顔に、明もつられたように笑みを浮かべた。

明の外見は理知的な反面、取っ付きにくい感じは否めない。だがこうして笑顔になると、印象は意外にざっくばらんなものへと変わった。

「あの、私は永臣小陽と言います。茉莉花さんと同じB組です。小陽と呼んでください」

「ええ、よろしく。もう分かっていると思うけど、私のことはメイで」

「はい、メイさん」

「『さん』は要らないのだけど……まあ、良いわ」

小陽の丁寧口調にメイは少し引っ掛かったようだが、常体口調を強制しようとはしなかった。

「違っていたらごめんなさいね。小陽って、もしかして『トウホウ技産』の関係者じゃない？」

明の質問に小陽が目を丸くする。

「よくお分かりですね!?　創業家の東峰一族のことを知っている人は多くても、永臣家の名前は余り一般的じゃないと思うんですが」

「永臣家は魔法産業に限らず国内機械メーカー全体で見ても準大手に数えられるトウホウ技産の、個人としては第二位の大株主じゃない。興味がある人なら名前くらい知っているわよ」

明の答えを聞いて、小陽は目を輝かせた。

「魔工製品に興味があるんですか？」

小陽が隣の席に座っている明に向かって身を乗り出す。

明はそれを厭わなかった。

「ええ。私、魔工師志望だもの」

「あっ、五十里家の人ですものね」

親が魔工業界の実業家というだけあって、小陽は五十里家のことを知っていたようだ。

「んっ？」

しかし茉莉花はピンとこなかったのか、頭上に「？」を浮かべ首を傾げている。

「メイ？」

アリサが明の名前を呼んだ。視線が合った直後に小首を傾げてみせる。目と仕草で「説明しても良い？」と訊ねたのだ。

明はそれを正確に理解し、小さく頷いた。

「ミーナ、メイのご実家の五十里家は刻印魔法の権威なのよ」

アリサも東京に来るまでは魔法師社会のことを余り良く知らなかった。今の茉莉花と大して違わなかっただろう。だが十文字家に引き取られてから、彼女は魔法の技術だけでなく魔法界の常識も濃密に詰め込まれていた。

「刻印魔法の性質上、魔工業界とは関係が深いの」

「そうなの？　メイは入学試験の首席だよね？　魔法科高校生の進路としては、魔工師は魔法師よりもマイナーなイメージがあるんだけど」

「そんなことないわ」

茉莉花のありがちな先入観を、明はきっぱりと否定した。

「確かに四、五年前までは茉莉花の言うとおりだったけど、今は違う。あの御方の御蔭で魔法工学と魔工師の地位は今、飛躍的に向上しつつある。魔法師よりも魔工師の方が人気になる時代がすぐそこまで来ているのよ」

「あの御方？」

茉莉花が首を傾げる。

その察しの悪さが気に入らなかったのか、明は茉莉花へと大きく身体を乗り出した。

「司波達也様よ！　当校ＯＢの！」

「ああ……。さっきも聞いたね、その名前。この店はその人の行き付けだったって十文字副会長が言ってた」

「そうよ！　だから私、この店に来てみたかったんだもの！」

「……何だかアイドルみたいだね」

それまでの冷静で落ち着いたイメージは何処へ行ったのか。茉莉花の言うとおり、明の態度はお気に入りのアイドルを語る熱心なファンのようだった。

「アイドル？　違うわ、スーパースターよ！　あの御方はまさに今、世界を変えつつある。そして私たち魔法師を、新しい時代へと連れて行ってくださるんだわ！」

「司波君のことを随分尊敬しているんだね」

熱狂する明の頭上から降ってきた第三者の、男性のセリフ。

「あっ……。すみません、騒いでしまって……」

その声に、熱弁していた明はようやく我を取り戻した。

話し掛けてきたのはサーバノイドのウエイトレスではない。

水を入れたグラスが載っているトレイを持って立っていたのは、カウンターの向こうにいたマスターだった。

「いやいや、少しだけボリュームを落としてくれれば良いよ。司波君の話を聞けるのは僕も嬉しいから」

そう言いながらマスターが水のグラスを明の前に置く。明は少し悩む素振りを見せた後、マスターにアメリカンを注文した。

「司波君、ますます活躍しているみたいだね」

マスターが笑顔で――営業スマイルではなく懐かしさが滲み出ている笑みを浮かべながら、明に話し掛ける。

「ええ、先日も画期的な論文を発表されました」

明はその問いに、声量を抑えながらも目を輝かせて答える。

「マスターはあの方のことを良くご存じなんですよね？」

そして、期待がこもった声でそう訊ねた。

「良くという程じゃないけど、司波君には贔屓にしてもらっていたよ。彼が卒業してからは、会っていないけどね。また来てほしいけど、難しいだろうなぁ」

マスターは懐かしさを隠さずそう言い、「彼は今やＶＩＰだからね」と冗談っぽく付け加えてカウンターの向こうへ戻っていった。

マスターがいなくなると、急に明が俯いた。今更のように、先程のハイテンションが恥ずかしくなったようだ。

「……良かったですね。マスター、笑って許してくれましたよ」

小陽が気遣わしげな声で明に囁く。

しかしそのセリフは羞じらう明にとって逆効果、止めを刺すものだった。

「お願い、さっきのことは忘れて……」

明は俯いたまま、顔を両手で覆ってしまった。

一高生は徒歩通学圏内でなければ、基本的に個型電車を使って登下校する。

アリサと茉莉花は既に述べたとおりご近所だ。行きと同様、帰りも同じ個型電車に同乗している。おそらく今後も同じに違いない。

「感じの良いお店だったね」

その二人乗りの車両の中で、アリサが茉莉花に話し掛けた。茉莉花が何事か黙って考え込んでいるので、アリサの方から会話の切っ掛けを作ったのだ。

「メイには驚かされたけど」

アリサがクスッと笑う。嫌みのない笑い方だ。明に対しては、ただ微笑ましさを感じているのだろう。

「……ねぇ、アーシャ」

「んっ、なに？」

名前を呼ばれてアリサが小首を傾げる。この場合のそれは、質問を促す表情だった。

「その司波達也って人、そんなに有名人なの？」

茉莉花の問い掛けを聞いて、アリサは「やっぱりそれを考えていたのか」と思った。その推測が頭にあったから、アリサはアイネブリーゼの話題を出したのだ。

「一般の人には余り知られていないかもね。でも、魔法関係者の間では超有名人」

遠上家が魔法師社会と距離を置いている所為もあって、茉莉花は余り魔法界の事情に詳しくない。一高の受験勉強で非魔法師より少しだけ詳しくなった程度だ。

「……何で？」

茉莉花の「何で？」は、そんな有名人が何故一般人には知られていないのかを問うものだ。

魔法は国防力の重要なファクター。強い魔法師の話題は、普段魔法に関係が無い一般人にとってもニュースバリューがある。

「報道規制が掛かっているから。テレビやラジオでは意図的に取り上げないし、ネットニュースも検索から除外されるようにフィルターが掛けられているみたい」

「報道規制？　なに、やばい人なの？」

「私は実績しか知らないけど……。むしろ、立派な人だと思うわ」

アリサがどう説明しようかと首を捻る。

「……ミーナ、『恒星炉実験』って覚えてる？　私たちが中学生になったばかりの頃、話題になったことがあったでしょう？」

茉莉花はそう言われても、すぐには思い至らなかったようだ。

「……何だっけ」

　きょとんとした顔で問い返した。

「ほら、第一高校の生徒が魔法による核融合炉の実験に成功したって……」

「ああ、あれ！　思い出した。外国の会社の支社長さんだか何かが絶賛してたやつ。まだ高校生なのにすごいねーって話してたよね」

　アリサの追加説明に、茉莉花が大きく頷いた。爽やかな表情は「思い出せてすっきりした」というものか。

「あの実験の中心メンバーが司波達也さんなの。メイのお兄さんの五十里啓さんも実験メンバーの一人だったわ。司波さんはその後、恒星炉を実用化している。一昨年のことよ」

「へぇ、凄いじゃん」

「それ以外にも信じられないようなエピソードが色々あってね。さっきマスターが言ってたように、今では日本のＶＩＰなの」

「表に出せない話もいっぱいあるってこと？」

「それもあるかもしれないけど……。どちらかと言えば、面子の問題だと私は思ってる」

「面子って、誰の？」

「司波さんの実績が全部明らかになると、軍人や政治家や学者さんたちは何をやってたんだ、と騒ぐ人たちも大勢出てくると思うんだ」

「成功した人を褒めるより、成功しなかった人を貶(けな)したがる人たちが世の中にはいっぱいいるもんね。つまり、大人の面子(めんつ)ってことだね」

「うん、そういうことじゃないかな」

スイーツとリボンと花束が似合いそうな二人の少女は、家の最寄り駅に着くまでまでの間この調子で辛辣な会話を繰り広げた。

[5] 四月七日

四月七日、火曜日。

アリサは一緒に登校してきた茉莉花とB組の手前で別れた。そして後ろのドアからA組の教室に入る。

組分けが入試の成績順となっている為か、クラスの構成は男女同数ではない。

A組は男子十一名、女子十四名。廊下側から一列目が女子、二列目が男子、三列目が女子と交互に列を作り、窓際の五列目の前四人が女子、最後尾が男子となっている。

席割りは五十音順。ア行、カ行の女子が多い所為か、アリサの席は三列目の一番後ろだ。

腰を下ろしたアリサが教室を見回す。

クラスメイトとは昨日、一通り自己紹介を終えている。魔法師の例に漏れず記憶力に優れている彼女は、全員の顔と名前を一致させることができた。

しかしそれだけで仲良くなったことにはならない。昨日も感じたことだが、アリサは何となく遠巻きにされていた。それは残念ながら、彼女の思い込みではなかった。

アリサはクラスメイトに聞かれないようこっそりため息をついた。この空気は彼女にとって覚えのあるものだ。北海道の中学校に入学した当初も、東京の中学校に転校した直後も、同じように遠巻きにされていた。

（仕方無いのかな……）

原因は分かっている。自分の外見がクラスメイトと違いすぎるからだ。これも彼女の思い込みではない。転校後しばらくしてできた東京の中学校の友人から聞いた話だった。

二十一世紀末、この国においても外国人はそれほど珍しくなくなった。魔法師教育の特殊性からこの学校に外国籍の生徒はいないが――魔法師の出国制限は世界的な傾向だ――、ハーフやクォーターなら結構いる。しかしそれでも、異質であることに変わりはない。特にアリサのような外見がほとんど異民族という生徒は、同じハーフの中でも珍しい。

（……仕方無いよね。二、三週間辛抱すれば良いだけだし）

中学校時代はその位で皆打ち解けてくれた。高校ならもっと早いかもしれない。いや、中学生よりも大人なんだからもっと早いに違いない。――そう考えて、アリサは自分を慰めた。

アリサは教室内を見回すのを止めて端末を立ち上げることにした。始業まではまだ時間がある。だが既にガイダンスは使える状態になっているはずだ。慎重な――見方によっては臆病な――彼女は教師が来る前に一通り確認しておこうと考えたのだ。

端末を開き、電源を入れる。学生証カードをリーダーにセットすると、画面はすぐに利用可能な状態に変わった。

アリサがメニューに目を通し始める。それと同時だった。

「おはよう、アリサ」

頭上から聞き覚えのある声が降ってきた。昨日知り合ったばかりの、女子の声だ。

「うん。おはよう、メイ」

挨拶を返したのは顔を上げてからだが、何を言うかはその前に決まっていた。

目が合った相手は五十里明。声だけを手掛かりにしたアリサの判断は間違っていなかった。

「履修登録、もう始めてたの？」

まだ空いている隣の席に腰を下ろし、会話の続きの様な口調で明が訊ねる。その自然な態度に、アリサはちょっとした救いを感じた。

「まだだけど、どんな感じか見ておくだけ見ておこうと思って」

無論そんなことを口にはしない。重すぎて、逆に気まずくなってしまうに決まってるからだ。そんなことで引かれてしまっては元も子もない。

「ふーん……。どれどれ」

明が椅子を動かしてアリサの端末をのぞき込む。触れ合う肩に、アリサは茉莉花のものとは別の温もり——くすぐったさを感じた。

「十文字さん、おはよう」

アリサと明が履修教科を見ながらああでもない、こうでもないと楽しそうに話している斜め上から、今度は男子生徒の挨拶が聞こえた。

アリサはその声の主にも、すぐに思い至った。

「おはよう、火狩君」

小陽の幼馴染みの火狩浄偉だ。

「あっ、ごめんなさい。ここ、貴方の席よね？」

浄偉が鞄を机の横にあるフックに吊したことでここが彼の席だと気付いた明が、立ち上がりながら謝罪する。――なお魔法科高校の生徒に持ち運びが必要な学用品は無いのだが、私物の持ち運びに鞄を使っている生徒は多い。

謝られた浄偉は「いや、構いませんよ」と明に笑い掛け、

「新入生総代の人だよね？　火狩浄偉です。少なくとも一ヶ月間クラスメイトということで、よろしく」

そう言って、軽く頭を下げる。

アリサは浄偉のセリフを聞いて、明が昨日教室にいなかったことに気付いた。

「五十里明よ。こちらこそよろしく。もっとも私はA組から落ちるつもりはないけど」

明が外見のイメージ通りに強気な挨拶を返す。

「ははっ、だったら長い付き合いになりそうだ」

明の言葉に、浄偉は軽く笑って「自分もA組から落ちるつもりは無い」という自信が垣間見える応えを返した。

アリサと別れてすぐ、茉莉花はB組の教室に前側の出入り口から入った。

彼女の席は窓側から二列目の一番前。必然的に教室の前を横切っていくことになる。自分に向けられる視線に陽気な挨拶を返しながら、茉莉花は自分の席にたどり着いた。

左右の席はまだ空だったが、すぐ後ろの生徒は既に着席していた。

「おはようございます、茉莉花さん」

「おはよう、小陽」

後ろの席は小陽だった。「とおかみ」と「ながとみ」だ。この席順は妥当なところだろう。

「いよいよ今日からですね」

小陽が「ワクワク」という擬音が聞こえてきそうな口調で腰を下ろした茉莉花の背中に話し掛ける。

茉莉花はいったん横座りになり、そこからさらに上半身を捻って真後ろを向いた。

「そんなに楽しみだったの？」

そして小陽のセリフにこう応えた。

「えっ？　新しいことを学ぶのって、何だかドキドキしません？」

茉莉花のセリフに、小陽が意外そうな表情を見せる。

「あたしは勉強、あんまり好きじゃないからなぁ。身体を動かしたり魔法を使っている方が性に合ってる」

「あはは……。茉莉花さんって、そんな感じですよね」

小陽はどんな顔をすれば良いのか迷った挙げ句、取り敢えず笑った。

「……だったら今日は楽しみじゃないですか？」

「今日、何があるんだっけ？」

「オリエンテーションですよ」

「えっと、実技の授業を見学して回るんだっけ。確かに楽しめそう」

「オリエンテーションはA組と合同ですからアリサさんと一緒に回れますよ」

「それ、ホント!?」

茉莉花の食い付きは、それまでとはまるで違うものだった。

「そこが一番気になるんですね……」

小陽が今度は、暖かみのある苦笑いを浮かべた。

新入生の今日の予定は一時限目が科目選択と履修登録。以降は上級生の授業の見学だ。

一昨年までなら教師の案内は一科生のクラスにしか付かなかった。だが二科生制度が廃止された去年から、この区別は無くなっている。

それに伴い授業見学は二クラス合同となっている。A組とB組の生徒は廊下で一塊になって、A組の指導教師の引率で実験棟に向かった。

実験棟二階の第四実験室では二年G組の、吸収系魔法の実技授業が行われていた。鉄鉱石から鉄を分離する実技だ。

吸収系魔法は一般的に化合・還元・溶解・析出の魔法と理解されているが、この授業で生徒に与えられた課題は化学的な還元——酸化鉄から酸素を取り除き銑鉄を取り出すだけではなく、他の不純物も取り除いて「鉄」を作り出すことを目的としている。つまり純鉄に近い程、高評価になる。

早い生徒はもう最初の実技の結果を測定していた。計器を操って元素の含有量を分光測定している姿は工業高校・専門学校や大学工学部の授業風景の様だが、その横で試験台に置かれた鉄鉱石がひとりでに色と質感を変えていく様を見ると、これが魔法の授業だと実感できる。

実技に取り組んでいる生徒、結果を測定している生徒の間を教師がゆっくり巡回して、時々アドバイスを与えている。見学している数人の一年生は、教師以外にも同じようにアドバイスを与えて回っている生徒の存在に気付いた。

「……あれって勇人さんだよね？」

茉莉花が小声でアリサに囁く。

アリサも勇人を見付けていたので、茉莉花の言葉に無言の頷きを返した。

「先生、よろしいでしょうか」

明が手を上げて発言を求めた。

「五十里さん、どうぞ」

A組の指導教師、近田藤乃が質問の許可を与える。

二人とも二年生の授業の邪魔にならない小声だったが、五十人近い他の生徒――正確には四十九人――にも彼女たちの声は明瞭に聞き取れた。

「実技中の上級生にアドバイスを与えている先輩は、既に課題を終えている方なのでしょうか？」

「後で教えるつもりでしたが、目の前に実例がありますので今説明しておきましょう」

藤乃に気分を害している様子は無い。

「去年から当校はコーチング制度を取り入れました」

彼女はフラットな口調で解説を始めた。

「実技の成績優秀者が他の生徒の実技習得を補助した場合、その実績を成績に加算する制度です。これにより当校は学習レベルの底上げを図っています」

「すみません先生。私もよろしいでしょうか」

そう言いながらアリサが手を上げる。

「はい、十文字(じゅうもんじ)さん」

「コーチングを為(な)さっている先輩の中に、他のクラスの上級生もいらっしゃるようですが……」

彼女たちが見学しているのは二年G組の授業。それに対して、勇人(ゆうと)の所属クラスは二年A組。授業時間中にも拘(かか)わらず、勇人(ゆうと)が他のクラスのアドバイスに来ていることにアリサは首を傾(かし)げたのだった。

「コーチングを行う生徒をTA(ティー・エー)と呼びますが、TA(ティー・エー)は自分が端末学習の時間に限り、実技の授業を担当する教師の許可を得てコーチングに加わることができます。そういえば二―Aの十文字(じゅうもんじ)君は貴女(あなた)のお義兄(にい)さんでしたね。それで気になったのですか?」

「はい、あの、すみません」

アリサが謝ったのは、何だか公私混同だったような気がしたからだ。

「謝罪は必要ありませんよ」

だが藤乃はむしろ、笑みを浮かべている。

「疑問があれば積極的に発言してください。ふざけた気持ちによるものでなければ、皆さんからの質問は歓迎します」

藤乃の言葉はアリサだけに向けられたものではなかった。

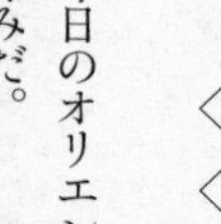

今日のオリエンテーションは午前中で終わった。午後は新入生だけでなく二年、三年も授業は休みだ。

昼休みの終了と同時に、新入生がぞろぞろと講堂に集まってくる。午後は講堂で部活動の紹介があるのだ。これは去年から始まった行事だった。

新入生の参加は任意。出入りも自由だが、三分の二以上の一年生が開始前から席に着いている。各クラスの教師も参加を積極的に勧めていた。

程なくして、開始時間が訪れる。

巨体の男子生徒が壇上に上がり、マイクを握った。如何にもスポーツマンというイメージの、髪を短く刈った上級生だ。アリサたちが座っているのはやや後ろ寄りの席だが、これだけ離れていても並々ならぬ長身と筋肉量がはっきりと見て取れる。

「新入生諸君、入学おめでとう」

その声も体格に相応しく野太いものだった。

「俺は課外活動連合会、通称部活連会頭の碓氷威満だ。今日は良く来てくれた」

荒っぽい言葉遣いだが、不思議と粗野な印象はない。飾り気のない喋り方がこの男には良く似合っていた。逆に丁寧な言葉遣いや謙った喋り方をされたら違和感を拭えなかっただろうと思わせた。

「当校の教育は決して生易しくはない。一日の授業が終わればヘトヘトになって、それ以上は何もしたくないという心境に追い込まれることも少なくないだろう。しかしだからこそ、諸君にもそれだけで終わって欲しくはない。学校は授業を受けるだけの場所ではない。当校を巣立っていった多くの先輩と同じように、部活動で充実した思い出を作って欲しい。我々部活連は諸君を歓迎する」

百年以上ノリを間違えていそうな演説だったが、不思議と不快感はなかった。熱さはあっても暑苦しくは感じさせていない。これは、この碓氷という男の個性によるものだろうか。

「それでは、各部から活動内容についての紹介がある。これから始まる高校生活の参考にして欲しい」

一礼して碓氷がマイクを手放し、壇上から降りる。

同時に少なからぬ新入生の間から詰めていた息を吐き出すようなため息が漏れた。碓氷が放つ精気に圧倒されていた一年生がそれだけの人数、いたということだろう。

「何か、凄い先輩だったね」

茉莉花はため息こそ漏らさなかったが、アリサに向かってしみじみと囁いた。アリサもその意見には完全に賛成だ。

ただアリサには茉莉花が持っていない納得感もあった。部活連の会頭はアリサを東京に連れてきた長兄の克人も一高時代に務めていた役職だと聞いている。三代隔てているとはいえ克人の後任であれば、あの存在感も頷けるというものだった。

クラブの紹介は前半運動部、後半が文化部に割り当てられていた。また前半の運動系各部のプレゼンテーションは魔法競技、非魔法競技が交互に登壇する形式だ。

そしてプレゼンの五番目にマーシャル・マジック・アーツ部がマイクを握った。

「……既に知っている人も多いと思いますが」

マーシャル・マジック・アーツ部の紹介はこの前置きから始まった。

マーシャル・マジック・アーツがＵＳＮＡの前身、ＵＳＡ海兵隊マーシャルアーツを元にアメリカで作り出された魔法格闘技の体系であること、マジック・アーツという略称が使われていること、競技としてのマジック・アーツは使用魔法の種類を制限した上で試合が行われていることなどの簡単な解説が行われた後、プレゼンを担当する男子部部長の千種正茂は過去二年の間に生じた大きな変化について触れた。

「FLTの完全思考操作型CADが一昨年の夏、マーシャル・マジック・アーツの公式ルールで認められ、ほとんどの選手が競ってこの新技術を取り入れました。このCADによって魔法と格闘技は真にシームレスなものとなり、この二年でマジック・アーツは進化とすら表現できる発展を遂げています」

アリサの隣で茉莉花が「そうそう」と言わんばかりに大きく頷く。

「それでは、進化したマジック・アーツの演武を見てください」

千種部長がマイクを置いた。それを待っていたかのように、壇上に試合用のユニフォームを着た二人の男子生徒が勢い良く上がってくる。

そこから始まった演武は、ほとんど曲芸のようだった。

目にもとまらぬ程のスピード。

床だけでなく空気をも足場にする三次元的な移動。

本気としか思えない迫力。

アリサには正直に言って刺激が強すぎた。動きが目まぐるしすぎて酔いそうになるし、パンチやキックが当たる——当たったように見える——たびに、自分のことでもないのに身が竦んでしまう。

だが茉莉花は対照的に、両手を握り締め食い入るような熱い眼差しを向けている。彼女はマジック・アーツの経験者だ。アリサと一緒に暮らしていた頃は兄の影響で魔法を使わない総合格闘技――ユニファイド・ルールに基づく総合格闘技ではない――の学外クラブに所属していた。だが、アリサが東京に行くことになり魔法科高校に進学すると決めたのを機に、マジック・アーツに転向したのである。

観衆の新入生に長くも短くも感じさせる演武が終わった。

アリサと茉莉花が同時にため息を吐く。アリサのため息は緊張が解けたことを示すものだが、茉莉花のそれは満足感を表明するものだった。

茉莉花は一高でもマーシャル・マジック・アーツを部活で続けるつもりでいる。男子部による演武は、そんな彼女を満足させるものだったようだ。

その後も、二時間近く部活の紹介は続いた。途中、運動部と文化部の間に休憩が入る。ここで、見ている新入生の間でも部分的な入れ替えが起こった。

茉莉花はもう入部先を決めていたのでこれ以上講堂に残っている必要はない。だがアリサは運動部にするか文化部にするか以前に、部活をするかどうかも決めていなかったのでこのイベントが終わるまで残っているつもりだった。

茉莉花も結局、アリサに付き合って最後まで席を立たなかった。

学校の帰り、自宅の最寄り駅で個型電車を降りた茉莉花は、自分のマンションへ向かわずアリサと一緒に十文字家へ向かった。玄関で挨拶だけをして、アリサの部屋がある離れに上がる。この離れは克人がアリサを引き取ると決めた時に建てたものだ。

元々十文字家には都内とは思えない広い庭があった。いや、庭と言うより空き地と表現する方が妥当か。庭として整えられた部分の外に、まだ広い土地が空いていた。アリサが住んでいる離れは、これを有効活用したものだ。

それだけ敷地と、無論予算にも余裕がある状態で建てられた物だ。アリサの離れは「離れ」というより最新のキッチンと浴室を備えたワンルームの独立した平屋家屋となった。浴室は異母妹の和美が「こっちの方が便利」と言って母屋から入りに来るくらいである。

「……何だかあたしのマンションに似てない？」

初めてアリサの部屋に上がった茉莉花が、そんな感想を漏らす。

「この離れはミーナのマンションを建てた業者さんにお願いした物らしいよ」

その疑問に対する答えは、すぐに返ってきた。

「間取りとかキッチンとかお風呂とか全部、ミーナのワンルームと同じ物を使っているんだって」

　似ているという茉莉花の印象は正しかったわけだ。

「部屋もお揃いだね」

　そう言ってはにかむアリサに、茉莉花は「うん！」と大きく頷いて満面の笑みを浮かべた。

　茉莉花を小さなダイニングテーブルの椅子に座らせ、アリサが飲み物を用意する。

「ミーナ、ミルクティーで良いよね？」

　ガラスのティーサーバーに沸かし立ての熱湯を注いだアリサが、振り返って茉莉花に訊ねる。

「砂糖だけで良い」

　茉莉花の返事が少し向きになった感じの口調だったのは、昨日のアイネブリーゼでからかわれた一件を根に持っているからに違いない。

「そう？　珍しいね」

　アリサの返事は、昨日自分がした「ミルクを入れなければ紅茶を飲めない」発言を忘れているのかとぼけているのか窺わせないものだった。

　ティーサーバーと角砂糖入りのシュガーポットをトレイに載せてアリサがテーブルに運んでくる。言われたとおり、そこにミルクはない。

　アリサはその二つをテーブルに置き、「少し待ってね」と茉莉花に告げてキッチンに戻った。

　カップボードからティーカップとソーサー、それにスプーンを二セット取り出してトレイに載せる。さらにパントリーから無菌充填の小さな牛乳パックを取り出してトレイに加えた。

「ミルクは要らないって言ったじゃん」

戻ってきたアリサがテーブルに置いたトレイを見て、茉莉花は意地を張った。

「これは私用。今はミルクティーの気分なの」

「……あっそ」

「ミーナも付き合ってくれると嬉しいな」

「……アーシャはずるい」

口を尖らせて、拗ねた口調で茉莉花が抗議する。

アリサは微笑んだだけで何も言わず、牛乳パックをもう一つ追加した。

ダイニングテーブルで向かい合うアリサと茉莉花の前には、湯気を立てるミルクティーが仲良く並んでいる。沸かし立ての熱湯と常温の牛乳を使っているので、まだ熱すぎるくらいだ。二人ともそのミルクティーを少しずつ飲んではテーブルに戻している。アリサも茉莉花も猫舌ではないようだ。

テーブルは二人用の小さな物なので、手を伸ばせばお互いの顔に手が届く距離だった。実際に二人はミルクティーを口にする合間に、真ん中に置いた一口サイズのクッキーをお互いに食べさせ合ったりしている。

「アーシャ、部活、どうするの？」

その合間に、茉莉花が訊ねる。いや、これではついでのようだが、これがこのお茶会のメインテーマだ。

「クラブには入るつもり。何処に入るかは、まだ決めてない」

アリサはその言葉の通り、迷いが窺われる口調で答えた。

「ミーナはマジック・アーツ部に決めたんでしょう？」

そして茉莉花に質問を返す。

「うん」

茉莉花の答えはシンプルだった。

「決めたのならすぐに入部届を出した方が良いって、さっき言ってたよ？」

各部とも入部には基本的に足切りは無い。だが先に入部した部員から優先的に、必要な道具を先輩が譲ってくれることがあるという話も部活紹介では出ていた。

「勧誘が始まる明後日、早速出すつもり。でもアーシャのクラブ見学には付き合うよ。実際に活動を始めるのは新入部員勧誘週間が終わってからかな。新歓週間の間に入部すると色々と雑用を押し付けられそうだし」

茉莉花が付け加えたセリフに、アリサがクスッと笑う。

「そうだね。部活の掛け持ちは認められているみたいだし、新歓週間の間は『他のクラブも見てみたい』って言っておけば良いんじゃないかな」

掛け持ちの話は文化系クラブの紹介で聞いた話だ。運動部に比べて文化部は毎年部員確保に苦労しているようで、特に非魔法系の文化部は掛け持ちという形で部活動に必要な部員数を確保しているという正直すぎる話をしてくれた先輩がいたのだった。

「じゃあミーナ。明後日から始まるクラブ見学、よろしくお願いします」

アリサがかしこまって、椅子に座ったまま茉莉花に一礼する。——無論これは、冗談でやっていることだ。

「任せて。不埒な男子がいても、アーシャはあたしが守ってあげるから」

茉莉花も笑いながら大袈裟に頷く。

しかし彼女の方は、冗談めかしてはいたが、その中に結構な本気が垣間見えた。

［6］四月八日

一高では、各クラブが新入部員の勧誘を行うことができる新入部員勧誘週間は、入学式の三日後から始まると決められている。それ以外の期間は、自分からクラブを訪ねていくことはできても部員が部員以外の生徒を勧誘してはならないというのが一高のルールだ。

今日は入学式の二日後。校内で各クラブの狂想曲が奏でられるのは明日から。今日の一高は、放課後になっても平穏が保たれていた。

抜け駆け防止の為、今日はまだどのクラブも入部を受け付けていない。今の段階では放課後に自習することもないので、今日のところは真っ直ぐ帰るつもりで茉莉花はアリサを誘いにA組の教室を訪れようとしていた。

A組とB組は隣同士だ。しかも茉莉花が使うのは前の扉、アリサの席へ行くのに使うのは後ろの扉。普通に考えれば、移動の間にイベントが起こる余地は無い。

ところが、である。

「君、すまない」

A組の教室に入ろうとしたちょうどその時、茉莉花は背後から野太い声を掛けられた。

「あたしですか？」

茉莉花は素直に振り返った。繁華街の道端ならともかくここは学校の中だ。声を掛けられて態と無視するのは、彼女の流儀ではない。

「三年B組の碓氷だが、火狩という男子生徒を呼んでもらえないだろうか」

その見上げるような上級生に、茉莉花は見覚えがあった。彼女でなくても、昨日講堂で行われた部活紹介に参加した生徒なら忘れる方が難しかっただろう。

「部活連会頭の碓氷先輩ですよね？　分かりました。呼んできます」

「助かる」

別に名前を売る気は無かったので、茉莉花は名乗り返さずにA組の教室へ入った。

そしてアリサの席へと歩いて行く。

「ミーナ」

茉莉花に気付いたアリサが立ち上がる。

「ごめん、アーシャ。ちょっとだけ待って」

しかし茉莉花はアリサを目と言葉で押し止めて、浄偉へ目を向けた。

「火狩君、廊下で上級生が呼んでるよ」

「B組の遠上さんだっけ。上級生って？」

立ち上がりながら浄偉が訊ねる。

「三年B組の碓氷先輩」

「碓氷先輩って、部活連会頭の⁉」

碓氷の名を浄偉も覚えていたようだ。

同時に呼び出される理由に心当たりが無い浄偉は、少し緊張した表情で廊下へ向かった。

その後ろを茉莉花がついて行く。特に理由は無い。何となくだ。

さらにその背後にアリサが続く。アリサには、茉莉花を放っておけないという明確な動機があった。

碓氷は窓際で待っていた。目を外に向けていたのは、一年生を威圧しないようにだろう。百九十センチ、九十キロの碓氷は、つい先日まで中学生だった一年生にとってはただでさえ圧倒される存在感を放っている。

その上、彼の顔立ちは良くも悪くも「男臭い」の一言に尽きる。スポーツ刈りの髪型も彼には良く似合っているが、似合いすぎている嫌いもあった。気弱な女子であれば、暴力的な人間だと誤解されかねない。

だから彼は不用意に目を合わせないよう、間違っても「睨み付けている」と曲解されないよう戸口から目を逸らしていたのである。

にも拘わらず、碓氷は廊下に出てきた浄偉にすぐ気が付いた。

「火狩浄偉です」

自分に目を向けた碓氷に、浄偉は自分から挨拶をする。

「態々すまんな。三年の碓氷威満だ」

浄偉に軽く会釈した――貫禄たっぷりに頷いたようにも見えた――碓氷は、浄偉の背後に茉莉花の姿を認めて小さく眉を動かした。「何故ついてきている」という訝しさを表す表情だ。

「あっ、どうかお構いなく」

相手が懐いた不審感を正確に読み取って、茉莉花が軽い口調で碓氷に話し掛けた。

自分と目を合わせて怯えるどころか緊張した素振りも見せない茉莉花に、碓氷は失調感を覚えた。ただ調子が狂うのと同時に、怯えられていないことに安堵感も覚えていた。自然体を維持しているのは茉莉花だけではない。その背後に続くアリサもだ。とにかく初対面の女子生徒に怯えられ、警戒されることが多い碓氷は、大袈裟に言えば一種の救いを感じていた。

「……それで先輩。ご用件は何でしょうか」

浄偉に問われ、碓氷は我を取り戻した。

「――率直に言う。火狩、部活連執行部に入ってくれないか」

「部活連執行部、ですか……？」

「時間があるなら、ついてきて欲しい。場所変えて説明したい」

「時間はありますが……」

碓氷の要請に、浄偉が逡巡を見せる。

だがそれは、ほんの短い時間だけだった。

「……分かりました。ご一緒します」

浄偉はキビキビとした動作で、碓氷に向かって腰を折った。首を前に折る頭の下げ方ではない。背筋を伸ばしたままのお辞儀だ。

こうして見ると浄偉と碓氷は、長身という以外にも体育会系的という共通点がある。野次馬をしていた茉莉花は、「この二人、案外気が合うかも」という感想を懐いた。

碓氷が先導し火狩がそれに続く形で、二人は階段に向かう。

「ちょっと待ちなさい！」

しかしその前に、一人の女子生徒が立ちはだかった。

茉莉花より少し背が低い、小陽くらいの身長の小柄な上級生だ。だが身長以外の印象はまるで違う。むしろ小陽とは対照的と言って良い。ミディアムストレートの前髪無しボブカットに縁取られたシャープな顔立ち。ややきつい感じの目付きが、鋭い印象を一層強めている。

きついと言っても柄が悪いという感じではない。逆だ。「委員長」という肩書きがとても似合いそうな女子だった。

「裏部か。藪から棒に何だ」

碓氷が掛けた声は、何処かうんざりしているものに聞こえた。良く知っている相手だが、親しくはない。そんな関係を窺わせる口調だ。

「用があるのは碓氷君じゃないわ」

裏部と呼ばれた女子生徒は「ツカツカ」という擬音が似合いそうな足取りで碓氷の横を通り

過ぎて、浄偉に身体ごと目を向けた。

「火狩浄偉君ね？　私は三年A組の裏部亜季。この一高で風紀委員長を務めているわ」

「はい、火狩浄偉です」

勢いに押される感じで名乗ったものの、浄偉はすっかり困惑していた。裏部亜季は浄偉と碓氷の間に割り込んだ格好だ。しかし用があるのは碓氷の方で、浄偉は話を聞くことまでしか承諾していない。亜季の暴挙を咎めるのは碓氷の役割であって、彼が黙っているのであれば浄偉が口出しできる筋合いではなかった。

浄偉としては、この上級生女子が用件を告げるまで待つしかない。ただ、それほど長く待つ必要はなかった。

「火狩君、風紀委員会に入りなさい」

「俺が風紀委員会に、ですか？」

面食らう浄偉。「入りなさい」という妙に似合っている命令口調もだが、それ以上に言われた内容に彼の当惑はますます強くなった。

「そもそも何故俺は、委員会に誘われているんでしょうか……？」

「貴方が入学試験次席だからよ」

何事かと耳をそばだてていた野次馬の間から「おおっ！」というざわめきが起こる。

「火狩君って、次席だったんだ……」

茉莉花はもっとはっきり、意外感を隠さなかった。クラス分けのシステム上、A組に振り分けられたのだから成績が優秀だったということは分かる。しかし長身とはいえ細身でヒョロッとした印象が強い浄偉は何となく冴えない印象が否めず、確かに特別優秀という風には見えないかもしれない。

「風紀委員は校内の秩序を維持する重要な役目で、優秀な人材を必要としている。特に魔法の行使に長けた実力者を。本当は首席の五十里さんにも入って欲しかったんだけど、彼女は残念ながら生徒会入りが決まっている。だから火狩君、貴方には是非風紀委員会に入って欲しい」

「待て、裏部」

ここでようやく、、、碓氷が口を挿んだ。

「何よ？」

亜季が顔を顰める。それでも彼女は、碓氷を無視したりはしなかった。

煩わしげな表情を浮かべて、亜季が遥か頭上にある碓氷の顔を見上げる。

「重要な役目を担っているのは執行部も同じだ。それに火狩には、俺が先に声を掛けていたのだぞ」

「部活連の守備範囲は課外活動だけでしょう。風紀委員会の活動範囲は学校生活全般に及ぶわ。それに早い者勝ちなんてルールは無い。決めるのは火狩君よ」

亜季の反論は、前半はともかく後半は筋が通っていた。

茉莉花が浄偉に、耳元で囁く。

「火狩君が決めることらしいよ」

「〜っ」

浄偉は面倒臭そうに顔を顰めて頭を掻いた。

「火狩が決めるべきというのは道理だな。火狩、部活連執行部と風紀委員会のどちらを選ぶ」

「碓氷君、待ちなさい。火狩君にはもっと判断材料を与えるべきだわ。場所を変えて、それぞれの活動内容について聞いてもらいましょう」

「うむ、それも道理だ」

「じゃあ、委員会の本部で良いわね？　部活連本部があるのは準備棟だし、本校舎の三階にある委員会本部の方が近いから」

「待ってください」

このまま風紀委員会本部へ連れて行かれそうな流れに、浄偉がストップを掛けた。

「裏部先輩は早い者勝ちではないと仰いましたが……。俺はやはり、順番は無視すべきではないと思っています」

「ちょっと、火狩君？」

「まだ部活連に入れていただくかどうかは決めていませんが、俺は先に碓氷先輩のお話をうかがいたいと思います。それに先輩方を天秤に掛けるような真似はしたくありません」

浄偉が姿勢を正して亜季に頭を下げる。

「ですから、すみません。裏部先輩、風紀委員会の件は辞退させていただきます」

「その義理堅さ。気に入ったぞ、火狩！」

亜季が何か言う前に、碓氷が破顔して声を上げ、浄偉の背中を上から「バンッ」と叩いた。

「おっと、すまんすまん」

よろける浄偉を、すかさず差し伸べた碓氷の手が支える。

「そういうわけだ、裏部。悪いが、火狩はうちに入ってもらう」

「……まだ決定ではないでしょ。決めるのは火狩君よ」

碓氷が亜季に笑い掛け、亜季は碓氷を悔しげに睨み付けた。「決めるのは火狩君」というのは、亜季本人も自覚している負け惜しみだ。浄偉の態度から見て、仮に彼が部活連執行部に入らなかったとしても、その場合は余計碓氷に義理立てして、風紀委員になることはないだろう。亜季はそれを心の中で渋々、認めていた。

「もちろんだとも。無理強いなどせん。もし火狩が断ったら、お前の話も聞くよう言っておいてやる」

「結構よ」

憎々しげに吐き捨てた亜季のセリフは聞き流して、碓氷は浄偉に「火狩、行くぞ」と声を掛けた。

浄偉は亜季にもう一度頭を下げて、階段へ向かった碓氷の後に続く。

首を捻り横目で碓氷の背中を悔しげに見送った亜季は、顔の向きを戻して軽く俯きため息を漏らした。

そして顔を上げ、「おやっ？」という風に軽く目を見張る。

「……貴女、十文字アリサさんよね？」

亜季の目は、アリサの上に固定されていた。アリサの外見は相当目立つはずだが、今の今まで気付いていなかったようだ。

「ええ、そうですけど」

一方アリサは、亜季が何故そんな目を向けるのかが分からず警戒感を覚えた。

「決して火狩君の代わりというわけじゃないけど、十文字さん、風紀委員会に入ってくれない？」

「私がですか⁉」

アリサは見開いた目に「何故」という気持ちをいっぱいに湛えて亜季に問い返す。

漏れ聞いた話から推測するに、風紀委員会というのは「魔法の行使に長けた実力者」を必要とする、つまり魔法の実力行使で校内秩序を維持するのが役目なのではないだろうか。

自分で言うのも何だが、こんな頼りなさそうな女の子に務まる役目とは思えない。——アリサはそう思った。

「ええ、貴女の成績は五十里さん、火狩君に次ぐ入試三位じゃない」

亜季の答えは、またしてもシンプルだった。

おおっ！　というざわめきの声は、さっきよりも多かったかもしれない。

「さすがだね、アーシャ」

茉莉花は我がことのように嬉しそうだ。

その隣で、アリサが「プライバシーって……」と呟く。良かったのか悪かったのか、その呟きは誰の耳にも届かなかった。

「どう？　お願いできないかしら」

亜季がアリサへ向けてずいっ、と距離を詰める。言い方はマイルドだが、亜季の眼光は威圧感たっぷりだ。

「あの……」

アリサは圧倒されながら、勇気を振り絞った。

「私には務まらないと思いますので……。すみません」

「あら、どうして？」

亜季は、簡単には引き下がらなかった。

「私、人を相手に魔法を使うのは苦手ですし」

「風紀委員は、別に魔法を使って喧嘩をするわけじゃないわよ」

「いえ、喧嘩をしているなんて思っていませんが……」

「羽目を外した生徒を止める為に魔法を使うだけだから」

口ごもるアリサに、亜季がさらにプレッシャーを掛ける。

「十文字さんは副会長の妹なんでしょう？　だったら大丈夫よ。十文字家の人なんだから風紀委員くらい楽勝で務まるわ」

「確かに私は二年の十文字勇人の妹ですけど、私は兄の様にしっかりした性格じゃありませんし……」

「大丈夫よ。地位が人間を作るわ。それに十文字さんは十分しっかりしているように、私には見えるわよ」

幾ら辞退しても、亜季に引き下がる気配は無い。

仕方が無いから話だけでも聞いてみようかな……、とアリサが流され掛けたその時。

「先輩。横からですみませんけど、今すぐ決めろと言われても無理ですって」

茉莉花がアリサと亜季の間に割って入った。

意外感からだろう。亜季は無言で何度か瞬きして、茉莉花へ探るような視線を向けた。

「ええと、貴女は」

「一―Bの遠上茉莉花です」

「そう、遠上さんね。十文字さんのお友達なの？」

「はい、一番の親友です」

照れも衒いも無く、茉莉花は誰もが知る事実のように「一番」を主張する。

「そうなんだ……」

これには亜季も戸惑いを隠せない。

「先輩。アーシャ、いえ、十文字さんに考える時間を与えてあげられませんか。彼女の場合、家の人と相談しなきゃなりませんし」

相手が戸惑っている間に茉莉花が押し込む。

「そう……ね。確かに十文字さんは、ご家族と相談する必要がありそうね。気がつかなくてごめんなさい」

「いえ、そんな」

亜季に頭を下げられて、アリサが恐縮した態で頭を振る。

「じゃあ明日の放課後、返事を聞かせてもらえるかしら？」

短い！　とアリサも茉莉花も思った。だがここで頷かなければ、この場がさらに長引きそうだ。

「……分かりました。明日の放課後までに考えさせていただきます」

アリサはこの場の収拾を付ける為に、亜季の申し出に頷いた。

アリサの父親である和樹は、子供のやることに余り口出ししない。他の息子・娘に対してもそうだが、アリサに対しては負い目があるからか、この傾向が特に顕著だ。だからアリサは、風紀委員会の件を和樹に報告する必要は感じなかった。だが克人と勇人には、相談しなければと思っている。

しかし二人の兄に相談する前に、アリサは茉莉花と明日の対策を話し合うつもりだった。

場所は茉莉花のマンション。アリサは家に帰らず、学校から直行で親友の部屋に上がった。

「高校の先輩たちって凄いねー」

茉莉花が制服を脱ぎながらあっけらかんと笑う。無論、アリサの目は気にしていない。

「そうね、凄くエネルギッシュ。圧倒されちゃった」

台所から、アリサがそう返した。茉莉花が着替えている間、勝手知ったる彼女がお茶の準備をしているのだ。

「ミーナ、お茶請けはどうする?」

「そっちはあたしが出すー。アーシャはお茶だけ運んどいて」

「うん、分かった」

キッチンから振り返ったアリサが手に持つトレイには、シュガーポットが一つとティーカップが二つ。カップの中身はストレートティーとミルクティーだ。

それを横目で見ながら、茉莉花がアリサの横をすり抜ける。広いとは言えないキッチンだが、この二人なら余裕ですれ違える。

アリサはオーブンを開けて、作りっ放しにしてあった一口サイズのクッキーを取り出した。クッキングシートを敷いた天板から、焼き上がっていたクッキーを大皿に移す。一つつまんで味見をするのも忘れない。

「はい、どうぞ」

茉莉花はクッキーをテーブルに置いて、自分が腰を下ろすより先に、アリサに勧めた。

「いただきます」

アリサがクッキーを一つ、口に運ぶ。その動作には一瞬の停滞も無かった。

「美味しい……」

そしてすぐに、頰を緩める。

「やっぱりミーナのお菓子は美味しいね。また上手になったんじゃない？」

「エヘヘ……、ありがと」

茉莉花は自慢げな表情、所謂「ドヤ顔」を見せるのではなく、照れ臭そうにはにかんだ。

「お菓子作りはまだまだミーナに敵わないなぁ」

「お料理はアーシャの方が上手なんだから良いじゃない」

これはお互いにお世辞で持ち上げ合っているのではなく、第三者も認めるであろう事実だ。ロシア料理は言うまでもなく、和洋中、どれもアリサの方が上手い。茉莉花が上回っているのは和風の魚料理だけだった。

一方、お菓子作りはクッキーもケーキも茉莉花の方が上手い。アリサの方が上手く作れるお菓子はアップルパイだけだ。

二年のブランクがあるとはいえ、この関係は変わっていない。彼女たち自身も変わっているとは思っていないので、それ以上テーブルのクッキーが話題になることはなかった。

「それでアーシャ、どうするの？」

「それはもちろん、断りたいよ。私には他人を取り締まるなんて無理だもの」

「うん、それは分かってる。アーシャって、年下が相手でも強く出られないもんね。同級生、ましてや上級生の諍いをアーシャが仲裁している姿なんて、ちょっと想像できないや」

「上級生⁉　無理！　無理無理！　絶対に無理！」

アリサは勢い良く、何度も首を左右に振った。

「だから、分かってるって。あたしが訊いているのは、どうやって断るつもりなのかってこと」

茉莉花の指摘に、アリサがビシリと固まる。

「明日の放課後返事をするってことになってるけど、期限は裏部先輩が勝手に切ったものだからね。一週間かそこらなら延ばせると思う。でもあの先輩の性格からして多分、ずっと有耶無耶にはできないよ」

「それは分かってるよぅ……。だから悩んでいるの」

アリサが泣きそうな声を出す。

しかし茉莉花がアリサを甘やかしたくても、適当な気休めは口にできない。状況がそれを許さない。入学早々不登校なんてできないし、学校に行けば向こうから押し掛けてくる。逃げ切るのはおそらく、不可能だ。それが分かっているからアリサも弱り切っているのだった。

「ミーナ、何か良い口実無いかな？」

「うーん……」

茉莉花が腕を組み顎に指を当てて考え込む。

「お義兄さんに助けてもらう……のは、ダメだよね」

「勇人さんに？　そんなことできないよ」

勇人に頼んで断ってもらうというのは、アリサも真っ先に思い付いて即却下した対策だ。アリサと勇人の関係は、良好ではあるがまだお互いに気を遣っている段階。二年間という年月を考えれば進展が遅すぎるようにも思われるが、アリサが我が儘を言えない性格だから仕方が無い。今回のことも校内における勇人の立場や評判を考えると、甘えることなどできなかった。

「まあ、そうだよねぇ。それに今日見た感じだと、裏部(うらべ)先輩が相手じゃお義兄(にい)さんの方が押し切られちゃいそう」

「…………」

茉莉花(まりか)の評価に、アリサは反論できない。それは確かにありそうな展開だと、彼女も思ってしまったからだ。

「ただ断るだけじゃ、角(かど)が立っちゃうよねぇ」

「うん……」

「だからといって下手な条件を出したりしたら、生意気だって目を付けられちゃうかも」

「……そうだね。それに変な条件をつけて真(ま)に受けられたら、回り回って自分にダメージが来そう」

「うーん……。放課後は部活に打ち込みたいから、っていうのは？」

「あっさり『両立できるから』って返されそう。本当は両立できなくても」

「そっかぁ。それ、ありそうだね……」

再び考え込む茉莉花(まりか)。今度はアリサも一緒になって唸(うな)っている。

「そうだっ！　こういうのはどう？」

アイデアが閃(ひらめ)いたのか、茉莉花(まりか)が声を上げた。

「なに？」

アリサが瞳に期待を込めて茉莉花の方へ身を乗り出す。

「あたしたち二人一緒なら引き受けます、って言うの」

「……ミーナも一緒に、ってこと？　そんなこと、できるのかしら？」

「多分できないだろうね。定員もあるだろうし。人数が決まってなかったら最初から火狩君だけじゃなくて、アーシャも勧誘していたはずだよ」

「あっ、そうか。空いてる席は多分、一つだけ……。でもそれじゃあ、最初から一緒になんて無理じゃないの？」

「だから良いんじゃゃん！　断る為の口実なんだから」

アリサが体勢を戻して少し考え込む。確かに角が立たない、良い口実に思えた。

ただ一つだけ、懸念事項が伴うようにも思われた。

「……もし先輩がその要求を呑んだら？　ミーナまで風紀委員会に入る羽目になっちゃうよ？」

アリサが気になったのは、茉莉花を巻き込んでしまうことだった。

「その時はその時だよ。一緒にいられるなら風紀委員会も楽しいんじゃない？　アーシャが気にしている喧嘩の仲裁も、あたしが代わりにやってあげる。あたしはそういうの、平気だから」

「一緒に……」

確かにそれは、アリサにも魅力的に思われた。彼女たちは趣味嗜好の違いから、部活の時間を共有することはできない。茉莉花は部活をマジック・アーツに決めているが、アリサは格闘技全般、見ているだけでダメだ。全身を防具に固めたフェンシングとかならまだ何とか耐えられるのだが、痛そうなのがとにかく受け付けられない。そういう理由だからマネージャーとして入部するという選択肢も採れない。

風紀委員会が嫌なのも「痛そうなのは見るのもダメ」という同じ理由からなのだが、校内でそうそう頻繁に暴力沙汰が起こるわけでもないだろう。それに風紀委員会の任務が校内秩序の維持なら、争いが実力行使へと発展する前に止めるのが仕事のはずだ。生理的嫌悪感はあっても茉莉花と一緒であれば、その程度なら耐えられそうだとアリサは思った。

「……うん。ミーナにはとばっちりになっちゃうけど、それでも構わない？」

「もちろんだよ！　委員会なんて面倒臭いかもしれないけど、アーシャと一緒にいられる時間が増えるならそっちの方が嬉しいから」

「部活と両立できないかもだよ？」

茉莉花がマーシャル・マジック・アーツに本気で打ち込んでいることをアリサは知っている。茉莉花がマジック・アーツに転向したのはアリサが東京に来てからだが、側にいなくてもヴィジホンで会話するだけで、茉莉花の熱意は十分にアリサへ伝わっていた。

「部活よりアーシャが優先だよ」

しかし茉莉花は、あっさり「マジック・アーツよりアリサが優先」と言い切った。

「……ありがとう、ミーナ。じゃあ克人さんや勇人さんにも、その線で相談してみるね」

これにて一件落着、とアリサは席を立たなかった。結局彼女は外がすっかり暗くなるまで茉莉花の部屋にいて、心配した勇人に電話で叱られる羽目に陥った。

……その所為でアリサは、勇人にも克人にも風紀委員会に勧誘されている件を相談できなかった。

［7］四月九日

翌日の放課後。終業時間のほとんど直後、一年A組の教室に風紀委員長・裏部亜季が姿を見せた。

「十文字さん」

目当ては無論、アリサだ。彼女は躊躇なく一年生の教室に入ってきてアリサの席のすぐ手前で立ち止まった。彼女の横は浄偉の席で、彼はまだ座っていたが、今日の亜季は浄偉に目もくれなかった。

「貴女……」

ただアリサ以外、全く目に入っていないというわけではない。亜季はアリサの席の向こう側に座る茉莉花を認めて、意外感を隠せなかった。

「遠上さんだったわね」

アリサと一緒に立ち上がった茉莉花の名前を、亜季は特に思い出す苦労をせず口にした。

「はい、一年B組の遠上茉莉花です」

茉莉花は物怖じした素振りを全く見せず亜季に笑顔で応えた。

亜季の用件にアリサの親友だという茉莉花は余計な存在だったが、この邪気の無い笑顔に邪魔だとも言えない。

「十文字さん、考えてくれたかしら」

亜季は茉莉花の存在を気にしないことにして、早速本題に移った。

「はい。あの、色々と考えたんですけど……」

辞退を口にしようとして、アリサが口ごもる。

「ごめんなさい、ちょっと待って」

口ごもった隙を突いて、亜季はアリサの言葉を遮った。きつい見た目を裏切らない、強引なスタイルだ。

「申し訳ないんだけど、続きは風紀委員会本部で話させてもらえないかしら。今日から始まる新入部員勧誘週間は、風紀委員会にとって一年で最も忙しい時期なのよ」

「あの、お忙しいのであれば、お話は時間に余裕がある時でも」

亜季が「おやっ？」という表情を垣間見せる。アリサが流されずに、すかさず反論してきたのが意外だったのだろう。

「風紀委員になってくれると確約してくれるならそれでも良いけど」

だがその程度で引き下がる程、亜季は簡単な相手ではなかった。

「……分かりました。ご同行します」

アリサも容易に片が付くとは思っていない。一度断ったくらいで諦めてもらえるなら、昨日の時点で話は終わっているだろう。

既に立ち上がっていたアリサは、教室の出口に向かって歩き出した亜季の背中に大人しくついて行く。

その気配に満足して振り返らなかった亜季は、アリサの背中に茉莉花が続いているのに気付いていなかった。

本校舎三階の一番奥の部屋、風紀委員会本部は騒然とした空気に包まれていた。

一番忙しい時期というのは、誇張でも何でもなかったようだ。——アリサと茉莉花は、同時にそう考えた。

茉莉花はアリサに続いて、何食わぬ顔で風紀委員会本部に入った。亜季はこの段階で、ようやく茉莉花の存在に気付く。だがここまで来て追い出す上手い理屈もなく、彼女は成り行きで茉莉花の同席を認めた。

「そこに座って」

部屋の片隅にある四人掛けのテーブルを亜季が指差す。椅子は折り畳みの物だった。折り畳み椅子といっても今でも間に合わせに使われているパイプ椅子ではなく、肘掛けが付いていて座面は中々クッションが効いている、企業などで良く見掛けるミーティング用の物だ。

ここが風紀委員による取り調べの席で、肘掛けは容疑者の拘束用の物だとは想像もできないアリサと茉莉花(まりか)は、テーブルの同じサイドに並んで腰を下ろした。

「さて、改めて結論を聞かせてくれる？」

アリサの向かい側に座った亜季(あき)が、正面から目を合わせてプレッシャーを掛けてくる。

「はい。やはり私には、校則違反の取り締まりなんて無理だと思います」

「何故(なぜ)？　もしかして風紀委員の仕事を誤解しているのではないかしら？」

亜季(あき)は視線を動かさない。目を逸(そ)らすのは得策ではないと考えて、アリサはその眼差(まなざ)しに耐えた。

「私、誤解しているんでしょうか……？」

「確かに風紀委員は生徒同士の争いを、時には魔法の実力行使で収めることが求められているわ。でも風紀委員の全員がそれをしなければならないわけではないの。以前は風紀委員といえば武力制圧スキルが必須と思われていた時代もあったようだけど、今は違う。女子の委員も増えたし、助けを求めれば荒っぽい真似(まね)は他の委員や部活連執行部が代わりに担(にな)ってくれる。風紀委員に必要なのは自分の身を守る能力と、事実を貫き通す誠実さよ」

「自分の身を守る能力ですか？　それって結局、戦う必要があるということでは……？」

「いいえ。そういう勘違いをしている人は多いけど、逃げるのも身を守る手段よ」

「逃げても良いんですか!?」

それまで大人しくしていた茉莉花が、驚きの余り思わず声を上げてしまう。

亜季はチラッと目を向けただけで、茉莉花を咎めなかった。

「良いのよ。不正をちゃんと報告してくれさえすれば。自分の身に危険が及ぶ可能性があれば、リアルタイムである必要もない。安全が確保できてから報告してくれれば良い。物的証拠を確保する必要もないわ」

「それって冤罪の温床になるんじゃあ……」

証拠も必要無いという言葉に、茉莉花が懸念を示す。

「……だから『誠実』が条件なんですね」

だが茉莉花はその意味を正しく理解した。

「そうよ。風紀委員会は信用第一。委員に求められる条件は、何よりも誠実であること。だから委員の選出は他薦のみ。しかも推薦権を持つのは生徒会、部活連、教職員会のみ。それぞれが三名ずつの推薦枠を持っているの。本当のことをいうとね、十文字さんに声を掛けた直接の理由は入試の成績が上位だったからじゃないの。火狩君も十文字さんも、教職員会から提出された推薦リストに名前が載っていたのよ」

「それなら、私以外にも候補がいるのでは……」

アリサが恐る恐る訊ねる。

亜季は残念そうに、首を横に振った。

「残念ながら現在推薦の空き枠を持っているのは教職員会だけで、先生方から推薦があったのは新入生の五十里さん、火狩君、十文字さんの三人だけなのよ。五十里さんは生徒会の書記になっちゃっているし、火狩君は部活連執行部に入ったって昼休みに本人から断られたわ。貴女に断られたら、風紀委員会は一名欠員の状態で活動しなくちゃならない」

つまりアリサと茉莉花は、この上級生が何故ここまでしつこいのか、その理由をようやく理解した。

つまりアリサで補充の当ては最後だったのだ。同時に亜季が何故アリサや火狩の入試席次を知っていたのかについても、疑問が氷解した。漏洩元は教職員だったというわけだ。ならば納得できるかというとそんなことはないが、不正な手段で入手した情報ではないと分かり、アリサは少し安心できた。

「風紀委員会はただでさえ人手不足気味なの。新入生しか推薦してこなかった時点で教職員会から別の候補者が出てくるのはしばらく期待できないし……。お願い、十文字さん。力を貸してもらえないかな」

そこまで言われてはアリサも無下に断るのが心苦しくなる。亜季の眼光がこんなに強い圧力を伴っていなかったら、アリサは逆に同情で頷いていたかもしれない。

「……やはり私は、自信がありません」

亜季がすかさず、何事か反論しようとする。

しかしここは、後に続けるセリフを決めていたアリサの方が早かった。

「でもミーナ、いえ、遠上さんと一緒ならお引き受けできると思います」

この申し入れは、完全に亜季の意表を突いた。

「……遠上さんと二人一緒でなら、入ってくれるということ？」

「はい、一人では心細いので。ダメでしょうか？」

「心細いって……、最初から一人で仕事をさせたりしないわよ？　私たち上級生がちゃんとフォローもサポートもするわ」

「はい、それは分かっています」

頷きはしたものの、アリサに申し入れを撤回する気配は無い。

「でも欠員は一人だけだし……」

亜季が呻き苦悩する。アリサが条件を出したからには、ボールは亜季の手許にある。要求を拒否して委員会入りを強制するという選択をするには、彼女は真面目すぎた。

アリサは茉莉花と一緒に無言で亜季の回答を待っている。二人とも自分たちが出した条件は無理難題であることを理解していた。最初から受け入れられないことを前提に考えた条件だったが、この場で風紀委員選任のルールを聞いて、亜季は頷きたくても頷けないという確信を深めていた。

神妙な表情で亜季が白旗を揚げるのを待つアリサと茉莉花。

しかしここで思わぬ介入があった。

「委員長、検討するだけ検討してみましょうよ」

「誘酔君？」

亜季がその提案をした者の名前を呼ぶ。

突如テーブルの側にやってきて横から口を挿んだのは誘酔早馬だった。声がした方に顔を向けたアリサたちは、勇人が早馬のことを「これでも風紀委員」と紹介していたことを思い出した。

「委員会の欠員は一名だけですが、それは定員を増やせなければの話です。風紀委員会が恒常的に人手不足状態なのは学校側も分かってくれていますよ。これを機に校長先生に風紀委員会の定員増枠をお願いしてみてはどうでしょう。良い機会だと思いますが」

「増員か……」

亜季が先程までとは別の表情で考え込む。

怪しくなった雲行きに、アリサたちは揃って「余計なことを！」と考えた。――無論そんなことは口にせず、表情は神妙なままだが。

「――分かったわ。誘酔君、風紀委員会定員増枠の理屈を考えて、申請書を作ってくれる？　折衝は私がやるから」

早馬が「げっ！」と呻き声を上げたが、亜季はまるで耳を貸さなかった。

「十文字さん。それに遠上さん」

「はい」

「何でしょうか」

名前を呼ばれた順番に、アリサと茉莉花が返事をする。

「定員増枠が認められなければ、残念ですが勧誘を諦めます。ですがもし増員を認めてもらえたら、二人とも風紀委員会に入ってもらえますね？」

アリサと茉莉花が迷う素振りもなく頷いたのは、亜季の強く念を押す口調に圧倒されたからである可能性が高かった。

アリサたちは、結果がどうなるかはともかくとして、しばらくの間は風紀委員会の勧誘から解放されることになった。

二人は今一つすっきりしない気分だったが、気を取り直して部活巡りを始めた。

「巡り」と言っても最初の行き先は決まっている。マーシャル・マジック・アーツ部だ。ただ入部を考えているのは茉莉花だけで、アリサは彼女の付き合いである。

マジック・アーツがデモンストレーションの演武を行う会場は第二小体育館。通称「闘技場」。一高に二つある小体育館の内、武術系・格闘技系のクラブは主に第二小体育館を使っている。

「ミーナ、もうすぐ時間だよ」

部活のデモに第二小体育館を使うのはマジック・アーツ部だけではない。他の武術系・格闘技系のクラブもこの新歓週間、デモンストレーションに第二小体育館を使う。普段の練習では曜日による割当制だが、新歓週間は多くの新入生にアピールする為、隔日の時間割当制になっている。

マジック・アーツ部の演武開始はもうすぐ。見逃せば明後日の土曜日まで待たなければならない。

「先に行って」

アリサも決して運動神経は悪くないのだが、単純な足の速さとか瞬発力、投擲力などでは普段から格闘技で身体を鍛えていた茉莉花に一歩を譲る。アリサが先に行けと行ったのはそれを自覚しているからだった。

茉莉花も自分たちの身体能力の客観的な差は把握している。だが彼女は親友の配慮に従わなかった。

「こうすれば大丈夫」

茉莉花がアリサの手をしっかり握る。次の瞬間、茉莉花はアリサを引っ張りながら、第二小体育館へ向かう足を速めた。

「ほら、間に合ったでしょ」

二人が第二小体育館に到着したのは、マジック・アーツ部の演武が始まる直前だった。

「……酷いよ、ミーナ」

アリサが肩で息をしながら抗議する。いや、これは抗議というより恨み言か。

「あはは、ごめんごめん」

笑いながら謝る茉莉花には、少しも悪びれた様子が無かった。

もっとも、アリサも本気で怒っているわけではない。こんなことで二人の友情に亀裂が入ったりはしなかった。

「結構集まっているねぇ」

茉莉花が言ったように、見学の生徒は大勢集まっていた。火曜日に講堂で行ったアピールが効いているのかもしれない。

「あっ、あそこから見られそうだよ」

セクハラ（の冤罪）を警戒しているわけでもないだろうが、見学の新入生は男女でほぼ分かれていた。その内、女子が集まっている方の人垣にへこんでいる部分を見付けたアリサが、さっきとは逆に茉莉花の手を引っ張った。

アリサも茉莉花も、高一女子にしては背が高い方だ。新入生の、背が低い女子が固まっている箇所があれば、その後ろから人垣の中を見通すこともできる。

「ホントだ。良い場所見付けてくれてありがとう」

アリサが茉莉花を連れていったのはそういうスポットだった。

「どういたしまして。ほら、始まるよ」

その声に促されて茉莉花が演武に意識を向ける。

その視線の先で、技の応酬が始まった。

講堂のショーアップされた演武ではなく、より実戦に近い組手。

すぐに茉莉花は、模範試合に意識を集中した。


立て続けに五組の模範演技が終わった。

「はぁー……。良いなぁ。やっぱり高校生は上手いや。中学生とは比べものにならないよ」

茉莉花が満足げに感嘆を漏らす。

「ミーナは行かなくても良いの？」

デモは新入生相手の体験組手に移っている。アリサの質問は、そこに加わらなくても良いのかと問うものだった。

「うん……。用意はしてきたけど、今は別にいいや。部の水準が予想以上なのは分かったから。演武が終わってから入部届を出しに行くよ」

この時点まで、茉莉花はすんなり入部するつもりだった。

「あっ！」

ところが、二年生の女子部員があげたこの声が切っ掛けで雲行きが変わった。

「ねっ、貴女！　遠上さんでしょう？　北海道中学生チャンピオンの」

その二年生は茉莉花を指差しながら、結構な大声でそう叫んだ。

「えっ、中学チャンプ？」「北海道のって、あの遠上茉莉花？」「男子チャンプにも勝ったっていう、あの？」「えっ、ホントに彼女？」

そんな声と共に、新入生の相手を務めていた三年生を除く女子部員が茉莉花の許に殺到した。

その勢いに、茉莉花は思わず逃げ腰になる。

それを本当に逃げようとしていると勘違いした上級生は、茉莉花とアリサを押し包むように取り囲んだ。

口々に入部をせがむ上級生の女子部員。

茉莉花は最初から入部するつもりだしそう答えているのだが、上級生が余りにも声を揃えず、一度に喋る所為で、茉莉花の声はかき消されてしまっている。それで、快い返事を得られていないと勘違いした上級生が詰め寄る勢いを増すという悪循環が、小体育館の茉莉花を中心とした一角で起こっていた。

もみくちゃにされているのが茉莉花だけだったなら、それ以上の騒ぎには発展しなかっただ

ろう。だがこれに巻き込まれたアリサが苦しげな悲鳴を漏らすに至り――、

――茉莉花が切れた。

茉莉花の手がアリサに身体を押し付けていた二年生の襟首に伸びる。

次の瞬間、その二年生は床に引きずり倒されていた。

予想外の蛮行に、密集していた女子部員の動きが止まる。

止まっただけで茉莉花とアリサに加えられている、百年前の満員電車の如き圧迫はまだ続いている。

茉莉花はアリサに群がっている女子部員を片っ端から投げ飛ばした。

パンチやキックは使わない。「切れて」いても、女子を相手に不意打ちで打撃技を叩き込むのを躊躇うだけの理性は残しているのだろう。

しかし幾ら不意打ちとはいえ、上級生が為す術も無く倒され転がされていく光景は、ある意味圧巻だった。

「凄えな、あの子」という声が男子部員の間から上がった。

それを挑発と感じたのか、それとも単に闘争心を刺激されたのか。

「面白え！」

新入生の相手を務めていた三年生の女子が、それまでの穏やかな態度をかなぐり捨て闘志をむき出しにして茉莉花へと突進した。

彼女の闘気に反応して茉莉花が振り向く。

茉莉花は咄嗟に前へ跳んだ。アリサを巻き込まない為の、無意識の行動だった。

結果的に茉莉花は、三年生を真正面から迎え撃つ格好になる。

「良いぜ、お前！」

その三年生は実に楽しげな、獰猛な笑みを浮かべた。

運動の邪魔になるのを嫌ってか髪型はショートで髪色も明るいが、顔立ち自体は古風でお嬢様然としている。しかし言葉遣いと表情は、まるで気が荒い男子のようだった。

「女子部部長、北畑千香だ！」

激突の寸前、三年生が名乗る。彼女は何と、女子部の部長だった。

ストレートで顔を狙うと見せ掛けて、ボディへのフック。それを茉莉花にブロックされると、そのまま肩をぶつけて距離を取り、弧を描く上段回し蹴りにつなぐ。

千香の激流を思わせる連撃を後方に跳んで躱した茉莉花が、いきなり制服を脱ぎ始める。

狼狽のどよめきが小体育館を満たした。それに構わず茉莉花はジャケットを脱ぎ、インナーガウンを取り、ワンピースまで脱ぐ。

彼女は制服の下に体操服を着込んでいた。

駆け寄ったアリサに制服を渡して、茉莉花は改めて構えを取った。

「入部希望者、遠上茉莉花！　参ります！」

「やる気十分だなっ！　歓迎するぜ！」

この時点で両者とも、完全に経緯と目的を見失っている。

しかし既に、茉莉花にも千香にもそんなものは必要無いのかもしれない。

激突する千香と茉莉花。

二人ともストライカータイプなのか、目まぐるしいパンチとキックの応酬が繰り広げられる。

最初は互角。だが徐々に、茉莉花がディフェンスしている時間が増えていく。

このままではじり貧だと考えた茉莉花が強引に反撃の拳を繰り出す。

だが同時に襲ってくる左クロス。

茉莉花は持ち前の反射スピードで痛撃を何とか避けた。

続けて襲ってくる右ミドルキックをブロックしながら、茉莉花は心の中で呻いた。

（この人、凄い！　こんなに強くて上手い人、初めてだ！）

いや、感嘆を漏らしていた。

茉莉花が守勢に立たせられるのは大抵このパターンで、千香のカウンターによりリズムを狂わされてから攻め込まれている。

千香のカウンターは相手の攻撃を見極めてから放つ「後の先」ではない。「見極める」と言ってもそこには予測も含まれるが、相手の攻撃が始動した後にこちらの攻撃を始動する「後の先」が一般的なカウンターだ。

これに対して千香が放つカウンターは「対の先」。まるで茉莉花が攻撃を放つタイミングを予知しているかの如く、同時に攻撃を放っている。

千香はカウンターを放つ段階で茉莉花の攻撃が当たらない体勢を取っている。やはり茉莉花の動きを予知しているとしか思われない。

それに対し茉莉花は卓越した対応速度で千香の攻撃を躱し、あるいはブロックしているが、自分が攻撃している最中だから十分な体勢は取れない。その崩れたところへ千香はすかさず追撃を放ってくるのだ。

ちょうど、今のように。

相手の方が明らかに実力は上。千香は三年生でマジック・アーツ女子部の部長だから、技術で劣っているのは仕方がないかもしれない。

しかし茉莉花は、追い詰められると負けん気を発揮するタイプだ。このまま負けを認める気は無かった。

(打撃で敵わないのなら!)

千香の身長は茉莉花よりもわずかに低い。筋力には大差が無いように感じられる。そしてこれは希望的観測かもしれないが、柔軟性では自分の方が勝っていると茉莉花は感じていた。

ダッキングでパンチを躱して千香の懐に突っ込む。

迎え撃つ千香の膝蹴りを、茉莉花が十字受けでブロック。

　そのままタックル、というよりしがみつき、茉莉花は千香を押し倒した。

　打撃技で敵わなければ組み技で。

　立ち技で負けているなら寝技に活路を探す。

　それ自体は戦術的に間違っていない。

　だがここで、肝腎なことが一つ。

　寝技は立ち技以上に技術差を浮き彫りにする。

　マウントポジションを取るのではなく、腕の関節を極めに行く。肘がダメなら肩を、肩がダメなら手首を。

　腕が無理なら足へ。膝、足首、関節技が極まらなければ今度は絞め技狙いだ。

　そうやって揉み合っている内に茉莉花の首には何時の間にか、千香の腕が背後から巻き付いていた。

　茉莉花は辛うじて右手の指を四本、自分の首と千香の腕の間にねじ込んで絞め技が完全に極まってしまうのを防いでいる。だがこの状態でも、頸動脈は確実に圧迫されている。

　このままでは落ちる――。

　そう感じた直後、彼女の表に出ている意思に反して、彼女の血に潜む魔法が発動した。

　数字落ち、『十神』の魔法。

　茉莉花の全身を想子光が覆う。

眩く輝く非物理の光では無く、拡散せず高密度に凝集した物理光ではあり得ない霊光。

次の瞬間、茉莉花の身体に沿って構築された強固な対物障壁が、絡みつく千香を身体ごと跳ね飛ばした。

茉莉花が転がって千香から距離を取り、慌てて立ち上がる。

彼女の身体を覆い守っていた個体装甲魔法『リアクティブ・アーマー』は既に解除されている。

同じように素早く立ち上がった千香が、茉莉花に向けてニヤリと笑った。

「やるなぁ……。良いぞ、実に良い！」

歓喜すら窺わせる千香とは対照的に、茉莉花の表情は暗く沈んで、いや、澱んでいる。

「……すみません、先輩。折角の勝負に水を差してしまって」

「何だ、魔法を使ったことを気にしているのか？」

茉莉花は無言。それは肯定を示していた。

「馬鹿馬鹿しい！」

千香は噛み付くような口調で、茉莉花の後悔を一蹴した。

「マジック・アーツは最初から魔法を使う格闘技だ。俺が魔法を使わなかったからといって、お前までそれに付き合う必要は無い。それとも何か？　魔法を使わない縛りプレイで俺に勝てるとでも思ったか？　舐めるなよ、新入り！」

千香(ちか)の一喝を受けて、茉莉花(まりか)の顔に精気が戻る。

「……そうですね。すみませんでした。では、今度こそ……参ります！」

気合いと共に、茉莉花(まりか)の個体装甲が復活した。

さっきよりも強く、堅く。

「おうっ！　だったら俺も見せてやるぜ！」

技の邪魔にならないよう前腕部のプロテクターの下に付けた完全思考操作対応型ＣＡＤから、千香(ちか)が起動式を出力する。

「もう遠慮は要らねえぞ！」

「はい、もう遠慮はしません！」

茉莉花(まりか)の全身を覆う個体装甲魔法『リアクティブ・アーマー』。

それに対して千香(ちか)の方は、両拳だけが魔法の力場に覆われている。千香(ちか)が隠そうとしていないこともあって、茉莉花(まりか)にはそれが一方向的斥力場で拳を包む魔法『リパルジョン・ナックル』であるとすぐに分(わ)かった。

千香(ちか)の魔法が、まともに喰(く)らえば骨折だけでは済みそうにない威力を秘めていることも。

「うおおぉぉ！」と千香(ちか)が、

「やあぁぁ！」と茉莉花(まりか)が、

両者が雄叫(おたけ)びを上げながら互いに向けて突進する。二人の喉から放たれた咆吼(ほうこう)が途切れる前

に、その距離はゼロになった。

茉莉花が右ストレート。

千香は右のボディフック。

茉莉花の拳は千香の髪を揺らし、
千香の拳は茉莉花の腹に吸い込まれた。

激しい激突音が轟く。

茉莉花の身体が宙を舞った。

だが彼女は空中で体勢を整え、両足で着地する。その顔に、苦痛の色は無い。

茉莉花の『リアクティブ・アーマー』は千香の『リパルジョン・ナックル』に見事耐え抜いていた。

しかし今の攻防でも分かるように、実力はやはり千香が上だ。

それでも怯まず、茉莉花は千香へと突進する。今度は千香が待ち構える形だ。

「はい、時間切れ」

そこに、聞きようによっては呑気な声が掛けられた。

「何しやがる、離せ！」

後ろから羽交い締めにされた千香が、もがき、喚く。

一方の茉莉花は、目の前に立ち塞がる「壁」に急停止した。

「アーシャ!?」

彼女を止めたのは、瞬時に展開されたアリサの障壁魔法だ。

「千種、これはセクハラだぞ！」

そして千香を止めたのは、男子部部長の千種正茂だった。

「はいはい。都合の良い時だけ女を主張するのは止めよう」

さすがは男子部部長と言うべきか、千種は暴れる千香をがっちり押さえ込んでいる。

その前に声を掛けたのも千種だった。「時間切れ」の意味は、単に演武の割り当て時間が終わりに近付いているというだけではない。

鋭い警笛。

「大人しくしなさい！」

それに続く、鋭い声。その言葉の主は、風紀委員長の裏部亜季だ。

やって来たのは彼女一人ではなかった。「乱闘が発生している」という報せを受けて、風紀委員会が取り締まりに駆け付けたのだった。

◇◇◇

茉莉花と千香は風紀委員会本部ではなく、準備棟の部活連本部に連行された。

そこで風紀委員長の亜季だけでなく、部活連会頭の碓氷、そして生徒会副会長である勇人の立ち会いの下、事情聴取が行われていた。

この場にアリサはいない。当事者だけということで、同席を許されなかったのだ。

「……遠上さんは、十文字アリサさんに危害が及びそうになったのでそれを防ぐ為に手を出したと主張するのですね？」

「はい」

確認の為の亜季の質問に、茉莉花は「自分には一片の後ろめたさも無い」と云わんばかりの態度で頷く。なおアリサをフルネームで呼んでいるのは、下級生とはいえここにもう一人「十文字」がいるからだ。

「遠上さんの言うとおりだとすれば、責任はほぼ全面的にマジック・アーツ部にあるということになりますけど……。千香、反論はある？」

亜季が千香を名前で呼ぶその口調はかなり気安い。この二人は単に同学年というだけでなく、結構親しいのだろうと思わせる口振りだった。

「いや、無い。責任は全て、女子部員の暴走を止められなかった女子部部長の俺にある」

千香のある意味で潔い態度に、亜季がこれ見よがしのため息を吐く。

「千香、貴女ね……。自分は何もしていないみたいな顔をしているけど、騒ぎを大きくしたのは貴女なのよ」

「それも含めて、全責任は俺にあると言っている」

千香は反論しない。

「待ってください！　北畑先輩は指導組手の相手をしてくださっただけです。乱闘のように言われるのは納得できません！」

どういう意図があるのか、反論したのは茉莉花だった。

「でも北畑先輩がいきなり遠上さんに襲い掛かったと聞いているけど？」

勇人が茉莉花の主張に疑問を呈した。

「いきなりではありません。先輩は私が制服からこの格好になるのを待ってくれました」

茉莉花はまだ体操服姿だ。制服はアリサに預けたままとなっている。

「いや、最初に襲い掛かられた時の話だ」

「一方的に襲い掛かられた事実はありません。あれは指導をお願いする為の挨拶です」

「挨拶って、遠上さん、君ね……」

勇人は「お手上げ」と云わんばかりにため息を吐く。

対照的に、と言って良いだろう。碓氷が愉快げに笑い始めた。

「……中々骨のある一年生じゃないか。裏部、被害者が被害を受けていないと言っているのだし、北畑に対する罰は部員が暴走した分だけで良いのではないか」

「碓氷君、部活連の身内だからってかばうつもり？」

亜季は不快げに眉を顰めて碓氷を睨み返す。

「十文字、お前はどう思う？」

「私は、怪我人が出なかったことも考慮して、余り大事にする必要はないかと」

勇人は先輩相手とあって余所行きの言葉遣いで、碓氷に間接的な同意を示した。

「裏部、お前も本気で北畑を停学や謹慎処分にしたいわけではないのだろう？」

「…………」

畳み掛ける碓氷に対して、今回亜季はノーコメントだった。

「部活動の範囲に収まるトラブルの処理は、俺たち部活連に優先権がある。よってこの件は俺が裁かせてもらう」

「……それが当校のルールですもの。異議は無いわ」

「生徒会も異存ありません」

碓氷の宣言に亜季は渋々、勇人は淡々と同意を示した。

「よし」

碓氷は満足げに頷いて、改めて千香と茉莉花に目を向けた。

「北畑は新歓週間終了まで部活禁止だ」

「分かった。受け容れる」

千香はその裁定に、大人しく頷いた。

「遠上はペナルティ無し。無罪放免だ」

「お手数をお掛けしました」

そして茉莉花はキビキビと一礼して、真っ先に部活連本部を出て行く。上級生の間にはまだ話すことがあり、自分が残っていてはその邪魔になると察したからだった。

「北畑、新入生に救われたな」

茉莉花が退席し扉が閉められたのを見計らって、碓氷が千香に話し掛けた。

「俺もそう思う」

それまで被告らしく立っていた千香が椅子を自分で引き寄せてどっかりと座り込む。

「千香、貴女まだそのモードなの？」

亜季が呆れ声で訊ねた。事情が分からない者には意味不明の問い掛けだが、この場にいる三人は全員その意味が分かっているようだ。

「ああ……。あいつに煽られた血の滾りが収まらなくてな」

「遠上さんって何者？　十文字君は知っているんでしょ」

呆れ顔のまま亜季が勇人に目を転じる。

「表面的なことしか話せませんよ？」

勇人の応えに、亜季は何か察するところがあったようだ。

彼女は「あっ、やっぱり」と小声で呟いた後、「それで良いわ」と勇人に続きを促した。

「彼女は北海道で妹が引き取られていた家の娘です」

亜季だけでなく碓氷も千香も、アリサが十文字家に引き取られた経緯を知っていた。三年生なら誰でも知っているというわけではなく、三人とも勇人が将来を見越して特に親しくしている先輩だった。

「これは北畑先輩の方が詳しいと思いますが、彼女は北海道地区のマーシャル・マジック・アーツ中学生の部の女子チャンピオンです。またエキビションではありますが、その大会で男子チャンピオンと試合をして勝利を収めていますので、非公式に『北海道中学生チャンピオン』と呼ばれています」

「へえ……。千香、それって凄いことなのよね？」

「ああ。魔法有りとはいえ、中学三年生にもなれば男子と女子のパワーの差は決定的だからな。マジック・アーツで女子が男子と試合をして勝つには、余程テクニックか魔法力に差がないと無理だ」

「ふーん……。これは是非とも手に入れなきゃね」

亜季が悪い顔で呟く。

それを耳にした千香が顔色を変えた。

「おいっ！　まだ正式な部員でこそないが、あいつはうちのホープだぞ！」

「横取りする気なんて無いから安心しなさい」

そう言いながら、亜季の言い方は安心させる気があるのか無いのか分からないものだった。

「クラブ活動と風紀委員会活動は両立するわ」

「メインは部活だぞ」

「もちろん、本人に無理強いなんてしないわよ」

亜季が如何にも腹に一物ありそうな表情で嘯く。

千香は亜季を、不審感丸出しの顔で睨み付けた。

◇　◇　◇

茉莉花は部活連本部のすぐ外の廊下で待っていたアリサから受け取った制服を、一階の更衣室を借りて着込み、身だしなみを整えて準備棟を後にした。

無罪放免とはいえ、訊問を受けた場所からなるべく早く離れたいのは当然の心理だ。茉莉花はアリサの手を引いて速歩で並木道を進み、図書館手前でようやく立ち止まって屋外のベンチに腰を下ろした。

「結局どうするの？」

黙って手を引かれていたアリサが、茉莉花の隣に腰を下ろしてそう訊ねる。

「んっ？　ああ、マジック・アーツ部？」

アリサの質問は目的語を伴わない不明瞭なものだったが、茉莉花は一瞬戸惑っただけで彼女の意図を理解した。

「もちろん入部するよ」

「あんなことがあったのに？」

そう訊きながら、アリサはそれほど意外そうな顔はしていない。二年間のブランクをものともしない茉莉花に対する深い理解が窺われる。

「あんなの、大したことじゃないよ」

案の定、茉莉花は先程のトラブルをまるで気に掛けていない。

ここまではアリサの想定内だった。

「むしろ、ますますやる気が出た」

しかしこのセリフにはアリサも意外感を覚えたようで、軽く「えっ？」という表情を見せる。

茉莉花はアリサの表情の小さな変化を見逃さなかった。

「だって、あんなに凄い人がいるんだよ」

アリサが示した疑問に、そんなセリフで答える。

「部長さんのこと？」

「そう！」

茉莉花が大きく頷く。

「今日は良いところで水が入っちゃったけど、またやりたいなぁ。今度は邪魔が入らないところで」

「……校舎裏で決闘、とかダメだからね」

その言葉に、茉莉花は噴き出した。

「やだなぁ。そんなコトするわけないじゃん。アーシャ、小説とか漫画の読み過ぎだよ」

「そうだよね」

アリサもつられたように笑う。しかし心の中では、茉莉花ならやりかねない、という懸念を捨て切れずにいた。


二人が考えなければならないのは、部活のことだけではない。

「ところでアーシャ、風紀委員会の方はどうするの？」

今度は茉莉花の方からアリサに質問を投げ掛けた。

「正直に言えば、入りたくない」

アリサの答えはハッキリしているようで、肝腎の結論が曖昧だった。

「正直に言えないかもしれない、ってこと？」

「うん……」

迷いが窺われる仕草でアリサが頷く。

「先輩が困っているのも分かっちゃったし……、女の子だからって争いごとから逃げているばかりなのも、正しいのかどうか分からない」

「女の子だから、っていうのは違うと思うけど……そういう問題じゃないか」

「………………」

アリサは途方に暮れて、俯いてしまう。

「……あたし、思ったんだけど」

アリサが顔を上げて茉莉花へ振り向く。しかし、目は合わなかった。

茉莉花は顔を上に向けていた。

「今日みたいなことがあるんなら、風紀委員会って必要だなって」

「……ミーナがそれを言う？　当事者じゃない」

アリサの口調は、咎めるというより呆れ声。

「あはは、そうだよね」

茉莉花がアリサに目を向けた。

「まあ、そこは取り敢えず横に置いといて……。あたしたちって、やっぱりまだ子供じゃん。

昔は高校生なんてすっごい大人に見えたけど」

「だから、喧嘩や行き過ぎた悪ふざけも仕方が無い？」

「仕方が無いとは言わないけど。うーん、何だろう……」

茉莉花が言いたいことを頭の中で纏めるまで、アリサは静かに待った。

「……仕方が無いんじゃなくて、避けられない？」

「そうかもね」

この意見には、アリサも悩むこと無く同意する。たとえ直接的な暴力には発展しなくても、悪ふざけでは済まされないレベルの嫌がらせを小学校でも中学校でも嫌と言うほど見てきた。見たくなくても目に入ってきた。きっと高校でも、それは変わらないだろう。

陰湿ないじめに比べれば、目に見える喧嘩はまだ健全かもしれない。

「でもあたしたちは中途半端に大人だから、大人に押さえ付けられるのを嫌う。反発して、かえって悪質になっちゃったりする。それを考えれば、生徒の間でトラブルを解決するシステムは大事かも」

茉莉花の言いたいことは、アリサにも良く理解できた。だが……。

「一高の風紀委員会って、そういう性質のものじゃないと思うよ」

多分、魔法科高校の風紀委員会は教職員の人手不足を補う窮余の策だ。魔法を使えない大人では対処できず、対処できる魔法師は引く手数多で高校には十分な人数が配属されない。

だから魔法によるトラブルに対処できる実技優秀な生徒に権限を与えて校内秩序を保たせている——。アリサは風紀委員会を、そういう風に理解していた。

「えっ、そうなの？」

これは多分、アリサが十師族の家庭で教えを受けたことによる認識の違いだ。アリサは主に長兄で当主の克人から、魔法の危険性を具体例を交えて何度も教わっている。そこには克人の在学中に一高で起こったテロリスト絡みのトラブルも含まれていた。

「でも、風紀委員会のお仕事が私たちにとって大事なものだってことは……。うん、ミーナの言うとおりなんだろうね」

それでも、アリサは茉莉花と感覚的な結論を共有できた。

境遇の違いが共感の妨げにはならなかった。

家に帰ったアリサは、夕食前に勇人の部屋を訪れた。

「何か相談事？」

予備の椅子を出して座らせたアリサに、勇人が水を向ける。

「はい、風紀委員会のことです」

「裏部先輩から勧誘されているんだって？」

勇人は考える素振りを見せずにそう応えた。

やっぱり知っていた、とアリサは考える。多分そうだろうと思って前置きをしなかったのだが、自分の行動を監視されているようで少しだけ嫌な気分になった。

「迷っているの？」

しかしそう訊ねられて、アリサは気を取り直した。黙っていては相談に来た意味が無くなる。

「はい。私に務まるのかなって」

「余り深刻に考える必要は無いんじゃない？」

勇人の軽い口調はアリサが考えすぎないように配慮したものなのだろうが、彼女はお座なりな対応をされているように感じた。

「でも、勇人さんもご存じのように、私はそういうことに向いていませんから」

その所為でついつい反抗的な応えを返してしまう。

「そういうことって、戦闘行為？」

勇人にアリサの態度を気にした素振りは無い。この質問も単に確認するだけの口調だった。

「それだけじゃありません。私は攻撃ができないんですから」

アリサが言っているのは性格的なことばかりではない。確かに彼女は優しいとか気が弱いとか以前に、他人を攻撃するという行為を毛嫌いしているところがある。

しかしそれとは別に――無関係だとも思われないが――彼女は攻撃性魔法に対する適性が完全に欠如しているのだ。

単純な移動系魔法や加速系魔法でも、他人を攻撃する用途に使おうとすると発動しない。まるで心理的に、それも相当深い領域でロックが掛けられているように。

十文字家の『ファランクス』も、防御目的なら問題無く発動できるようになっている。この面では既に勇人よりも優秀なくらいだ。しかし『攻撃系ファランクス』は成功する兆しも無い。それどころか単純な魔法障壁を纏った状態で体当たりするというような、技術的には明らかに可能であるはずの魔法も人間が相手だと意識した途端、発動しなくなるのだ。

「その欠点を克服する為にも、風紀委員の仕事は良い切っ掛けになると思うけど」

「そうでしょうか？」

アリサは不満を隠さずに反問する。

彼女も努力はしているつもりだった。積み重なる失敗例にもめげず、指導されるままに攻撃性魔法の練習も続けている。

今は十文字家にいるが、いずれは北海道に帰るつもりでいるアリサには自分が十師族の一員であるという自覚が無い。いや、自覚と言うより自己認識か。将来兵士や警官といった戦闘要員になるつもりは無いし、いざという時に魔法師の先頭に立って敵と戦う覚悟も無い。いや、そもそもその意思が無い。

しかし自衛の為に相手を無力化しなければならないシチュエーションがあり得ることは、十分理解しているつもりだった。ファランクスだって何十時間も展開し続けていられるものではないのだ。降り掛かる火の粉を払う為には、襲ってくる敵を無力化する必要がある。場合によっては殺す必要があることも、頭では理解している。

だから訓練は怠っていない――。

「――練習でできないことが、本番でいきなりできるようになるとは思えないんですけど」

練習ではできなかった技が本番でいきなり成功する。そういう例が皆無だとまではアリサも考えていない。だがそういうのは極めて稀な出来事だと彼女は理屈を超えて確信している。

それに本番でできて練習でできなかったのは練習しているときに真剣味が足りなかったか、あるいは単に練習不足だったからだとアリサは思っている。

彼女自身、一度も使ったことの無い魔法を意図せず成功させた経験がある。だがあれは正しく「練習していなかった」例だ。何度も真剣に練習を重ねて、それでも失敗ばかりの攻撃性魔法とは訳が違う。

「本当の実戦は緊張感が違うよ」

勇人は四年前、まだ中学生でありながら横浜事変に義勇兵として参戦している。彼が現場に着いた時にはもう戦闘は下火になっていたらしいが、それでも本物の戦場は雰囲気が違うだろうとアリサも思う。――それがどんなものなのかは想像もできないが。

しかしそんな場に投げ込まれて、自分が上手くやれるとはアリサには思えない。むしろ竦んでしまって、普段できることもできなくなるというイメージしか湧かなかった。

「いや、一高は戦場じゃないし風紀委員の活動も実戦じゃないけど」

アリサの表情を見て逆効果だと考えたのだろうか。

勇人は慌て気味に前言を撤回した。

「だからそんなに恐れる必要も無い。裏部先輩から聞いているかもしれないけど、風紀委員だからといって全員が自分でトラブルを解決する必要は無いんだ。手に負えなければ助けを呼べば良い。大切なのは自分の身を守れること。その点アリサは、一番重要な条件を満たしている」

満たしていると思う、ではなく「満たしている」。敢えて断言した効果か、アリサの表情から少し懸念が除かれたように感じられる。

「……でも風紀委員って、相当忙しいのでは？　他の委員をフォローしている余裕なんてあるんですか？」

「風紀委員の手が空いていなければ、部活連や生徒会だって手を貸してくれる。それに一年の内で風紀委員が一番忙しいのは今の時期、新歓週間だ。それ以外は委員同士でフォローができないほど忙しくないよ。他の時期は仕事も当番制になるし」

「毎日ではないんですか？」

「毎日働いているのは委員長くらいかな。だから勉強の邪魔にもならないし部活と両立だってできる」

アリサが意外そうに訊ねる。

「…………」

アリサが考え込む。彼女はかなり、気持ちが傾いているように見えた。

「……風紀委員になったからって、成績に加算されることは無いし進学や就職のプラスになることもないと言われている。でも風紀委員会には代々、優秀な先輩たちが所属していた。あの司波先輩も一年生の時は風紀委員だったんだよ」

「……男性の方の司波先輩のことですよね？」

『司波先輩』に該当する二人は、男女とも極めて有名な卒業生だった。

「そう。他にも来年防衛大卒業予定の渡辺先輩は委員長だったし、まだ大学生でありながらこのところ古式魔法師として名を上げている吉田先輩も委員長を務めていた。風紀委員会に所属すれば、人脈が大きく広がるんじゃないかな」

「そうですか……。分かりました。真面目に考えてみます」

勇人の部屋に来るまで、アリサの関心は「どうやって断るか」に重点が置かれていた。だが今、彼女は風紀委員になって自分に何ができるかを考え始めていた。

［8］四月十日

放課後の校庭は、前庭も中庭もグラウンドも新入生に入部を呼び掛ける喧噪に満ちていた。

「ミーナは入部届を出しに行くんでしょう？」

押し寄せる音の波に一瞬顔を顰めたアリサが、隣で平気な顔をしている茉莉花に訊ねる。

茉莉花は早くもマジック・アーツ部に入部を決めている。だが昨日はあの騒動で結局、入部届を出せていなかった。

「まだいいや」

茉莉花から返ってきたのは、意外な返事だった。

「どうして？」

アリサもこれについては「説明されなくても理解できる」というわけにはいかなかった。

「新歓週間が終わるまで北畑部長、部活停止でしょ。部長が部活に戻ってきたから入部届を受け取ってもらうよ」

「……部活停止処分は自分にも責任があるから筋を通す、とか思ってる？」

茉莉花の回答を聞いて、アリサが小首を傾げる。

「うん、それもある」

この茉莉花の答えに、アリサは引っ掛かりを覚えた。

「ミーナ。まさか入部前に部長さんと決着を付けたいなんて企んでいないでしょうね」

「何で分かったの⁉」

目を見開いて声を上げる茉莉花。

アリサは痛みを堪えているような仕草で頭を押さえた。

「ミーナ……。決闘なんて絶対にダメだからね」

改めて茉莉花に顔を向けたアリサは、分かり易く目が据わっていた。

「決闘なんてしないよ！」

一方茉莉花は、アリサから向けられた疑いに憤慨していた。

「アーシャはあたしのこと、何だと思ってるのさ」

「喧嘩もダメよ」

「ルールに則った試合をするだけ！　あたしだってやって良いことと悪いことの区別くらいつくよ！」

アリサが茉莉花の瞳をのぞき込む。

茉莉花はアリサの眼差しから目を逸らさなかった。

「……ごめんなさい」

しばらく茉莉花を凝視していたアリサが、非を認めて謝罪する。

「もう……。変な誤解、しないでよね」

茉莉花はそう言っただけで、「だから今日はアーシャに付き合うよ」と話を変えた。

「アーシャはまだクラブ、決めていないんでしょ？」

「うん、あちこち見て回るつもり」

アリサもいつもの表情に戻ってそれに応える。

「じゃ、行こっ。面白そうなところがあったら、あたしも掛け持ちしてみようかな」

「部活を掛け持ちしている人、やっぱり結構多いみたいよ」「そうなんだ」という会話を続けながら、彼女たちは渦巻く喧噪の直中へ突入した。

アリサは決して運動音痴ではない。運動神経はむしろ良い方だ。足も速いし持久力もある。中学校の授業で陸上種目の記録を取った時は、運動部勢に混ざって毎回学年上位に名を連ねていた。

しかし、致命的に闘争心が欠如している。部活では身体を動かしたいけど勝負事は避けたいという、彼女は中々厄介な嗜好をしていた。

まず集団競技はチームメイトに迷惑が掛かるから除外。直接相手と勝負を争う個人球技も優先順位は引き下げられる。陸上競技も徒競走系は他の選手とのレースになるので敬遠。その結果アリサがまず見て回ることに決めたのは、結果的に勝負がつくかもしれないがその過程ではあまり勝負を意識しなくても良い採点競技と一人ずつ試技する記録競技だった。

最初にアリサと、付き添いの茉莉花が訪れたのは第一小体育館。武術・格闘技系が主に利用している第二に対して、第一は体操やダンスなどの室内競技クラブが主に利用している。

この時間、第一小体育館でデモンストレーションを行っているのは軽体操部。加重系魔法を体操競技に取り入れて、よりアクロバティックでスピーディーな演技を追及した競技だ。ただし使えるのは加重系だけで加速系や移動系の魔法を使うとたちまち失格になる。

「……意外に優雅な動きもあるんだね」

しばらく見ていた茉莉花が、言葉の通り意外そうな口調で独り言のように口にした。

軽体操はその成り立ちからアクロバティックな動きとスピードが重視され、通常の体操競技に比べて柔軟性や美しさの比重は低かった。しかし茉莉花は知らなかったが、最近ではこの傾向を逆手に取りポーズの美しさをアピールする選手が女子には増えていた。

その為なのか、最近の女子のレオタードは色や柄が華やかになりフォルムも身体の線や手足の長さを強調する方向に変わってきていた。

「あのレオタード、アーシャに似合いそう」

フィニッシュのポーズを見た後、茉莉花が横目でアリサに話し掛ける。

「あれは、ちょっと……。恥ずかしい、かな……」

口先だけでなく、アリサの頬は少し赤く染まっている。自分が軽体操部のレオタードを着たところを想像したのだろう。

レオタードは長袖で足はタイツに包まれているから、肌の露出は他の競技に比べてむしろ少ない。だが既に述べたように、手足の長さや身体のラインを強調するデザインになっている。

「アーシャはスタイル良いから、恥ずかしがることないと思うけど」

茉莉花のセリフは逆効果だったと言えよう。

「プロポーションが気になって恥ずかしいわけじゃないよ……」

アリサの顔はますます赤くなり、遂には俯いてしまった。

「……ここには縁が無かったみたいだね。出よう？」

茉莉花に促されてコクンと頷いたアリサは、俯いたまま第一小体育館を後にした。

第一小体育館を後にしたアリサたちはグラウンドの方へ戻るのではなく、そのまま奥に進んで演習林に入った。

「うわぁ……。広いねぇ」

「本当ね……」

演習林に来るのは初めてだった二人がその規模に感嘆の声を上げる。

「ええっと、この時間演習林でデモンストレーションをやっているのはSSボード・バイアスロン部と狩猟部か。アーシャ、どっちから回る？」

新歓週間だからといって授業時間が短縮されるわけではない。太陽はもう大分西に傾いている。だが茉莉花は、両方見に行く気でいるようだ。

「そうだね……。じゃあ、SSボードの方から」

アリサはそんなに欲張らなくてもと内心思っていたが、茉莉花がその気なら時間を無駄にできないし、結局両方見学するなら順番に余り意味は無い。彼女はそれほど迷わず、SSボード・バイアスロン部を選んだ。

SSボード・バイアスロンの「SSボード」とは、「スケートボード＆スノーボード」の意味である。その名の通り雪が積もっている冬はスノーボード、それ以外の季節はスケートボードでコースを進みながら射撃を行う競技だ。

通常のバイアスロンとの違いはスキーではなくスノーボード（スケートボード）を使う点だけではない。この競技ではライフルではなく魔法で弾を撃ち出す。使用する弾丸は規格が決まっているが、コースに何発持ち込んでも構わない。ただし的は色分けされていて自分に割り当てられている色以外の的を撃つと減点されるから、散弾のように弾を散撒くことはできない。

その上で、ゴールするタイムと的をクリアした数で競われる。

ＳＳボード・バイアスロンは移動系魔法の二つの要素、スピードと正確性が評価される競技だった。

東京の四月なので雪は無い。だから残念ながら北海道育ちのアリサたちが慣れているスノーボードではなくスケートボードでデモが行われていたが、二人はスケートボートにも豊富な経験があった。

茉莉花はスノーボードよりもスキー派だが、アリサはスノーボードの方を好んでいた。その為、雪の無い時期アリサはスノーボードの代わりにスケートボードで遊んでいた。茉莉花はその付き合いで、アリサと同じくらい上手くなったのだった。

そういう背景があって、二人は体験レースでクロスカントリーのコースにオフロード用のスケートボードを走らせるのも、特に苦労はしなかった。的が人間を連想させるものではないから、的を撃つのではなく弾丸の軌道を設定すると認識を変えることで、射撃の方もアリサは問題なくこなせた。こちらはむしろ、長射程の魔法が得意ではない茉莉花の方が苦戦していた。

だがアリサは、入部するとは言わなかった。

「……あの競技、アーシャに向いていると思うけど？　先輩たちもアーシャに未練たっぷりって感じだったよ」

「ＳＳボード・バイアスロンは面白そうだったけど……あの雰囲気がちょっと」

「そうか。アーシャは勝敗に執着するの、苦手だもんね」

「うん……。試合で勝ちに拘るのは正しいと思うんだけど、普段からそればっかり意識しているのはね」

「確かにそんなムードがあったね。熱血って言うか」

茉莉花も試合では徹底して勝ちに拘るが、普段の練習では勝つ為のテクニックを磨くより高度な技を会得することに楽しさを覚えるタイプだ。

「部の雰囲気が肌に合わないなら仕方無いよ。それ、大事だし」

二人はお互いに「ウンウン」と頷き合いながら、次のクラブ、狩猟部の所へ向かった。


狩猟部で行っている「狩猟」は馬に乗り——生きている本物の馬だ——小動物型のロボット「クォーリー」をペイント弾で撃つ競技だ。この部では魔法要素ありの「狩猟」と魔法要素無しの「狩猟」の両方を行っており、魔法要素ありの方はライフル形態のCADを使ってペイント弾を魔法で飛ばす。こちらの方がペイント弾を誘導できたりする分、クォーリーの動きが複雑になる。

アリサが身を寄せていた茉莉花の実家、遠上家の仕事は獣医だ。土地柄、競走馬の牧場とも取引がある。その縁で二人とも馬には乗れる。特に茉莉花は、本格的に魔法の勉強を始める前は馬の調教師になろうと考えていた程だ。

いや、過去形ではなく今でもその進路を完全には捨てていない。茉莉花は魔法師になりたいわけではなく、単にアリサと一緒にいたくてこの学校に入ったのだ。魔法師にならない、魔法師になれない未来は常に頭の片隅にあった。

そういう事情で、アリサの乗馬技術は狩猟部員を感心させたし、茉莉花のそれは部員を驚かせるものだった。

ただここでは、射撃がネックになった。

銃形態のデバイスを使って動く的を狙い撃つ。このプロセスは明確に攻撃を連想させるものだった為、アリサは魔法を上手く行使できなかった。一方茉莉花は、乗馬技術でクォーリーまで十分に近付けば射程距離の欠点を補えるものの、やはり無理があるのは否めない。乗馬技術を部員に惜しまれながらも、二人は丁寧に勧誘を辞退した。

「なんかゴメンね。あたしの方が夢中になっちゃって」

「別に良いって。ミーナだって興味を持ったんだし。何だったら私に遠慮せずに、入部しても良かったんだよ？」

「アーシャが入らないんなら、あたしが掛け持ちする意味はないよ」

アリサと茉莉花はそんなことを会話しながら演習林から校舎の敷地へ戻ってきた。既に西の空は、茜色に染まっている。二人とも今日はもう帰宅するつもりだ。

アリサも茉莉花も、私物は教室に置いたままだ。それを回収する為、二人は自分の教室に向かった。演習林から昇降口へ、その近道に中庭を通る。

中庭には多くのクラブが勧誘の為のテントを構えていた。

もう帰宅するつもりとはいえ、周囲に目もくれず通り抜けるほど急いではいない。二人はごった返す他の新入生にぶつからないよう気を付けつつ、歩きながらテントの中をのぞいていた。

「あれっ？　珍しい」

不意に茉莉花が声を上げる。

「珍しいって？」

「あれ」

茉莉花が指差す方へ、アリサも目を向ける。

「……模型部とかかな？　ロボットはさっきロボ研ってあったよね」

茉莉花が「珍しい」と言ったのは、テントの中に設けたコースを走っている小さな自走機械のことだろう。多関節の足の先に付いた車輪で走る十五センチ程のミニチュアロボット。足の数は六本だが、全体的なフォルムは蜘蛛を思わせる。

「ええと、バイク部……？」

天幕に書かれたクラブの名称に、アリサが訝しげな声を上げる。

「へぇ、魔法科高校にバイク部があったんだね。ツーリングとかするのかな」

茉莉花が言うように、魔法大学付属高校にバイクのクラブというのはイメージがしっくりこない。だがそれ以上にアリサが訝しく思ったのは、あのミニチュアだ。

あの小さなロボットは、バイクと呼べるのだろうか……？

その疑問が意識にこびりついて、ついついテントの中を凝視してしまう。その所為で――その御蔭で、アリサは見覚えのある顔に気付くことができた。

「小陽……」

「えっ、どこどこ？」

アリサの呟きに、別のテントへ目を向けていた茉莉花が振り向く。

「ほら、あそこ。さっきのテント」

「ホントだ。入部したのかな。アーシャ、行ってみても良い？」

小陽の所へ行っても良いかと問われ、

「私も行くよ」

アリサはこう答えた。そして二人はどちらからともなく手をつなぎ、人混みの中に突っ込んだ。

やはりあの、奇妙なミニチュアロボットのインパクトだろうか。バイク部のテント前には結構大勢の新入生が足を止めている。その人垣をかき分けるのではなく何とかくぐり抜けて、アリサたちはテントの中にたどり着いた。

「小陽」

「茉莉花さん？　それにアリサさんも？」

茉莉花の声に、何故か部員に混じってミニチュアの手入れをやっていた小陽が、不意を突かれた驚きに声を上げる。

「お手伝いしてるのは、もう入部してるから？」

「はい、あの……」

茉莉花の質問に、小陽が照れ臭そうに頷く。

「機械いじりが好きなんです……。女の子なのに、変わってますよね？」

「なんで？」

「ううん、そんなことないと思うよ」

少しおどおどした態度で問い掛けた小陽に、茉莉花は首を傾げアリサは首を横に振った。

「そうだよ。小陽、今時メカ好きの女子高校生なんて珍しくないって」

さらに茉莉花がこう言うと、小陽はホッとした表情を浮かべた。

「ところで小陽、なんでロボ研よりもバイク部を選んだの？　確かバイク部の部室は学校の外だよね」

七日に講堂で聞いた話を思い出しながらアリサが訊ねる。ロボ研は準備棟の隣にあるガレージを部室として使っているが、バイク部は旧時代のメカニズムを好んで利用していることもあって、校外の廃業した古い自動車整備工場を部室として借りているという話だった。

「……オートバイが好きなんです」

アリサの質問に、小陽は先程より一層恥ずかしそうな顔を見せた。

「好きって……。まさか、乗るのが？」

茉莉花が目を丸くする。確かに色々と柔らかそうな小陽がバイクに跨がって颯爽と走っている姿は、ちょっと想像しにくいかもしれない。

茉莉花とアリサの注視を浴びながら、小陽はコクンと頷いた。

「家にプライベートコースがあるので、子供の頃からオートバイに乗っていました。最初はロボットバイクだったんですけど、そのうち自分で運転するのが楽しくなって」

「そういえばトウホウ技産って」

アリサが何かに気付いた口調で呟く。

「はい。トウホウ技産の出発点はオートバイのメーカーです。今でもロボットバイクは主力商品の一つです」

小陽が笑顔でアリサのセリフを補足する。

アリサと茉莉花は、その笑顔に納得感を覚えた。

［9］四月十一日

本日の授業が全て終了した直後の、一―Aの教室。

「クラブは決まった？」

アリサは隣の席の浄偉にそう訊ねられた。

彼女は学校からの連絡事項をチェック中だった端末のディスプレイから目を離し、振り向いて「ううん、まだ」と首を横に振った。

「そう言うあんたはどうなの？」

そこへ頭上から降ってくる声。

見上げると、何時の間にか自分の席から移動していた明が立っていた。

「俺は山岳部だ」

「山岳部ね。そんな細い身体で大丈夫なの？」

明の口調は心配しているという風ではなかった。しかし同時に、嘲笑っているようなニュアンスも感じられない。ただ見たまま、思ったままを口にしている感じだ。

「俺がやりたいのはクライミングだからな。体重は軽い方が良いんだよ」

「クライミングって、ボルダリングとか？」

「ボルダリングもやるけど、どっちかって言うとフリークライミングの方だな」

「ふーん……」

浄偉の答えに、明は「似合っている」とも「似合っていない」ともコメントしなかった。関心が無いというより、他人の趣味にケチは付けないスタンスなのだろう。

「五十里はどうなんだ。決めているのか？」

浄偉が明に訊き返す。礼儀として返しただけでなく、それなりに興味を持っている様な口振りだ。

「陸上部に入ったわ」

明は特に隠そうとせず、もったいぶることもなく即答した。ここ数日の付き合いから、彼女が持って回った言い方を好まないことにアリサは気付いていた。さっぱりした気性なのだろう。ステレオタイプなイメージかもしれないが、性格は男子的なのかもしれない。

「なる程って感じだな。長距離走より短距離走……、いや、幅跳びとか高跳びが専門か？」

「良く分かるわね。専門は走り高跳びよ」

二人が選んだ部活に、アリサは軽い驚きを覚えていた。

明と浄偉は、入学試験の首席と次席。にも拘わらず二人が入部したのは非魔法競技系のクラブだ。

彼らの話を聞いていて、アリサは「損得抜きに打ち込める、好きなことがあるのは羨ましい」と感じた。これは茉莉花に対しても懐いている感情だった。

昨日に引き続き、アリサは各部のデモンストレーションを見て回った。講堂でもデモは行われていたが、やはり狭い舞台の上では見せられるものにも限りがある。それに体験イベントのようなことは、やはり本来の活動場所でなければできない。

アリサの隣には茉莉花(まりか)。これは昨日と同じだが、今日の二人は最初から体操服に着替えていた。長袖、長ズボンの、学校指定のジャージ姿だ。

二人は昨日の狩猟部で体験イベントの為(ため)に乗馬服を借りなければならなかった。部員の先輩たちは毎年用意しているからと言って笑っていたが、その所為(せい)で入部を断る時、余計に気まずい思いをしなければならなかった。その反省から二人は制服を着替えたのである。

彼女たちの格好が浮いているということはない。新歓週間三日目ともなれば、見学している新入生の多くは入部を真面目に迷っている口だ。運動部の体験イベントに参加してみようと考えている生徒も多い。そういう新入生の多くは、アリサたちと同じように運動しやすい格好になっていた。

二人が最初に足を向けたのはグラウンドだ。アリサの頭には、教室で聞いた明(めい)と浄偉(じょうい)の会話があったのだろう。昨日まで魔法競技系のクラブに的を絞っていたが、今日は非魔法競技系のクラブも見て回るつもりでいた。

また性分に合わないからと、勝負を競う球技や集団競技も頭から忌避するのを止めている。昨日のSSボード・バイアスロン部とは逆のパターン――競技自体は対戦相手との勝負を競うものだがクラブの雰囲気は和気藹々（わきあいあい）としている――というケースも考えられるからだ。

グラウンドではちょうどラクロス部のデモンストレーションが始まっていた。と言っても使うのはグラウンドの半分だ。向こう側ではレッグボール部の順番が回ってきていた。

ラクロス部は女子部だけだった。まず始まったのはファッションショー。これには茉莉花（まりか）が「あれっ？」と思った。

次に行われたのは試合形式の模範プレー。中々迫力のあるプレーで、感嘆の声を上げる新入生もいたが、アリサは「女子ラクロスって接触プレー禁止じゃなかったっけ……」と呟（つぶや）いていた。

結局二人は途中で見学を止めた。

次にアリサたちが足を向けたのはテニスコートだ。

「アーシャ、どう？」

アクロバティックに演出されたラリーの後の模範試合を見学しながら、茉莉花（まりか）がアリサに訊（たず）ねる。

「うーん……、保留かな」

マイクを握った三年生も言っていたが、テニス部の雰囲気は緩かった。これがこの部の伝統らしい。勝ち負けにガツガツしていないのはアリサにとって好ましかったが、練習もお座なりなのはいただけない。

アリサは割と真面目に運動をしたいと思っている。だから幾らオブラートに包んであっても、「幽霊部員でも構わない」と公言するようなクラブは正直なところ気が進まなかった。

模範試合が終わり、新入生に体験の呼び掛けが始まった。

アリサは手を上げず、テニスコートを去った。

テニスコートからグラウンドへ戻る途中で——そろそろ別のクラブの勧誘が始まるのではと考えたのだ——アリサたちは二年生の女子に声を掛けられた。何故二年生と分かったかと言えば、単に相手がそう名乗ったからだ。

その上級生はクラウド・ボール部の部長だった。名前は服部初音。

「部員は今、二年生だけなの」

二年生で部長？　という疑問が顔に出ていたのだろうか。初音は二人が質問するより先に、部の現状をそう説明した。

「もし入部先を決めていないのなら、少しで良いから時間をもらえないかな？」

初音が感じの良い笑顔でそう申し出る。押し付けがましくもなければ卑屈でもない。態度も口調も表情も絶妙のバランスが取れている印象だった。

その笑みに引き込まれるように、アリサは彼女の言葉に頷いた。

初音がアリサたちを連れていったのはクラウド・ボール部のテントではなく、食堂に併設されているカフェテラスだった。

「この時期はグラウンドが混雑している代わりにカフェが空いているから」

初音は不思議そうにしているアリサの表情を読み取ってそう説明した。先程に続いて質問を先取りしている。だがアリサは「洞察が鋭い先輩なのね……」とは思ったが、何故か警戒感は懐かなかった。

初音にはそういう、相手の警戒心を和らげる雰囲気があった。人畜無害というよりある意味で影が薄いのだろうか。彼女の方から攻撃的な意図を持って何か仕掛けてくるという感じがしないのだ。

「何でも好きなものを注文して。ここは私の奢り」

「えっ、でも」

「良いから良いから。恩に着せたりしないよ？　ここは先輩の顔を立てて。ねっ？」

そうかと思うと、こういう押しが強いところもある。初音のことを一言で言い表すとすれば、ペースを握るのが上手いという評価が適切かもしれない。

結局アリサたちは、初音に飲み物をご馳走になることになる。アリサはストレートティー、茉莉花はレギュラーコーヒー、そして初音はカフェラテをテーブルに置いて腰を下ろした。

「ええと、十文字さんと遠上さんで合ってるよね？」

「十文字アリサです」

「遠上茉莉花です」

何故知っているのか、とはアリサも茉莉花も訊かなかった。二人とも、新入生の個人情報がダダ漏れなのは入学以来の諸々で諦めと共に理解していた。

「入部してくれるかどうかは別にして、改めてよろしく」

初音がアリサへ右手を差し伸べる。

「……はい」

アリサは一秒程戸惑い、躊躇い、結局その手を握った。

「遠上さん、貴女も」

「ええ、よろしくお願いします」

茉莉花は初音の手をすぐに握り返した。

その直後、茉莉花の眉が意外感で微かに動く。初音の手は柔らかく、グリップを握る際に力が入るはずの箇所も硬くなっていなかった。

「さてと。二人はクラウド・ボールのことをどのくらい知ってる？　余りメジャーなスポーツじゃないし、全然かな？」

自虐的とも取れる初音の問い掛けに、アリサと茉莉花が顔を見合わせる。

「……以前、九校戦に採用されていた競技ですよね。最大九個のボールを使って透明なボックスコートの中で行う、テニスに似た球技という程度なら知っています」

初音の質問にはアリサが答えた。

「そこまで知っていてくれているなら、話が早くて助かるわ」

初音が表面上、にっこり笑う。

「十文字さんが言ったように、四年前までは九校戦に採用されていたから部員もそれなりにいたんだけど。三年前の九校戦で競技種目から外れて、去年再開された大会でも復活しないままだったから新入部員は減る一方。今の部員は二年生が四人だけで今のところ新入部員ゼロ。このままではいずれ廃部というのがクラウド・ボール部の現状なの」

「……一応魔法競技で九校戦以外にも大会がありますよね。不祥事もないのに、そんなに部員が減るのはおかしいと思うんですけど」

初音の話に、茉莉花が疑問を呈する。

「不祥事なんて起こしてないわよ。理由は簡単。不便だから」

「不便……とは？　一体何が不便なんです？」

アリサが不思議そうにその意味を訊ねた。

「クラウド・ボールのコートは少し特殊で、以前から学外の施設を借りて活動していたんだ。九校戦出場に有利っていうアドバンテージがあって部員が多かった時代は学校がマイクロバスを出してくれていたんだけど、そのアドバンテージが消えて部員が減っちゃったら学校側もそこまで手厚い援助はしてくれなくなってね。そうなると今度は、自分たちで交通手段を確保しなくちゃならない。バイク部の協力で電動キックボードを使うことになったんだけど、やっぱり不便でしょ？」

頷くことが躊躇われる質問だったが、そんなことはないと否定するのも白々しい。まず茉莉花が「そうですね」と答え、アリサが隣で何も言わずに頷いた。

「不便だから部員が減る。そうなると契約コートが減って練習がますます不便になる。この悪循環の結果が現在の部員数というわけ」

「そうだったんですか」

部の状況に疑問を呈した茉莉花が納得を口にする。

「そういう状態だから対外試合もままならないけど、練習はしっかりやっているわ。クラウド・ボールは自分のコートにボールを落とさないことが大切な競技だから、試合相手との駆け引きを磨くより自分の技術と魔法力を鍛えることに重点が置かれる。勝敗よりも自己鍛錬を重視する球技なの」

「そうなんですね。知りませんでした」

この話を聞いて、アリサの中にクラウド・ボールに対する関心が生まれた。

「十文字さん、テニス部の姿勢が生温く見えたんじゃない？」

初音がアリサの心の裡を見通したような言葉を口にした。

「何故それを……」

アリサは動揺を隠せず、つい正直な応えを返してしまう。

「十文字さんの表情を見ていたら、そうじゃないかと思って」

「声を掛ける前からアーシャのことを見てたんですか？」

咄嗟に言葉を返せないアリサに代わって、茉莉花が少し尖った声で訊ねた。

「アーシャって、十文字さんのこと？　アリサだから……アーシャ？　なる程ね」

「服部先輩？」

はぐらかされたと感じた茉莉花が、声だけでなく目付きも鋭くする。

「声を掛ける前から十文字さんを見ていたかどうかね？」

初音の反問には「そんなに慌てないで」という副音声が付いている感じがした。

「ええ、見ていたわよ。だって十文字さん、目立つんだもの」

この答えには茉莉花も、矛を収めざるを得ない。アリサが目立つのは疑う余地の無い客観的な事実だ。

日本では珍しい淡い金髪と緑の瞳。いや、それだけではない。たとえ瞳と髪の色が黒でも、アリサはその美貌で大抵の生徒より目立つに違いなかった。

「十文字さんのデータを思い出したのは、目が離せなくなってからしばらくした後。優秀な新入生のデータを集めるのは部長の義務だからね」

悪びれた様子が無い初音に、茉莉花がため息を漏らす。個人情報については、完全な諦めの境地に近づいていた。

「そういうわけで……十文字さん。一度、うちの練習を見に来てくれない？　場所はここ」

初音が名刺大のカードをテーブルに置く。その表面にはコートの施設名とFQRC（高精細QRコード）が印刷されていた。

「明日は日曜日だけど、練習日になっているから。貴女には、きっと気に入ってもらえると思うわ。あっ、来てくれるんなら制服じゃなくても良いから」

そう言って初音が席を立つ。

自分のことを自分以上に理解されているような気がして、アリサは反論も、理由を問うこともできなかった。

◇◇◇

「今日もピンとくるクラブがなかったね」

学校帰りの個型電車(キャビネット)の中で、茉莉花(まりか)がアリサに残念そうな口調で話し掛ける。

「明日、行ってみようかな……」

アリサの返事は、茉莉花(まりか)が予想したものと違っていた。

「……もしかして、クラウド・ボール部？」

「うん。服部(はっとり)先輩に言われたこと、あながち的外れでもないような気がして」

「だったら、あたしも行くよ！」

すかさず茉莉花(まりか)が、一緒に行くと申し出る。

「あたしも付き合う」

そしてアリサに遠慮される前に、重ねて同行を主張した。

「……ありがとう。来てくれるなら心強い」

アリサは渋々同意するのでも仕方無く受け容(い)れるのでもなく、茉莉花(まりか)が一緒に来ることを歓迎すると応えた。

「うん、任せて！」

茉莉花（まりか）は晴れやかに笑って、自分の胸をドンと叩（たた）いた。

[10]　四月十二日

日曜日の朝八時。茉莉花の部屋のドアホンが鳴った。

「はーい」

茉莉花はまず声を上げてドアホンに応え、それからモニターの前に駆け寄った。

『おはよう、ミーナ』

朝一番の来訪者はアリサだ。

茉莉花は即、オートロックの解除ボタンを押した。

「おはよう。開けたから上がって」

『お邪魔します』

律儀にそう言って、アリサがカメラの視界から外れる。

既に出掛ける準備を済ませていた茉莉花は、アリサの為にお茶の準備を始めた。


「いらっしゃい。入って」

茉莉花に中へ入るよう言われて、アリサが戸惑う。

「でも、出掛ける用意ができてるなら……」

理由は茉莉花の、すぐにでも出掛けられる格好だ。

「お茶を飲んでいく位の余裕はあるよ。ねっ？」

しかし結局、アリサは茉莉花に押し切られ、部屋に上がることになった。

ダイニングテーブルの前に座り、少し落ち着かない素振りで茉莉花の背中を眺める。その視線を感じたのか茉莉花が振り向いた。いや、その手にはカップが二つ載っているトレイがあるから、ちょうどお茶の準備が終わったのだろう。

「はい、どうぞ」

茉莉花が運んできたカップの中身は二つともストレートティーだった。ただし、アリサのカップは三分の二ほど満たされているのに対して茉莉花のカップは半分ほどしか入っていない。トレイの上にはシュガーポットと、常温保存の牛乳パック。

「いる？」

茉莉花が牛乳パックの蓋を開けて、アリサにそう訊ねる。

「ううん、いい」

アリサはそういって紅茶に口をつけた。

茉莉花が自分のカップに牛乳を注ぐ。

アリサは少し考えて、砂糖をスプーン半分だけ紅茶に加えた。

アリサと茉莉花が同時にカップを口に運ぶ。

アリサは満足のいく味だったのか、それ以上テーブルに戻した紅茶に手を加えようとしない。

茉莉花は軽く眉を顰めて、今度はシュガーポットに手を伸ばした。

「ところでアーシャ」

砂糖を加えたミルクティーをスプーンでかき混ぜながら、茉莉花がアリサに話し掛ける。

「なに？」

アリサは持ち上げたティーカップを空中で停止させて、その体勢で茉莉花に目を向けた。

「何で制服なの？」

「えっ、それは……」

アリサが茉莉花の視線から目を逸らす。

茉莉花の言うようにアリサは着替えの入ったバッグこそ持ってきているが、今は普段どおり制服を着ていた。

「昨日、部長さんは制服でなくても良いって言ってたよ？」

茉莉花が不思議そうに小首を傾げる。

茉莉花の格好は長袖Tシャツにショートパンツとハイソックス。そのまま本格的なスポーツもできそうな格好だ。

アリサは目を泳がせながら、「何となく……」という曖昧な答えを返した。

「もしかして、私服で行くのは失礼とか考えてるの？」

「失礼とは思わないけど」

アリサは茉莉花と目を合わせたが、すぐに、今度は俯いてしまう。

「私服だとどんな格好すれば良いのか分からないと言うか……学校関係だったら制服なら無難かな、って……」

アリサの言い訳を聞いて、茉莉花は「プッ……」と噴き出した。

「笑うなんて酷い」

「ごめんごめん」

拗ねてそっぽを向くアリサに、笑顔のまま何とか笑い声を抑えて茉莉花が謝る。

「だって、デートするわけでもないのにそんなこと気にするなんて」

「どうせ自意識過剰ですよ、だ」

「そこまで言ってないって。ほら、お茶が冷めちゃうよ」

器用に声を出さず笑い続ける茉莉花に、そっぽを向いてお茶を飲むアリサ。

アリサのカップはすぐ空になり、茉莉花は笑顔のまま、アリサはむくれ顔のままマンションを後にした。

個型電車から学校最寄りの駅で降りた頃には、さすがにアリサの機嫌も回復していた。

対照的に、茉莉花は疲れを隠せぬ顔をしていたが、二人乗りの個型電車の車中で何があったのかは第三者には分からない。

まあ、茉莉花も疲れているだけでなくホッとしたような表情をしているから丸く収まったのだろう。

「こっちで良いんだよね？」

「学校の反対側って言ってたから間違いないと思う。一応地図を確認するね」

質問する茉莉花も答えるアリサも、いつもの仲が良い二人の口調だった。

「うん、こっちで合ってる。って、えっ……？」

情報端末で場所を再確認したアリサが顔を顰める。

「どうしたの？」

「到着予定時間が十五分後になってる」

「サイトには『駅から徒歩十分』になってたよね？」

ウェブサイトの案内は法令に基づく表示、情報端末の案内は所有者に合わせたカスタマイズデータだ。これはつまり、法令（公正取引委員会が認めた不動産の表示に関する公正競争規約）が想定する「健康な成人女性」の足ならば十分だが、アリサの足では十五分かかるという意味になる。

「……私、歩くのそんなに遅いつもりはないんだけどな」

アリサがやや不満げに呟く。

「うへぇ。学校から駅まで大体十分だから、それより遠いってことか」

茉莉花は少しうんざりした口調で愚痴とも言える感想を零した。

「学校から約三十分か。これは確かに乗り物が必要だね」

そう呟いた後、アリサは気を取り直して「行こっか」と茉莉花を促した。


クラウド・ボール部が利用している施設は結構道が入り組んだ場所にあった。所々街路樹により不自然なクランクが設けられたコミュニティ道路——歩行者保護の為、強制的に車速を抑える道路——があり、大型バスどころかマイクロバスでも遠回りする必要がありそうだ。二人は「だから電動キックボードなのか……」と納得感を覚えていた。

「あっ、いらっしゃい。よく来てくれたわね！」

「魔法大学付属第一高校クラウド・ボール部貸切」の表示がしてあるエリアに入ると、部長の初音が最初は意外そうな口調で、すぐに喜びを露わにして二人を迎えた。

「お邪魔します」

「あたしは付き添いですけどよろしくお願いします」

アリサに続いて挨拶を返した茉莉花は、入部希望者ではないとハッキリ告げた。

「構わないわ。冷やかしでも大歓迎よ」

「いえ、冷やかしというわけでは……」

しかし冷やかしと言われ、茉莉花は焦りを覚える。

「冗談よ」

茉莉花の狼狽を見て、初音がクスッと笑いながらそう言った。彼女の表情を見る限り、最初から揶揄っていたのではなく茉莉花の罪悪感を消す為に気を遣ったのだと思われる。

「二人とも、こっちに座って。ちょうど試合形式の練習を始めるところだから、それを見ながらルールを説明するわ」

「お願いします」

アリサが承諾の印に軽く頭を下げる。

「アーシャが部長さんの隣に座ったら？」

「じゃあ、そうする」

茉莉花に勧められて、アリサが初音の隣に腰を下ろした。茉莉花はアリサの隣だ。三人掛けのベンチに、彼女たちはアリサを真ん中に挟んで腰を落ち着けた。

初音が言ったとおり、試合はちょうど始まるところだった。透明な壁と天井に囲まれたコートに、ネットを挟んで二人の選手が向かい合っている。どちらも長めのテニスラケット（の様な物）を構えていた。

右側の選手の後方から、コートの左側に緩いボールが射出される。

「あれがクラウド・ボールのサーブ。テニスと違って選手はサーブしないの。スピードはあれで最後まで一定。だから最初は文字通り『サービス』よ」

それを左側の選手が天井目掛けて打ち返した。天井に当たったボールが右側のコートに突き刺さろうとする。

そのボールはコートに接触する前に、腰の高さで緩く跳ね返った。

山なりのボール、テニスでいうロブショットが返る。

左の選手はそれを魔法で返すのではなく、スマッシュで打ち返す。

右側の選手はそのボールを後ろに向かって弾いた。後方の壁に当たったボールが山なりの軌道を描いてコートの左側に返る。

その間に、今度は左側のシューターからボールが射出された。それを右の選手が強打する。

打ち返したボールと後ろの壁に跳ね返ったボールは、ほとんど同時にネットを超えた。

「そういうことか」

茉莉花が呟く。

呟きというには大きな声だったので、その言葉はアリサにも初音にも聞こえた。

「ボールは二十秒間隔で合計九個供給される。そのタイミングを利用するのは序盤の定石よ」

「頭の中で二十秒をカウントしてるんですか？」

アリサの質問に初音は首を横に振った。

「態々数えたりはしないわね。次のボールが来るタイミングは、慣れてくると勘で分かるわ」

話をしている間にも、ボールは次々に増えていく。

「魔法で打ち返すことが多くなりましたね」

アリサの指摘に、初音が今度は首を縦に振る。

「ボールが増えてくるとラケットだけじゃどうしても間に合わないから」

「でも魔法だけというわけじゃないんですね」

「幾ら思考操作型ＣＡＤでも、すぐ近くなら身体を動かす方が早いからね」

「あっ、それ、分かります」

初音の言葉に、アリサの向こう側から茉莉花が同意のセリフを返す。

「考えるより先に身体が動くことってありますよね」

「魔法は考えなければ発動しませんしね」

アリサも納得感と共に頷いた。

「だから選手はラケットを持っているの。三年前にルールが変わって、魔法だけで全てのボールを返すのが難しくなった所為ね」

「どんなルールが追加されたんですか？」

アリサが強い関心を示す。彼女の魔法特性からすれば、この競技をプレーするに当たって大いに関係してくるであろう部分だから当然かもしれない。

その勘の良さに初音が「へぇ……」と感心を表した。

「十文字さん。貴女やっぱり、素敵よ。センスが良いわ」

何を褒められているか分からないアリサは、お礼を疑問口調で返してしまう。

「ルールが追加されたのはシールドのサイズについてよ」

ある意味失礼な反応だが、初音にそれを気にした様子は無い。

「魔法シールドで自分のコートを守る場合、シールドの長径、つまり縦でも横でも対角線でも、最も長い部分がコートの幅の三分の一を超えてはならないという規定が加わったの。シングルスのコートは幅六メートルだからシールドの長径は二メートル以内、ダブルスのコートは九メートルだからシールドは三メートル以内に制限されている。このルールは厳しくて、違反は即失格負け」

「それは確かに制限しないと、試合にならない気がします」

アリサにはそのルールがすんなり納得できた。むしろ何故それまで制限されていなかったのか首を捻るレベルだ。

「……でも実際の試合になれば、その規定に抵触しないようにプレーするのは難しそうです」

「何で？」

アリサの懸念を理解できなかった茉莉花が横から訊ねる。

「だってシールドは普通、必要な範囲に応じて作るもので、長さ何メートルってサイズを指定したりはしないもの。例えばボールが二つ、三メートル離れて同時に飛んできたら、普通はシールドを態々二枚作ったりせず三メートル以上のシールド一枚で済ませちゃうから」

「あっ、なる程」

「それに、シールドのサイズは表面で測るんですよね？」

　これは初音に対する質問。

「本当に良く分かったわね」

　初音は今までで一番、本気で感心して見せた。

「えっ、どういうこと？」

　茉莉花にはアリサの質問の意味が理解できなかった。

「私が得意な魔法シールドの形は平面じゃなくて球面なの」

「あっ、そういう……」

　しかしここまで説明されれば、茉莉花にもピンときたようだ。

「そう。シールドの表面で長さを測るなら、幅がちょうど二メートルでも長径は二メートル以上になっちゃう。平面シールドが使えないわけじゃないけど、ＣＡＤの起動式設定は弄らなければならないと思う」

「一口に魔法シールドと言っても色々あるのね」

感心したように呟く茉莉花。

それに対するアリサの反応は呆れ顔だった。

「……他人事みたいに言ってるけど、ミーナの得意技だって魔法シールドじゃない」

「いや、そうだけどさ。あたしのは……」

茉莉花が誤魔化し笑いを浮かべる。

この話題に触れるのは茉莉花が嫌そうだったので、アリサもそれ以上は突っ込まなかった。

「それにしても全然休む間が無いんですね」

話題を変えたアリサの言葉に、初音が大きく頷く。

「そこがテニスやラケットボールとクラウド・ボールの最大の違いかしら。クラウド・ボールにはアウト・オブ・バウンズやボールデッドの概念がないからゲームが止まらないのよ」

「一セットは三分でしたよね？」

「そう。ゲームが止まらないから魔法が無ければ、プレイヤーは三分間ずっとダッシュを繰り返さなければならない。クラウド・ボールが魔法競技になっている最大の理由よ」

「魔法有りでも三分間休み無しはきついと思いますけど」

茉莉花がアリサと初音の会話に口を挿む。

「ええ、そうね。ルールが変わってからスタミナはますます重要になったわ」

答える初音は苦笑気味だ。

「そこも人気が無くなった原因でしょうね」

そのセリフからは、部員減少に対する悩みが垣間見えた。

まるで初音の嘆きを合図にしたかのように、コート面がいきなり暗くなる。それで初めて、コートが発光パネルで造られていることにアリサたちは気付いた。

「コートが暗くなったら、それがセット終了の合図よ。クラウド・ボールはコートを幾つも並べて試合するから、音だと聞き逃してしまうことが多いのよ」

「それだけじゃありませんよね？　コートのセンサーでボールのバウンドをカウントしているのでは？」

「ええ、そうよ。ボールの表面は良導体の繊維で覆われているの。それで、微かに帯電しているコート表面の電気抵抗が変化してボールの接触を感知できるという仕組み」

茉莉花の指摘に初音が頷く。

「それだと汗もカウントされてしまうのでは？」

しかしこれは茉莉花の考えすぎだった。

「その位はコンピューターの方できちんと区別してくれるわ」

「あはは、そりゃそうですね」

茉莉花の誤魔化し笑いに初音も微笑みで応え、その笑みのままアリサに目を向けた。

「じゃあ十文字さん。プレーしてみない？」

「えっ?」

三セットマッチなのでは、という疑問を懐いてコートを見ると、試合をしていた二年生はコート上に散らばるボールを魔法で片付けていた。

「せっかく見学に来てもらっているんだし。道具と靴はクラブの備品を使って。良かったらウエアも貸すけど?」

「いえ、着替えは持ってきていますので」

「そう、用意が良いわね。更衣室はこっち。案内するわ」

アリサは辞退することもできず、体験プレーをすることになった。

「CADはこのままで良いんでしょうか?」

ラケットを持ってコートに入ったアリサが、左手首を見せながら初音に訊ねる。

「本当はレギュレーションがあるんだけど、公式試合じゃないんだし今日は構わないわ」

初音はコートの向こう側にいる。体験試合の相手は彼女が直々に務めることになった。

「じゃあ、十文字さんのレシーブから」

クラウド・ボールでは最初のレシーブ側にアドバンテージがある。初音の申し出は、当然それを踏まえたものだ。

「はい、お願いします」

アリサがさっき見た練習試合を思い出しながら、コート中央で軽く腰を落として構えた。

「アーシャ、頑張れーっ！」

茉莉花から声援が飛ぶ。

その直後、シューターからボールが緩やかに射出された。

アリサにテニスの経験は無いが、ラケットボールなら東京に来てからの体力作りに取り入れていた。クラウド・ボールのラケットはラケットボールよりテニスの物に近いが、アリサにとっては感覚でアジャストできる範囲だ。彼女は飛んできたボールを思い切り叩いた。

「おおっ」

歓声を漏らしたのは茉莉花だけではない。ボールが三個に増えても、スコアはゼロ対ゼロのままラリーが続いていた。

しかしボールが四個に増えた直後、アリサは初めてとは思えない程クラウド・ボールに対応していた。

アリサのコートは赤く点滅し、初音のコートはパネルが暗くなっている。アリサが立っているコートが真っ赤に発光した。

「あの、これは……？」

プレーを中断したアリサが初音に訊ねる。

「残念。十文字さんの反則負けになっちゃった」

「えっ？」

「トゥー・ビッグ・シールド。シールドサイズ超過の反則を取られちゃったわね」

そう言われてようやく、アリサは心当たりに気付いた。

「シールドのサイズだけじゃなく、魔法に関わる反則はＡＩが自動判定しているの。その為のセンサーは最先端の物が使われているのよ」

クラウド・ボールの反則には、ボールの軌道に直接干渉してはならないというものもある。九個のボールを使うこの競技で反則行為を監視するのは、確かに魔法センサーに直結したＡＩでなければ無理かもしれない。

「ＡＩは融通が利かないからねぇ。体験プレーだし、今度はＡＩ判定を切ってやってみようか」

「いいえ、このままでお願いします」

初音の提案を、アリサは断った。

アリサの見た目にそぐわぬ負けん気に、初音が意外そうな表情を見せる。だが初音の表情はすぐに、楽しそうな笑みに変わった。

「分かった。じゃあこのままでゲームをもう一度始めましょう」

初音が魔法でコート内のボールを後方に押しやる。アリサもそれを真似した。

ロボット掃除機のような小型機械が出てきてボールを片付ける。

アリサと初音が構えを取り、アリサのレシーブで再びゲームが始まった。

初音を相手にしたアリサの体験プレーは五ゲーム目に突入していた。

ここまでの戦績は最初のゲームに続いて全て、アリサの反則負け。悉くシールドのサイズオーバーを取られていた。

(今度こそ反則を取られないようにしなくちゃ)

アリサは固く心に決めてこのゲームに臨んでいる。

その為に一番確実なのは、シールド魔法を使わないことだ。だがそれでは勝負にならないことも、アリサは理解している。

アリサはシールド魔法を一球だけ跳ね返す使い方に限定して、それでカバーできないボールは直接ベクトル反転術式を掛けるか、ラケットで打ち返すことに決めていた。

しかしそれでは当然、拾い切れないボールが出てくる。ゲームは初音の得点が着々と積み上がっていた。

——自分は何故、こんなに一所懸命なのか……?

ボールを追いかけて懸命にダッシュしながら、そんな疑問がアリサの脳裏を過る。

勝敗に拘っているわけではない。勝ちたいという気持ちを持てないのは、ゲームを始める前から変わっていない。

——ただ、悔しい。

何が悔しいのか分からないまま、アリサはそう思いながら必死にボールを追いかけていた。

七個のボールが次々にネットを超えて落ちてくる。

アリサはその内二個をシールド魔法で、一個をベクトル反転術式で、一個をラケットで相手コートに返したが、三個は拾えず彼女のコートに落ちてしまう。

初音に三点が加算され、コートの面から光が消えた。

五試合目にして初めて、アリサは三分間ゲームを続けることができた。

スコアは七対二十五。トリプルスコアを超える完敗だ。

アリサは悔しかった。しかしそれは、負けたことに対する悔しさではなかった。自分が何を悔しいと感じているのかアリサは分かっていなかったが、敗北に対するものでないことだけは直感的に理解していた。

「びっくりした。初めてとは思えない、良いプレーだったわ」

初音がネット越しに右手を差し出す。

「ありがとう、ございました」

息を切らしながら、アリサは初音と握手を交わした。

ボックスコートを出たアリサに、タオルを手にした茉莉花が歩み寄る。

「アーシャ、お疲れ様」

「うん、ありがとう」

タオルで顔に浮かんだ汗を拭いながら、アリサがベンチに腰を下ろす。音を立てて座り込む乱暴な仕草は、普段のアリサには見られないものだ。それだけ、本当に疲れているのだろう。

「最後のゲームは大分コツが摑めてたんじゃない？」

お世辞でも慰めでもない茉莉花の評価に、アリサは「ううん」と首を横に振った。

「全然だよ。判断がまるで追いついていなかった」

「慣れてないんだから、仕方無いわ」

このセリフはコートから戻ってきた初音のものだ。

「未経験者の十文字さん相手に、ちょっと大人げなかったかも。部員にも叱られちゃった」

ベンチに戻ってくるのが遅かったのは、部員の非難を受けていたからであるようだ。大方、「入部してくれるかもしれない新入生を叩きのめしてどうするんだ」というようなことを言われていたのだろう。

「いえ、そんなことはありません。部長さんはまだ本気ではありませんでしたよね」

アリサのセリフは、質問ではなかった。口調も疑問形ではなく確信が込められていた。

「え、ええ。それは、まあ……」

初音の答えを聞いて、アリサは悔しさの理由の半分を理解したような気がした。

「すみません。結構汗をかいたので、もう着替えたいんですが」

アリサのリクエストに、気まずげな顔をしていた初音はパッと表情を変えた。

「あっ、そうね。シャワーも使えるわよ？」

初音(はつね)の声と表情には安堵(あんど)と失望が半分ずつブレンドされていた。

安堵(あんど)はアリサが気分を害してないことに対して。

失望はアリサがもう帰ってしまうと予想したからだ。

「お願いします」

「オッケー。案内するわ。こっちよ」

しかしアリサは初音(はつね)の予想に反して、シャワーを使い制服に着替え直した後、昼過ぎまでクラウド・ボール部の練習を見学した。

時刻は正午を回っていた。

初音(はつね)と別れた後、アリサと茉莉花(まりか)は駅前の適当な店で昼食を済ませてから帰りの個型電車(キャビネット)に乗った。

「アーシャ、クラウド・ボール部はどうだった？」

二人乗りの個型電車(キャビネット)の中で茉莉花(まりか)がアリサに感想を訊(たず)ねる。

「悔しかった」

アリサの口調は淡々としていて、少しも悔しそうには聞こえなかった。

「えっ？」

茉莉花が聞き間違えかと思った程だ。

「悔しいと感じたのは確かなんだけど、何が悔しかったのか自分でもはっきりと分からないんだ。半分は、部長に本気を出させられなかったからだと思うんだけど」

「負けたからじゃないの？」

茉莉花の推測は常識的なものだ。

「違うと思う」

だがアリサはそれを否定した。曖昧にではなく、確信を持った口調だった。

「そっか。でも正体不明なんだよね？」

「そうだね」

「不明のままにしておくつもりはないんでしょ？」

「うん、ない」

「じゃあ……」

「クラウド・ボール部に入ろうと思うの」

じゃあどうするのか、と問うセリフの途中でアリサは答えを返す。

「ふーん……」

話の流れからこの結論は予想していたが、それでも茉莉花は意外感を免れなかった。悔しいから入部するというのは、真の理由がなんであれアリサらしくない。——少なくとも、茉莉花が知るアリサのメンタリティではなかった。

(やっぱり、全部が全部昔のままじゃないんだね……)

それは当然だと思う一方、茉莉花は寂しさも覚えていた。全く変化が無いのは成長していないということだ。だから変わるのが当然で、全く変わっていなければむしろ心配になる。

アリサの変化自体が寂しいのではなく、彼女が変わっていった時間を共有できなかったことが茉莉花は寂しかった。

クラブ活動を始めるならば、自分の気持ち以外にもアリサには確かめておかなければならないことがあった。

夕食後、自分の離れに引っ込んでいたアリサは、家政婦から克人帰宅の報せを受けて母屋に向かった。母屋の玄関でアリサは、報せをくれた家政婦から克人が書斎で待っている旨を告げられる。彼女はその足で克人の書斎へ向かった。

「すみません、アリサです」

「入ってくれ」

ノックにはすぐに応えがあった。

「失礼します……」

アリサは緊張で声が震えそうになるのを何とか押さえ込んで、克人の部屋に入る。

克人の前に出る時、この家に引き取られた当初より今の方がアリサは緊張を強く覚えるようになった。それはきっと、自分の魔法技能が上達したからだとアリサは思っている。

二年前は分からなかった克人の凄さが、段々分かるようになってきたのだ。それに伴い彼の魔法力に強いプレッシャーを覚えるようになったと、アリサは自分を分析していた。

押し潰されるような錯覚はきっと、体格差だけが原因ではない。克人から滲み出ているオーラに頼もしさを覚えるのが十文字家の者としては普通で正しいのだろうが、アリサは彼の前に出ると足が竦んでしまう。そしてそんな反応をしてしまう自分に、彼女は罪悪感を覚えるのだった。

アリサが緊張してしまうのは、プレッシャーに対する純粋な反応以外に、自分が懐いてしまう怯えを克人に察知されてしまうのではないかという不安の所為でもあった。

理由もなく怯えられるのは、誰でも不愉快だろう。それは克人であっても、例外ではないに違いない。

アリサはそう考え、その都度不安に襲われていた。

だから彼女が自分から克人に会おうとすることは余り無い。だが今回は自分から相談しなければならないとアリサは思ったのだった。

「克人さん、ご相談があります」

勇人に対してもだが、アリサは克人を「兄さん」とは呼ばない。もちろん「お兄様」とも。あくまでも「勇人さん」「克人さん」だ。打ち解けていないわけではないが、自分から一線を引いているのは否めない。

「学校で何か困ったことでも？」

しかしそれは克人の側にも言えることだった。彼のアリサに対する態度は、妹に対するものとは言い難い。ただしこれはアリサに限ったことではなく、和美に対しても彼は兄としてというより責任ある年長者として、家長として振る舞っている。和樹から当主の座を継ぐ前は次期当主としてだ。中学二年生になったばかりの和美が実年齢よりも随分と大人びているのは、克人のこの態度にも原因があると思われる。

だが今のアリサにとっては、こういう大人の対応がありがたかった。

「高校でクラブ活動を始めてもよろしいでしょうか？　訓練の時間が影響を受けてしまうと予想されますがその分、密度の濃い訓練に励むつもりです」

「部活か」

「如何でしょうか？」

「分かった。部活に何か必要なものがあれば言いなさい」

克人はアリサの部活をあっさり認めた。

反対はされないと思っていたが、アリサの予想を超えたスムーズな承認だった。

「はい、あの……」

「訓練のことは気にしなくても良い。アリサの魔法技能は順調に向上している。部活に時間を割いても、卒業までには目標の水準に達するだろう」

魔法訓練への影響を口にしようとしたアリサの懸念を、克人が先回りして打ち消す。

克人に太鼓判を押されることで、アリサはかえって不安になった。

「そうでしょうか。攻撃ができないという欠点は、半年前から一向に解消の兆しが見えませんが」

「アリサが攻撃技能を身につける必要は無かろう」

まるで突き放すような物言いに、アリサは思わずムッとしてしまう。

思うだけでなく、表情に出してしまった。

「アリサの課題は力を使いすぎないことだ」

しかし克人は動じない。彼の態度に、欠片も気を悪くした素振りは見えない。

「魔法演算領域のオーバーヒートを防ぐ為に、自分の限界を見極め魔法を確実に制御する。それがアリサの修得すべき技能であって、攻撃技能は副次的なものに過ぎない。真の目的が達成できれば、副次的な課題は無視しても構わない」

克人の言葉に、アリサはハッとさせられた。

オーバーヒートを起こしやすいという十文字家の遺伝的な欠点を克服すること——。確かにそれが、アリサが東京に来た目的だった。

「それにアリサは、戦闘魔法師になりたいわけではあるまい」

「……はい」

「ならば攻撃性魔法の優先順位は低い。それよりもむしろ、高校時代の部活によって得られるものの方が優先される」

「部活で得られるもの、ですか？」

「運動系の部活では、全ての基盤になる体力が培われる」

逞しすぎる程の肉体を持つ克人が言うと説得力があるセリフだった。だが自明すぎて、思わず白けた気分になってしまうのも否めない。

「しかしそれ以上に重要なのは、クラス、学年の枠を超えた友人だ」

「枠を超えたお友達……」

何だかんだ言っても、授業はクラス単位、学年単位で行われる。クラブに入らなければ、その枠を超えた親しい先輩・後輩は作れないというのは正しい指摘だった。それはアリサにも、中学校時代の経験で分かっていることだ。中学校時代ずっと帰宅部で生徒会活動や委員会活動も特にしていなかったアリサの交友範囲は、同学年の外に広がらなかった。

「こんなことは、今更俺に説かれるまでもないと思うが」

「いえ、そんなことはありません。ありがとうございました」

克人の「友人作り」奨励は、風紀委員に関して勇人に相談した際に言われた「人脈作り」に通じるものがある。それは魔法師社会をリードする十師族にとっては、常に意識に留めておかなければならない重要な課題なのかもしれない。

しかし十師族としての役目を果たすつもりがない自分にとっても、「友人作り」と「人脈作り」は同じくらい大切なことなのかもしれない。「茉莉花だけいれば良い」というわけにはいかない。――アリサはそう気付いた。

そして克人との会話の中で、アリサにはもう一つ気付いたことがあった。

［11］四月十三日

新入部員勧誘週間はまだ折り返し地点を過ぎたところだ。だが入部先を決めたアリサと茉莉花は、これ以上人混みに揉まれる必要性を感じなかった。

入部先を決めているという点では明、浄偉、小陽も同様だったが、明は生徒会、浄偉は部活連執行部の仕事に早速駆り出され、小陽は自主的に入部したばかりのバイク部の勧誘を手伝っていた。

二人だけなら学校の近くで寄り道する必要も無い。アリサは茉莉花に彼女のマンションまで同行して、十文字家で魔法を教わる時間になるまで女の子同士のお喋りを楽しんでいた。

このように新歓週間中でありながら早くも平穏を勝ち取った生徒もいたが、生徒会と風紀委員会にそのような贅沢は許されなかった。

午後四時半、風紀委員長の裏部亜季は本日の中間報告を持って生徒会室を訪れた。なお中間報告なのは、お互いに高校の生徒会活動・委員会活動で残業するなどという不合理を避ける為だ。風紀委員会の最終報告は翌日の昼休みに提出することになっている。

これは今年、生徒会長の三矢詩奈と亜季が話し合って決めたことだった。――まあその為、風紀委員会は早朝に登校しなければならないし、生徒会は昼食時間も満足に取れないという羽目に陥っているのだが。

しかし報告書を態々委員長が持参するというのは合意事項に含まれていない。

「えっと、裏部さん。生徒会に何か特別な用件でも……?」

実を言えば詩奈は亜季に苦手意識を持っている。

綿毛のようにふわふわした癖の強い焦げ茶色の長い髪に、鋭敏すぎる耳を保護するヘッドホン型イヤーマフ。優しげな目をした、小動物的でマイルドなイメージの詩奈。

ストレートの髪を前髪無しミディアムボブにして額をすっきりと見せ、着けているのは飾り気の無いヘアピンのみ。鋭さを感じさせる切れ長の目をした、シャープなイメージの亜季。

二人が対照的なのは、外見だけではなかった。

何事も丸く収めるのをよしとしている詩奈と、正論を貫き通す為なら争いも厭わないというスタンスの亜季。それでいて不思議と仲は悪くないのだが、「争い事回避」をモットーにする詩奈の方へ気苦労が大きく偏ってしまうのは必然とも言えるだろう。

「人手が足りません」

亜季の答えには前置きも遠慮も皆無だった。

「裏部委員長、教職員選出の空き枠は既に候補者が出ているはずです」

ここで亜季と詩奈の対決に、生徒会会計の矢車侍郎が割って入る。彼は二科生として入学したが二年生進級時に魔工科へ転科しそのまま筆記試験上位に名を連ねている。

「定員割れしているのは風紀委員会が勧誘に失敗しているからでは？」

侍郎の指摘に亜季は不快感を露わにしたが、その点を直接争うことはしなかった。

「九名という定員自体が業務量に対して不足しています」

亜季の主張は定員補充からさらに踏み込んだものだった。

「それは……風紀委員会に関する規定を変えるべきだと言いたいの？」

「そうよ」

詩奈の躊躇いがちな問い掛けを、亜季が躊躇いのない口調で肯定する。

「しかし、風紀委員は校内で生徒の枠を超えているとも言える、強い権限を持っています。そう軽々しく人数を増やせるものではありませんよ」

侍郎が現行体制側の論理で反論した。

「大きな権限を持っているのは生徒会も同じでしょう。それなのに生徒会は、生徒会長の裁量で役員を自由に増やすことができる」

「……生徒会長と同等の権限を自分にも与えろと？」

「自由に委員を選ばせろと言うつもりはありません。実務に携わる者の意見として、九名では人員が足りないから増員をお願いしているのです」

明らかに「お願い」ではなく「要求」の口調で亜季は増員を重ねて主張した。

「校内の風紀が去年に比べて大きく悪化している事実は無いと思いますが」

侍郎も引き下がらない。争いを好まない詩奈の代わりに矢面に立つのが自分の役割だと彼は心得ていた。――それが詩奈の心に適うかどうかは別にして。

「矢車君、悪化してからでは遅いのです。そうではありませんか？」

「裏部委員長、何か悪化する兆しがあるのですか？」

亜季と侍郎の互いを見る視線が険悪なものとなった。――この二人の間では、比較的いつものことだ。

「と、とにかく」

そうなると焦るのはいつも詩奈だ。結果的に侍郎も、詩奈の気苦労を増幅する一因になっていた。

「生徒会に風紀委員会の定員を決める権限はありません。校長先生の決裁が必要です」

「でしたら会長。校長室に同行してください」

「今からですか⁉」

「今すぐです」

悲鳴を上げた詩奈に、亜季は繰り返し平然と同行を強制しようとする。

「待ってください、裏部委員長。予定もうかがわずに押しかけるのは礼を失しています」

勇人はこの件について、亜季がこんなことを言い出した原因に義妹のアリサが関わっていることを知っている。これ以上放置するとアリサに飛び火する危険性があると感じたのか、それまで上級生同士の議論（口論？）を黙って聞いていた副会長の勇人が、立ち上がって亜季をたしなめた。

「確かにそうですね」

しかし勇人の参戦は、亜季の想定内だったのかもしれない。

「では十文字副会長。校長先生のご都合を確かめてきてください」

「何故俺が？　……いえ、分かりました。教頭先生に校長先生のご都合をうかがってきます」

断ろうとした勇人だが、詩奈が懇願の眼差しを向けているのに気付いて、渋々立ち上がり教職員室へ向かった。

◇◇◇

午後五時前。

亜季と詩奈は校長室で、百山校長の前に立っていた。

勇人が校長の予定を教頭に訊ねたところ、幸い——詩奈にとっては「不幸にも」なのかもしれない——百山の予定は空いていた。それにとどまらず「すぐ会う」と呼び出しを受けた。

「風紀委員会の運営に関する要望があると聞いているが」

百山は七十代半ばの老齢にも拘わらず、眼光が極めて鋭い。睨まれるどころか直接目を向けられたわけでもないのに詩奈は思わず緊張に竦んでしまう。

詩奈にしてみれば、今回は完全な巻き込まれ案件だ。彼女は隣で堂々としている亜季を、「何で私まで……」と横目で恨めしげに睨んだ。

「はい、校長先生。率直に申し上げます。風紀委員会の定員を増枠していただきたいのです」

「風紀委員会は現在定員割れの状態だったと記憶しているが」

百山はこの高齢でありながら、一高の事情を細部まで把握している。詩奈は慣れているので特に驚きは無かったが、よく考えるとこれは異例と言えるだろう。特に問題として顕在化していない、教職員室が関わっているとはいえ生徒の自治組織の一時的な欠員についてまで校長が把握しているというのは。

「はい。先生方からご推薦いただいた候補者が難色を示しておりまして」

「それならば新しい候補者を選定するよう申請すれば良い。教職員会が候補者を出さないのであれば私から選定を命じよう」

「ありがとうございます。ですが校長先生。現場の人間として申し上げれば、風紀委員会の業務量から見て定員九名では、そもそも人手が足りていません」

自分に真っ向から言い返した亜季に、百山が射るような視線を向ける。

詩奈は亜季の隣で生きた心地がしない程ハラハラしていた。

「それは新入生が入学した直後という時期的な特殊要因によるものではないのか？」

「確かに時期的な問題で人手不足が顕在化しているのは認めます。ですが校長先生、今の時期以外でも人員は間違いなく不足しています」

「風紀委員会の制度ができて十年近く経つが、昨年度までそのような問題提起はされていない。そうだな、教頭？」

「はい、校長」

百山を前にして緊張を隠せないのは詩奈だけではなかった。教頭も強いプレッシャーを感じているのが見ているだけで分かる。平然としている亜季がおかしいのだ、と詩奈は思った。

「先輩方はご自分の時間を割いて風紀委員の仕事を全うされていました。学業こそ犠牲にした方はいらっしゃいませんが、クラブ活動を事実上断念された先輩方は私が知る限りでも複数いらっしゃいます」

「クラブ活動ならば……」

「なる程」

教頭の八百坂は、クラブ活動の時間が無くなるのは仕方が無い、と言おうとしたのだろう。しかしその発言を百山が遮った。

「クラブ活動も高校生活の重要な一部だ。それができなくなるのは確かに由々しきことだな」

「ご理解くださり、ありがとうございます」

「裏部君。君はそれを改善する為に、風紀委員会の増員が必要だと主張するのだね？」

「単純に増員をお願いするつもりはありません」

百山の問い掛けに対する亜季の答えを聞いて、詩奈は「えっ？」と声を上げそうになった。

「定員の数え方に例外を設けていただきたいのです」

そんな話は聞いていない！――真っ先に詩奈の頭に浮かんだフレーズはこれだ。彼女は亜季から「風紀委員会の増枠を申請する」としか聞いていなかった。

「具体的には？」

亜季に向けられている百山校長の目に宿る光が興味深げなものに変わった。

「一年生に限り、〇・五人に数えていただけませんか」

「半人前ということか」

「半人前とまでは言いませんが、新入生はどうしても指導に時間が掛かります。だからと言って一年生を委員会から除外してしまうと、ノウハウの継承が行われません」

「一年生の採用を促進し、指導に必要となる時間ロスを補う施策ということだな？」

「そうです」

「分かった。認めよう」

「ありがとうございます」

亜季は大袈裟に喜ぶことも得意げな表情を過らせることもなく、殊勝に頭を下げた。

「ただし推薦の仕組みは今までどおりだ。もし採用したい生徒がいれば教職員室に相談し給え」

「分かりました。そのようにいたします」

亜季はもう一度丁寧に頭を下げながら「失礼します」と追加した。

詩奈は慌てて「失礼します」と同じようにお辞儀をした。

◇◇◇

「校長との話し合いは、上手くいかなかったんですか？」

生徒会室に戻ってきた詩奈の表情を見て、勇人は開口一番そう訊ねた。

「いや、違うだろう」

詩奈が答えるよりも早く、侍郎が首を振りながら口を挿む。

「詩奈、また裏部に振り回されたのか？」

侍郎は詩奈の、所謂「幼馴染み」だ。身内だけの場では——生徒会役員は身内扱いだ——、この様に砕けた言葉遣いになる。

「振り回されたと言うか……。私、同席する必要あったのかな……？」

疲れ切った表情で詩奈がぼやく。

それで勇人も侍郎も、大人しく聞き役に徹していた明も大体の事情を察した。

［12］四月十六日

新入部員勧誘週間が昨日で終わり、一高の放課後は落ち着きを取り戻した。

授業時間終了後、茉莉花はA組の教室でアリサといったん合流し、昇降口を出た所で別れた。

アリサの行き先は準備棟。

そして茉莉花が向かう先は、第二小体育館。通称『闘技場』は今日、マーシャル・マジック・アーツ部の活動に割り当てられている。

茉莉花は手に入部届と着替えが入ったバッグを提げ、瞳に決意をみなぎらせて第二小体育館へ向かった。


「失礼します！」

小体育館の扉を開けた茉莉花はそこで立ち止まり、大声で挨拶して勢い良く頭を下げた。

「遠上さん！」「入部してくれるの⁉」「良く来てくれたわ！」

女子部員から次々に、歓声に似た歓迎の声が上がる。

部活停止処分が終わった女子部部長の北畑千香が、部員を代表して茉莉花の許へ歩み寄った。

「遠上、入部してくれるんだろ？」

相変わらず男子と間違えそうな口調と言葉遣い、それに凜々しい表情だ。

「はい、そのつもりです。ですがその前に！」

そこで茉莉花が千香へ視線の圧力を高める。

「おう、何だ」

千香はこの時点でもう茉莉花の言いたいことが分かったようで、とても楽しげに唇を歪めた。

「北畑部長、一手ご指南願います！」

「ご指南？　試合って意味だろ？　それも本気の、真剣勝負がお前の望みじゃねぇのか？」

千香が瞳に殺気を込めて茉莉花を見返す。

茉莉花に揺らぎは全く無かった。

「そうご理解いただいて結構です」

茉莉花は勢いに任せた返事ではなく、しっかりとした口調で真剣勝負に応じた。

千香が短い笑い声を上げる。

「――遠上。お前やっぱり、最高だぜ」

彼女は近くにいた二年生女子部員を呼び寄せ、茉莉花を更衣室へ連れて行くよう命じた。

「十文字さん」

アリサは準備棟の入り口で中から出てきた男子生徒に声を掛けられた。

「火狩君」

声の主は先に教室を出ていた浄偉だ。彼が山岳部に入部したというのは本人から聞いた。またアリサは亜季から、浄偉が部活連執行部に入ったと耳にしている。準備棟にいるのは、そのどちらかの用事なのだろう。

「もしかして、入部届?」

「ええ。クラウド・ボール部の部室に行きたいんだけど」

隠すことでもないのでアリサは正直に頷き、ついでに部室の場所を訊ねた。

「クラウド・ボール部に入るの!?」

浄偉の驚きは、クラウド・ボール部の現状を知っている故のものに違いない。

客観的に見て、同好会へ格下げ寸前のクラブであることは理解していたので、アリサは浄偉の反応に驚きも憤慨もしなかった。

「あっ、ごめん。クラウド・ボール部の部室は階段を上がって二階の右側、奥から二番目の部屋だよ。……大変かもしれないけど頑張って」

「ええ、ありがとう」

アリサは浄偉に軽く会釈し、階段を上った。

二階の廊下を右に折れる。校舎側から見れば準備棟の左側だ。

（あっ。ここ、マジック・アーツ部の部室だ）

右に折れて最初の部屋はマーシャル・マジック・アーツ部の部室だった。

茉莉花のことだ。先日の感触からして、すんなり入部届を出すだけで終わるはずがない。道場破りを敢行しているであろう親友を連想して、アリサは少し愉快な気分になった。

彼女は軽くなった足取りで廊下を奥へ進み、教えられた部屋の前に立った。

扉のプレートに表示されている名称は「クラウド・ボール部」。情報は正しかったようだ。

「失礼します」

「どうぞぉ。開いていますよー」

間延びした応答に、アリサは静かに扉を開けた。

「こちらに入部したいんですが」

そして、落ち着いた声で入部希望を告げる。

「えっ、十文字さん⁉」

部室にいたのは部長の服部初音と、先日の見学では顔を見なかった明るい髪色の女子生徒の二人。

「もう来てくれないかと思ってた。えっ、入部？」

「はい。よろしくお願いします」

信じられないという顔をしている初音に、アリサが用意してきた入部届を差し出す。

「ホントに？」

「はい」

そんなに新入部員獲得が上手く行っていなかったのだろうか？　──心の中でそう首を傾げながら、アリサは入部届を差し出した体勢のまま笑顔で頷いた。

ようやく実感が湧いたのか。初音が引っ手繰る勢いで入部届を受け取った。

「うわぁ、嬉しい。一度に二人も新入部員が来てくれるなんて」

感極まったのか、初音が泣きそうな声を漏らす。

（二人？）

ということは、向こうの彼女は同じ一年生の新入部員なのだろう。

アリサは女子生徒に挨拶をしようと目を合わせた。

「初めまして。D組の仙石日和です」

しかし、相手に先を越されてしまう。

「あっ、はい。初めまして。A組の十文字アリサです。よろしくお願いします」

アリサは慌てて名乗り返した。

「ええ、こちらこそ」

日和は、見た目はやや派手だが態度は中々感じが良い。

アリサは軽く意外感を覚えたが、派手な外見とのギャップという点については、相手もきっと同じ印象を持ったに違いなかった。

先日千香と立ち会った時は普通の体操服だったが、今日の茉莉花の出で立ちはマーシャル・マジック・アーツの試合スタイルだった。

　伸縮性の高い長袖のツナギに目を保護するバイザーが付いたヘッドギア。柔らかい靴に膝、脛、前腕部を保護するプロテクター。完全思考操作型ＣＡＤの公認と同時に導入されたスタイルだ。

　ヘッドギアとＣＡＤのみクラブの備品を借りている（新歓週間が終わったので、生徒個人のＣＡＤは一部の生徒を除き、昇降口の自動カウンターを通じて事務室預かりになっている）。他は全て茉莉花の私物だ。だから一人だけ着ているツナギのデザインが違っている。その所為でフロアに戻ってきた茉莉花は、如何にも「道場破り」という雰囲気を醸し出していた。

「千種、少し場所を借りるぞ」

「はいはい。どうせダメと言っても聞かないんだろう？」

　そう言って進み出てきた男子生徒にも、茉莉花は見覚えがあった。前回、背後から不意を突いたとはいえ、千香を羽交い締めにして止めてみせた男子部部長の千種正茂だ。

「男子部員も組手を中止して場所を空けろー。女子部部長と中学チャンピオンの模範試合だ。全員並んで見学」

千種の号令で男子部員も女子部員も壁際に並んで正座する。

それを見て、マジック・アーツの実力はともかく、部を纏めているのは男子部だけでなく女子部も千種部長らしい、と茉莉花は思った。

「審判は俺が務める。北畑も遠上さんも良いね？」

「おい、千種。何で俺が『北畑』で一年生が『遠上さん』なんだよ？」

「千種部長。あたしのことは呼び捨てで結構です」

千種の言葉に対して、千香と茉莉花が立て続けに叫ぶ。

「気が合うね、君たち……。北畑が二人とか勘弁してくれよ」

千種が嘆かわしげに零した。

「そりゃ、どういう意味だ！」

千種を怒鳴りつける千香。

「そのままの意味だ！」

怒鳴り返す千種。

「遠上、君は北畑の真似しなくて良いからね」

そして懇願するような口調で茉莉花に話し掛ける。

「意味が分かりませんが、気をつけます」

咄嗟にも拘わらず、茉莉花はそつの無い応えを返した。

千香が不満ではあるが怒る程でもないという表情を、千種が安堵の表情を浮かべる。

「両者、位置について！」

しかし千種がそう声を掛けるのと同時に、彼自身を含めて三人とも表情を引き締めた。

マジック・アーツのリングはアマチュアレスリングのそれに似ている。ロープもフェンスも、囲う物は何も無い。床は畳ではなく木の板に柔らかいカバーを掛けた物。柔らかいといっても、クッションは入っていない。

主な相違点として、広さは無制限。形も決められていない。会場毎に決められた境界線内がリングになる。この場合は、見学している部員が境界線だ。

茉莉花と千香が、千種を挟んで向かい合った。

千種が一歩退く。

二人を遮るものは、最早何も無い。

千種が右手を大きく頭上に上げる。

「ファイト！」

手を振り下ろしながら発せられた掛け声。

茉莉花が、千種が、同時に相手に向かって踏み込んだ。

オープニングは両者同時のリードパンチ。

ただしどちらもヒットしない。ほぼ同じリーチから放たれた左のリードパンチを、二人は同じように右腕のプロテクターでブロックしていた。

千香の左手が茉莉花の右手を掴んで引く。ここで前のめりになれば、待っているのは膝蹴りの餌食だ。茉莉花は右腕から力を抜いて相手の引く力に逆らわずに伸ばし、伸びきる直前で腕を下に振って千香の左手を解いた。

反動で千香の左手が上がる。空いた脇腹を狙って、茉莉花が右のミドルキックを繰り出す。しかし、千香の腕が戻る方が早かった。茉莉花のキックは肘で打ち落とされてしまう。脛を守るプロテクターが無ければ、ダメージを受けたのは茉莉花の方かもしれなかった。

蹴りで片足が浮いている茉莉花に千香がタックルを仕掛ける。

茉莉花はそれを、片足で跳んで躱した。いや、足の力ではなく魔法による跳躍だ。

千香の頭上を取った茉莉花が踏みつけるような蹴りを繰り出す。

しかし次の瞬間、茉莉花の身体は大きく跳ね飛ばされた。蹴りの軌道を正確に読んで設置されたベクトル反転障壁の効果だ。

体勢を崩さず着地する茉莉花。

小さなどよめきが起こるが、すぐに静寂が戻る。この程度の攻防は、マジック・アーツでは珍しくない。それよりも次の激突を見逃さないよう、部員たちは固唾を呑んで二人を見詰めていた。

茉莉花が、千香が、目で追うのが難しい程のスピードで動いた。今までは小手調べと言わんばかりの、残像で分身が生じる程の速さと変化。

時折聞こえて来る鈍い音は、ベアナックルのパンチがヒットした音か。二人とも、これだけのハイスピードで駆け回れば、魔法を併用しても蹴りを繰り出す余裕は無い。組み技に持ち込もうとしても、互いに相手を捕まえられない。戦いはある意味シンプルな殴り合いで推移していた。

状況を動かしたのは、やはり千香だった。

不意に千香が足を止める。

罠を疑う間もなく、誘い込まれるように茉莉花が右ストレートを打ち込んだ。

それは間違いなく誘いだった。

茉莉花の右ストレートをヘッドスリップで躱しながら、千香が自分の左腕を被せる。

クロスカウンター、ではなかった。

千香は左腕と首で茉莉花の腕を挟み込む。

クロスカウンターを警戒して顔を逸らしていた茉莉花はすぐに反応できない。

そのまま茉莉花の肘を極めに行く千香。

茉莉花は前転してサブミッションを逃れようとする。

しかし彼女の身体は、前転するのではなく浮かび上がった。

茉莉花がマットを蹴ったのと同時に、千香が重力低減の魔法を発動したのだ。

重力低減の効果は一秒足らずの短い時間。

だが既に茉莉花は、死に体で千香の前に浮いている。

千香の足が跳ね上がった。

彼女の足は、身体を丸めた状態で後頭部を守る様に頭を抱え込んだ茉莉花の両手を直撃する。

茉莉花の身体がマットに落ちた。

手の上からとはいえ、普通なら蹴りの威力は脳を揺らしているはずだ。

しかし千香は、すかさず追撃の魔法を放った。彼女は蹴り足の手応えで、茉莉花がダメージを負っていないと判断していた。

加重系魔法『リパルジョン・ショット』。『リパルジョン・ナックル』の拡張形態とも言える魔法で、拳を覆う形で形成した斥力場をパンチのモーションで射出する術式。千香が放った斥力場は、立ち上がろうとしていた茉莉花に命中した。

しかし茉莉花は、まるで意に介した様子も無く立ち上がる。彼女の身体は対物魔法シールドに覆われていた。茉莉花の――『十神』の個体装甲魔法『リアクティブ・アーマー』だ。

茉莉花のシールドはあくまでも実体物を防ぎ止める物。だが魔法によって生み出された力場は、より強力な魔法力場と同じ座標の空間では存在し続けられない。千香の『リパルジョン・

ショット』は茉莉花の『リアクティブ・アーマー』によって、シールドの性質とは無関係にかき消されたのだった。

茉莉花が個体装甲魔法を纏ったまま千香に突進する。

◇◇◇

アリサと日和の新入部員を除けば、クラウド・ボール部の部室に初音以外の部員はいなかった。

「うちの部員は余り部室には顔を出さないの」

その疑問が顔に出ていたのだろう。紅茶の入ったティーカップを三つ、トレイに載せて運びながら初音が言い訳のように説明する。

この部室には簡単なキッチンがあった。ここだけでなく、準備棟の部室全てに備わっているとのこと。部室で親睦会や決起集会、打ち上げを開催することを想定しているらしい。紅茶はそのキッチンで淹れた物だ。

「今のところ新入部員は貴女たち二人だけよ。寂しいけど、仲良くしてね」

初音にそう言われて、アリサと日和は何となく、お互いに会釈する。

「……私は全くの未経験者なんですけど、仙石さんはクラウド・ボール経験者なんですか？」

そのまま無言の気まずい見詰め合いに突入しそうな気配があったので、アリサはそれを回避すべく先手を打った。

「一応、経験者です」

そう答えて、日和はわずかな躊躇いを見せる。

「それからあたしのことは、良ければ日和で。あと同級生だし、できればもっとフランクに話して欲しい」

同級生同士フランクに、という申し出に、アリサも異存は無かった。

「じゃあ、私のこともアリサでよろしく」

アリサが笑顔で答えると、日和がホッと息を吐いたような仕草を見せる。派手な見た目に反して、どうやら図々しさとは縁遠い性格であるようだ。――もっとも、派手な外見の人間は図々しいというのは多分、偏見だろう。

「えっと、あたしは経験者と言っても本当にちょっと齧っただけで……。主にやってたスポーツはテニスだから、アリサと余り差は無いと思う」

「そうなの？　でも分からないことがあったら教えてね」

「もちろん、あたしで良ければ」

日和とは上手くやって行けそうだ。――この短い会話で、アリサはそんな印象を懐いた。

茉莉花と千香の試合は、始まってからそろそろ十分になろうとしていた。

マーシャル・マジック・アーツの試合は基本的に時間無制限だが、一試合が十分を超えることは余り無い。二人とも、徐々に疲労が見え始めていた。

特に、千香の方に疲れが目立つのは、彼女が十分以内にけりが付く試合に慣れているからかもしれない。

千香の前蹴りで突き放された茉莉花が、体勢を立て直すと同時に前へ跳んだ。

フットワークで接近するのではなく、一歩の跳躍で間合いに入り着地と同時に放つ飛び込み中段突きの奇襲。茉莉花の縦拳が、千香の胸の中央を捉える。

ギャラリーの間から小さく「おおっ！」という声が上がった。茉莉花初のクリーンヒットは、千香の心臓の真上を痛打した。

よろめく千香。

追撃を加えるべく、茉莉花がさらに間合いを詰めた。

千香はマットに身体を投げ出しながら両足で茉莉花の足を挟み込む。茉莉花の攻撃の流れを断ち切る為に、蟹挟みで倒そうとしたのだ。

だが咄嗟に個体装甲魔法を発動した茉莉花は、半歩蹈鞴を踏んだだけで倒れなかった。

茉莉花が足を振り上げる。

踏みつける足を避けて、千香は立ち上がりつつ移動魔法で距離を取った。

マットを踏みつけた足で踏み切って小跳躍。茉莉花も移動魔法を発動し間合いを詰める。

千香は足の裏で迫り来る茉莉花の腹部を受け止めながら、自分から後ろに倒れ込んだ。

千香の足も、対物魔法シールドで守られている。茉莉花のそれと違って持続性はないが、この接触の間、肉体を守るには十分な術式だ。

背中がマットに付くと同時に、千香が足を突き上げる。

手を使わない巴投げ。

同等の威力を持つ魔法シールド同士の反発力も加わって、茉莉花の身体は大きく宙を舞った。

彼女は空中で体勢を立て直そうとするが、間に合わず両手をついて着地する。落下速度を魔法で減速していなければマットに叩き付けられていただろう。──仮にそうなっても、全身を覆う魔法シールドでダメージは負わなかったに違いないが。

茉莉花は四つん這いの体勢から跳び上がって空中前転蹴りを仕掛けた。文字どおり、空中で前転し相手に踵を打ち込む大技。しかしこの奇襲は千香に体さばきで躱される。

ただ茉莉花の攻撃は、それで終わりではなかった。一回転しても着地せず、空中でもう一回転する。

今度は前転ではなく途中で半捻りを入れて、後方回転で相手を見ながらオーバーヘッドキックを繰り出した。しかしこの攻撃は十字受けでブロックされてしまう。

逆さになった状態で空中に浮いた茉莉花に、千香の前蹴りが打ち込まれる。顔面を守った茉莉花のブロックの上をすり抜け胸に吸い込まれた千香の右足は、茉莉花を大きく突き飛ばした。

マットに腹から落下する茉莉花。彼女は両手で落下の衝撃を吸収し、マットを蹴って倒立前転半捻りで千香に向かい合う。

「止め！」

しかしその直後、審判の千種が試合を止めた。

何が起こったのか瞬時に覚り、ハッとした表情で茉莉花が千種に目を向ける。

「テクニカルノックアウト。勝者、北畑」

千種の口から無情な判定が告げられる。茉莉花は思わず、ガックリと膝を突いてしまった。

マーシャル・マジック・アーツの決着形態は四つ。一つ目はテンカウントノックアウト。審判がダウンを宣告してから一〇秒間立ち上がれなければ敗北となる。このテンカウントは審判が数えるのではなく時計で計測される。

二つ目は絞め技等による戦闘継続不能。完全に失神した場合だけでなく、試合の続行が困難だと審判が判定した場合にも決着となる。

三つ目がギブアップの宣言による敗北。これには途中棄権も含まれる。

そして四つ目が、ポイント差によるテクニカルノックアウトだ。魔法を併用するマーシャル・マジック・アーツの試合では、一方の選手が魔法シールドの中に引きこもってしまうとノックアウトによる決着が難しくなる。そこで有効打によるポイント制を導入し、十ポイントの差が付いた時点でテクニカルノックアウトとなるルールが定められている。

マジック・アーツの有効打は単にクリーンヒットしただけでは認められず、魔法による防御がなければダウンが発生したと認められる攻撃に対して、推定されるダメージ量に応じて一ポイントから三ポイントが与えられる。打撃だけでなく、投げ技も有効打と認められるが、絞め技、関節技は有効打にならない。

この判定は全面的に審判の主観によるものだ。マジック・アーツの審判にとって最も難しいのが有効打の判定で、同時に最も重要な役目でもある。

脱力して座り込んでしまった茉莉花に、何時の間にか歩み寄っていた千香が手を差し出す。茉莉花はその手を借りて立ち上がった。

「魔法シールドに頼りすぎだな」

千香が相変わらず男前な口調で茉莉花に話し掛ける。

「遠上の魔法シールドは確かに強力だ。実戦なら最高の武器だろう。だがマジック・アーツの試合では、自分が受けた有効打に気付かず何時の間にかTKO負けを喫してしまう原因になりかねない。今の試合のようにな」

それは部長としての指導だった。彼女はバトルジャンキーなだけの部長ではないようだ。

「――はい。気を付けます」

「シールド魔法に頼りすぎない試合運びを身につけろ」

「はいっ！」

茉莉花が姿勢を正し、一礼する。

「……だが、良い試合だったぜ」

勢い良く頭を上げる茉莉花。

千香の顔には、お世辞ではあり得ない満足げな笑みが浮かんでいた。

「遠上。またやろう。期待しているぜ」

「ありがとうございましたっ。よろしくお願いします！」

意外なほど色気のあるウインクを決めた千香に、茉莉花はもう一度勢い良く頭を下げた。

◇　◇　◇

時刻はもうすぐ午後五時。

「今日はもう、終わりにしましょう」

初音がそう言って立ち上がる。一拍遅れて、アリサと日和も椅子から立ち上がった。

クラウド・ボール部は借りているコートが毎日使えるわけではなく、活動は週三日だ。今日はそういうことも含めて、クラブに限らず一高に関して初音から先輩としてのレクチャーが行われた。──前半は確かにレクチャーだったのだが後半は単なる雑談、「女子高校生のお喋り」タイムで終わった。

それも全く無駄な時間だったというわけではない。親睦を深める為には取り留めのないお喋りも必要だ。多分、女子の間では特に。

御蔭でアリサは、この短時間で日和とかなり親しくなれた。克人が言っていた「友達作り」の効果を、彼女は早速実感していた。

三人で部室の片付けと掃除に掛かる。

アリサはテーブルの上の、スナック菓子の袋などのゴミを集めて、キッチンのダストシュートへ持って行く。

そこでは初音が部の備品だというマグカップを洗っていた。

「十文字さん」

初音は機会を窺っていたのかもしれない。アリサがゴミを捨てた直後、彼女はいきなり小声で話し掛けてきた。

「さっきも言ったけど、私、十文字さんは来てくれないと思ってたんだ」

「何故ですか？」

　不思議に思ってアリサが問い返す。

　しかし答えは、すぐには得られなかった。

「部長。掃除、終わりました。他に何か、ありませんか？」

　と言っても、初音がもったいぶったわけではない。床を掃いていた日和が少し離れた所からそう訊いてきたからだった。

「いえ、もう無いわ。こっちは大丈夫よ」

「そうですか。それでは部長、お先に失礼します。アリサも、また明日」

「うん。日和、また明日ね」

　日和はこの後、クラスの友達と待ち合わせをしているらしい。アリサも茉莉花と待ち合わせをしているので、名前で呼び合う仲にはなったが、一緒に帰るのはまた今度ということになったのである。

　日和が部室を出て行って、初音は間を外したことに対するばつの悪そうな笑みを浮かべながら「理由だったわね」と会話を再開した。

「この前の試合の最中、凄く魔法が使いにくそうだったから。ああ、クラウド・ボールは十文字さんに向いていないんだろうな、って思ったわ」

「そうですね……。魔法が使いにくかったのは否定しません」

　初音の指摘に、アリサは正直に頷いた。

「ですがクラウド・ボールが自分に向いていないとは思いませんでした」

ただし、前半だけ。

「そう？　トゥー・ビッグ・シールドのルールは十文字さんにとって、とても大きな足枷になると思ったんだけど。魔法競技のアスリートは、大抵自分の魔法特性に合った種目を選ぶわ。向いていない競技で勝てるようになるには、向いている競技の倍、いえ、数倍の努力が必要だから。不向きな競技で戦うのは、短距離走の選手がマラソンの大会に出るようなものだもの。そんなマゾヒストは滅多にいない」

「マゾヒストですか……」

アリサもさすがに、この濡れ衣は晴らさなければならないと感じた。

「そして十文字さんは、そんなマゾヒストには見えない」

しかし幸い、初音は最初から誤解していなかった。そのことに、アリサはホッとする。

「だから貴女が、うちの部を選んでくれるとは思えなかったのよ」

初音の分析は論理的だが、一つ大きな誤解がある。それは今後の為にもハッキリさせておいた方が良いとアリサは思った。

「部長。私は勝ちたくてスポーツをやるんじゃありません。勝ち負けを競うのは正直に言って、もの凄く苦手です」

「……そうなの？」

初音が意外感を露わにする。球技のクラブに入って勝つ気が無いと言われればそういう反応にもなるだろう。もっと成績に執着している、所謂「ガチな」クラブであれば、ふざけるなと憤慨されているかもしれない。

「そんな私がクラウド・ボールを始めようと思ったのは、この前の試合が悔しかったからです」

「……ええと、勝ちたいとは思わないけど負けるのは悔しいってこと？」

「いいえ。一つには、部長に本気を出させることができなかったことに対して」

それを聞いて、初音が焦りを見せる。

「でも、あれは」

「ええ。仕方の無いことだと分かっています。あれは公式試合じゃなくてイベントだし、初心者の私には最初からそれだけの実力なんてありませんでしたから」

本気を出さなかったことを責められるのではないかという焦りは、初音の中から消えた。しかしそれが余計に、訝しさを増幅する。「本気を出してもらえなかったのが悔しかった」と言いながら、アリサはそれほど悔しがっているようには見えない。初音には、アリサの本心がますます分からなくなっていた。

「ですがそれ以上に悔しかったのは、自分の魔法をきちんと制御できなかったことです」

「トゥー・ビッグ・シールド？」

「はい」

アリサが、初音が驚いてしまった程の思い詰めた表情で頷く。

「実は私、攻撃性魔法が全く使えません。十文字家の魔法師としては明らかな欠陥品です」

欠陥品と言いながら、アリサはそれを余り気にしていないように見える。初音はそこにも違和感を覚えた。

「ですがその分、防御魔法は一所懸命練習しました。その甲斐あって、それなりに使えているつもりでした。だからあの試合は、凄く悔しかったんです」

「……防御シールドの魔法をルール内に制御できなかったから？」

初音は、ようやく話がつながったと感じた。その所為で直前に覚えていた違和感が、すっかり気にならなくなっていた。

「そうです。私の魔法は他の誰のものでもない自分自身の力で、自分では十分努力してきたつもりでいたのに、実は不十分だった。それを思い知らされて、とても悔しくて……。このままにはしておけないと思ったんです」

「だからクラウド・ボールを？」

「はい。クラウド・ボールで魔法シールドを使おうとすれば、ルール上、必然的に緻密な制御をしなければなりませんから。私に不足している魔法の技術を磨くのにぴったりだと思ったんです」

ここでいきなりアリサが、表情に不安感を上らせた。

「……不純な動機でしょうか？」

それまでのアリサは、実は年上なんじゃないかと錯覚しそうになるしっかりした考えで初音を圧倒していた。そんなアリサが見せた後輩らしい頼りなげな表情に、初音はついつい口元を弛めてしまう。

「そんなことないわ。自分を鍛える、それはきっと勝利を追及するよりスポーツの本質に近い目的だと思う。それに、たとえ不純であっても構わないわ」

そう言って、初音がお茶目にウインクしてみせる。

「部員が少ない我が部にとっては大助かりよ」

初音の笑顔につられて、アリサも微笑みを浮かべた。

［13］四月十七日

アリサと茉莉花がそれぞれにクラブの入部手続きを済ませた翌日の放課後。

授業終了と同時に茉莉花がアリサの所に来るのは最早恒例となっていたが、この日はほぼ同時にもう一人、来客があった。

「十文字さん、遠上さん、こんにちは」

「こんにちは、裏部先輩」

「どうもです」

一—Aの教室に押し掛けてきたのは風紀委員長の裏部亜季だった。

「二人一緒でちょうど良かったわ。この前の話なんだけど」

亜季が何を言おうとしているのか、アリサはすぐに思い当たった。

「この前の話って……。ああ、もしかして」

茉莉花も質問しようとして自分で気付いたようだ。

「ええ。風紀委員就任をお願いしていた件よ。落ち着いてお話ししたいので、また本部に来てもらえないかしら」

「ええ、良いですよ」

即答したアリサに、茉莉花が少し意外そうな目を向ける。

「……そう。ありがとう」

茉莉花だけでなく亜季も意外だったようで、自分で言い出したことにも拘わらず彼女の反応は一拍遅れた。

亜季の不自然な間は気にせず、アリサは小物を詰めたバッグを持って立ち上がった。

「あの、準備ができました」

そして何故か動こうとしない亜季に、促す言葉を掛ける。

「分かったわ。行きましょう」

さすがに、と言うべきか。亜季はそれ以上不自然な態度は見せず、先に立って歩き出す。

「ミーナも行きましょう?」

アリサは茉莉花に声を掛けて、亜季の後に続いた。

実は昨日の段階で、アリサは風紀委員会入りを前向きに考え直していた。先週、勇人に相談したことで、風紀委員になることへの忌避感はかなり薄れていた。

それに加えて、昨日のこと。

部活について相談したアリサに、克人は「友人作りに役立つ」とアドバイスした。

そして昨日、クラブに入部したら日和という友達ができた。

勇人は風紀委員会が「人脈作りに役立つ」と言っていた。

克人のアドバイスが的中したように、風紀委員会に入れば先輩やＯＢとのつながりができるのではないだろうか。

　そういう「つながり」は、一昨日までのアリサには面倒なものにしか思えなかったが、日和を交えて初音と色々話したことで受け取り方に変化が出始めていた。

　アリサは東京にずっと留まるつもりはなく、魔法を生業にするつもりも無い。十文字家に入ったのは、あくまでも自滅を避ける技能を身につける為の、一時的なもの。その考えは変えていない。だから積極的に魔法関係者との交流を広げるつもりはなかったし、むしろ柵が生じることを恐れている面があった。

　しかし、狭い世界に固執し頑なになるのは自分の損になるだけではないか……。アリサはそう感じ始めていたのである。

　風紀委員会本部で勧められた椅子は先日と同じ。実は捕まえてきた校則違反容疑者と相対する「取り調べ席」だ。
　もっとも、知らなければ気にすることもない。アリサと茉莉花は特に何も思わず容疑者席に並んで座った。

「二人とも、入部手続きを済ませたのよね？」

どこで聞きつけたのか、亜季は昨日の放課後の出来事をもう把握していた。

「十文字さんがクラウド・ボール部で、遠上さんがマジック・アーツ部」

「はい」

「ええ、まあ」

だが自分たちの情報が漏れていることをアリサも茉莉花も、もう気にしていなかった。情報が漏れているのではなく元々データを共有する仕組みが存在するのかもしれないし、知られて困ることでもないからだ。

「部活のことで悩んでいるかもしれないと思って昨日まで控えていたけれど、これでようやくお話しできるわ。——風紀委員会の定員増枠を校長先生に認めていただきました」

亜季の口調が途中で丁寧なものに変わった。それは、彼女の本気度、真剣さの度合いを反映したものだった。

「認められたんですか⁉」

亜季の言葉に茉莉花が声を上げる。

アリサは対照的に「そうですか」と相槌を打つだけだった。

「厳密に言えば定員増枠ではなく一年生の委員を〇・五人と数えるよう、カウント方法の変更が認められただけですが」

その追加説明に、アリサと茉莉花は特に反応しなかった。二人にとっては「〇・五人カウント」も「一名増枠」も変わらないと、すぐに理解したからだ。

「教職員会の了承も得られています。これで貴方たちを二人とも、風紀委員会に迎え入れられるようになりました」

二人の反応はここでも対照的だった。

茉莉花は隠そうとしていたが隠し切れず、微かに顔を顰めている。

それに対してアリサは、亜季の言葉を平然と受け止めていた。

「十文字さん、遠上さん」

亜季がわずかに、だが明らかにそれと分かる程度に語気を強める。

「風紀委員会に、入ってもらえますね？」

入ってもらえますか、ではなく、入ってもらえますね。

上手い誘い方ではない。徒に相手の反発心を刺激する言い回しだ。

しかし亜季の紛れもない本気が、その拙い勧誘文句に説得力を与えていた。

「はい」

それに対して、アリサは拍子抜けする程あっさり頷いた。

「よろしくお願いします」

そして、まるで肩に力が入っていない所作で頭を下げた。

たからだろう。

茉莉花が反対するのではなく気遣わしげにそう訊ねたのは、アリサの態度が不自然に思われ

「アーシャ。……良いの？」

「そういう約束だもの。ミーナも一緒に入ってくれるんでしょう？」

アリサは親友の心配に気付いていないかのような顔で微笑み、茉莉花にそう問い返した。

「――うん。良いよ」

きっと他人には分からない、二人の間でだけ通じるサインのようなものがあったのだろう。

茉莉花は心配が晴れた表情でアリサに向かって頷いた。

「裏部先輩、お聞きのとおりです。私もミーナ、いえ、遠上さんも、風紀委員会のお世話になりたいと思います」

「――ありがとう」

亜季が二人に向かって、深々と頭を下げる。

客観的に見て、一番忙しい時期が終わったのだから人繰りはそこまで切迫していないはずだが、苦労した分、感情が増幅されたのだろうか。

「ところで先輩、いえ、委員長。私たちからもお願いがあるんですが」

「何かしら。遠慮無く言ってちょうだい」

亜季が顔を上げ、元の口調で要求を促す。どうやら気が大きくなっているようだ。今なら相

当無茶な「お願い」でも通りそうだった。

だがアリサは、その隙に乗じるような真似はしなかった。

「私と遠上さんが風紀委員会と部活を両立できるよう、配慮していただきたいんですが。特に遠上さんは、試合にも積極的に出ると思いますので」

「言われるまでもないことだわ。委員会活動で学業も部活も犠牲になることはないと、私が約束しましょう」

亜季の答えは、安請け合いとも見える程きっぱりとしたものだった。

「良いんですか、委員長。そんなに言い切ってしまって」

実際にそういう懸念を懐く風紀委員もいるようだ。

彼女たちのテーブルに近付いてきて口を挿んだのは、誘酔早馬だった。

「良いのよ。元々その為の増員だもの」

しかし亜季は、部下の心配を意に介さなかった。

「それより誘酔君。貴方、今日は当番じゃないでしょう?」

亜季が早馬に、「何故ここにいるのか」と言外に問う。

「委員長が今日、十文字さんと遠上さんを勧誘するんじゃないかと思いまして」

「もしかしてサポートしてくれるつもりだった?」

亜季の声に、迷惑そうなニュアンスはない。意外なことに――アリサにとっては然程でもないが、茉莉花にとっては驚きすら伴うほど意外なことに、早馬は亜季に信頼されているようだ。

「ええ。ですが必要無かったようですね」

そう答える早馬の態度は、爽やかと表現しても過言でないものだった。だが何故かアリサは違和感を、茉莉花はもっと明確に胡散臭さを覚えた。

ただし「何処が」とは指摘できない。だから早馬に対して拒絶のスタンスも取れない。

「二人とも、同じ風紀委員としてよろしく」

だから早馬にこう言われて、アリサも茉莉花も「よろしくお願いします」としか返せなかった。

［14］　四月十八日

西暦二〇九九年四月十八日、土曜日。

国立魔法大学付属第三高校一年B組の教室ではたった今、終礼が終わった。

「十文字。少し残れ」

帰宅、あるいは昼食を摂りに学食へ向かおうとする生徒の中から、担任の女教師・前田京音は十文字竜樹を呼び止めた。

竜樹は三高で既に、優等生の評価を得ている（なお三高のクラス分けは一高のような成績順ではない）。その竜樹が担任から残るよう言われたことで、興味津々の目を向ける生徒もいた。

だが土曜日の放課後という貴重な時間を野次馬根性で無駄にしても良いと考える物好きは、あくまでも例外だった。そしてその少数の例外も京音から「他の生徒は帰れ」と命令されて、すぐに教室からいなくなった。——京音は女性ながら三高教師陣の中で随一の武闘派と噂されている。その片鱗をわずか入学二週間足らずで、一年B組の生徒は目撃、あるいは身をもって体験していた。

言われたとおり自分の席に残った竜樹の許へ、京音は自分から歩み寄る。そして彼の前の席に、横座りの体勢で腰を下ろした。

京音は現在二十六歳。弛みの無い鍛え上げられたボディは年齢相応の色香を発散している。

また魔法師の例に漏れず、整った顔立ちの美女だ。

しかし竜樹がその色気に当てられて性欲を垣間見せることはなかった。これは竜樹自身の真面目な気性と、京音が日々の指導で見せつけてきた実績が相乗効果を発揮した結果だ。

「先生、お話は何でしょうか」

さすがに立ち上がって姿勢を正すまではしなかったが、竜樹は両手を膝の上に置き背筋を伸ばして京音に訊ねた。

「十文字」

一方の京音は横座りのまま、相槌や前置きなどの無駄なフレーズを全て省いた。

「お前を風紀委員に任命する」

「風紀委員にならないか」でも「風紀委員になれ」でもなく、いきなり任命だ。竜樹に拒否権を認める気がないのは明白だった。

「理由を教えてください」

しかし竜樹は、相手が担任教師だろうと黙って従うつもりは無かった。

「何故私を風紀委員に選ぶのですか？」

いや、疑問を未解決のまま放置するつもりは無かった。

「この三高では、入学試験首席の生徒を風紀委員に任命するのが伝統だったはずです。そしてそれは、私ではありません」

一高の伝統では、新入生首席は生徒会役員に勧誘される。

だが竜樹が言うように、三高では新入生首席は風紀委員に任命される。建前は勧誘だが、実態は任命だ。今回の様に形式すら取繕わないことも珍しくない。それがこの学校の伝統だった。

「十文字の疑問はもっともだ」

京音は竜樹の言葉を認めた。事実だから認めるしかないようにも思われるが、彼女には「耳を貸さない」という選択肢もあったのだ。それを考えれば、京音は武闘派ではあっても暴君ではないようだ。

「今年首席で入学した生徒は一条茜。お前ではない。伝統に従えば一条を風紀委員に任命するところだ。それもお前の言うとおり」

京音の言葉に、竜樹は相槌の意味で頷く。

「だが一条には委員会活動ができない事情がある。この十日間、各方面に調整を試みたが、やはり無理だった。その為、次席の十文字に白羽の矢が立ったというわけだ」

つまり自分は一条茜の補欠というわけだ。――竜樹はそう理解した。

「その一条さんの事情は、教えていただけるのでしょうか」

竜樹がこう訊ねたのは、代わりを務めるなら理由くらい聞かせてもらえるのではないかと考えたからだ。

「無理だ」

しかし回答は、取り付く島もない拒否だった。

「十文字、まさか誤解はしていないと思うが」

京音が意味ありげな視線を竜樹に向ける。

ここで答えを態と間違える程、竜樹は愚かではない。

「風紀委員、拝命しました」

また、選択の余地が無いことを理解できない程、鈍くもなかった。

「今から委員会本部へ出頭すればよろしいのでしょうか」

「いや、それは月曜日だ。今日はもう、帰って良いぞ」

「はい。失礼します」

竜樹はクロス・フィールド部に入部している。これは克人が一高時代に所属していたクラブと同じ競技だ。アリサの件で反感を懐いていても、やはり無意識に克人の背中を追い掛けているのだろう。

しかし今日は土曜日。部活の前に昼食を済ませないと体力が持たない。

竜樹は京音の前を辞去して、食堂へ向かった。

◇◇◇

食堂では、クラスメイトでアパートの隣人の伊倉左門がまだ食事中だった。竜樹が京音と話していた時間は決して短くなかったし、食堂には既に、あちこちで空席が生じている。

左門は食べるのが遅くはないと竜樹は知っている。おそらく、今食べているのは二皿目だ。

「おう、竜樹」

左門が竜樹に呼び掛ける。

竜樹は聞こえた印に頷いて、その正面に定食のトレイを置く。たとえ左門に声を掛けられなくても、最初からここに座るつもりだった。

「先生の話は何だったんだ？」

やはり左門も興味はあったらしく、彼は真っ先にこの話題を持ち出した。

「風紀委員に任命された」

竜樹は隠す必要を認めなかったし、それ以前に隠そうとも思わなかった。どうせ月曜日になれば、全校生徒に周知されることだ。

「ははぁ。やっぱり、一条に風紀委員は無理だったか」

一条茜が今年の新入生首席だということは、三高関係者なら誰でも知っている。入学式で新入生総代の答辞を読んだのは彼女だし、入学式に参加していなくても十師族・一条家長女の話題だ。新入生も在校生も教員も職員も、関心を持たなかった関係者は皆無だろう。

「左門、何か知っているのか？」

左門の口振りは何やら訳知りだった。京音の口から聞けなかった、自分に代役が回ってきた理由が分かるかもしれないと思った竜樹は、躊躇わず左門に訊ねた。

「竜樹は俺たちの同級生に一条茜の従妹がいることを知っているか？」

「従妹？　彼女に従妹はいなかったのではないか。一条家当主の兄弟には息子さんしかいないはずだ」

「従妹と言っても義理らしいけどな。名前は一条レイラ」

「一条家が養子を取ったのか……。訳有りなんだな？」

十師族である一条家が、本家でないとはいえ養子を迎えたのだ。それなりの事情があるとしか思えない。例えば外で作った娘とか。――竜樹は自分の家族に当てはめて、そんなことを考えていた。

「これはあくまで噂だがな」

左門が声を潜める。

竜樹は座ったまま、テーブルの上に身を乗り出し耳を近付けた。

「一条レイラの正体は大亜連合の劉麗蕾らしいぜ」

竜樹は危うく声を上げそうになった。

「噂だろう？　本物なら顔が分かっているはずだ」

大亜連合の国家公認戦略級魔法師・劉麗蕾の姿は二年前、あの国が行った宣伝放送で日本にも映像が流れている。

「軍服姿と学校の制服じゃ、印象が違うんじゃないか。それに映像が公開されたことがあるといっても、二年も経っているんだ。顔立ちが変わっていても、あり得ないことじゃねえよ」

「……分かった。取り敢えず大亜連合の劉麗蕾が当校に通っていると仮定しよう」

憶測だけでは幾ら議論しても真偽は分からない。

竜樹は取り敢えずその判断を棚上げにして、話を進めることにした。

「それで、一条茜が劉麗蕾にどう関わっているというんだ？」

「監視役か？」

「どうやら、そうみたいだ。一条は国防軍から劉麗蕾の監視と、いざという時の対処を依頼されているらしいぜ」

それが本当なら、風紀委員にはなれないというのも納得できる。

だが……。

「その話は少しおかしくないか。一条茜はマーシャル・マジック・アーツ部に入部していたはずだ。戦略級魔法師の監視任務に就いているなら、部活の余裕など無いと思うが」

「一条レイラもマジック・アーツ部に入ったってさ」

「同じクラブなら、監視に問題は無いということか……」

「あくまで噂だけどな」

左門はそう言って、話を締め括った。彼自身は実のところ、その「噂」を余り信じていないようだ。丼物を無心にかき込む姿からは、そんな印象を受ける。

しかし竜樹は逆に、劉麗蕾が三高に通っていて一条茜がそれを監視しているという話に、高い信憑性を見出していた。何よりその所為で彼に風紀委員の役目が回ってきたのなら、大いに納得がいく。

この件は、兄の克人に伝えるべきではないだろうか。

いや、これが事実なら、兄が知らないはずはない。では、そんな所に事情を承知した上で自分を送り込んだ意図は何か。

兄は自分に何をさせたいのだろうか。

自分はその期待に、どう応えれば良いのだろうか……。

竜樹は東京を離れる原因になった克人に対する反感を忘れて、そんな風に思い悩んだ。

◇◇◇

第一高校の食堂では、アリサと茉莉花が遅めのランチを済ませようとしていた。

授業が長引いたわけではない。終業直後は食堂が大混雑していたので、少し時間を置いて出直したのである。

「アリサはこれからクラブ？」

アリサにこう訊ねたのは明。

アリサは茉莉花と並んで座っている。そしてアリサの前には明が、茉莉花の前には小陽が同席していた。彼女たちも同じ理由で昼食の時間をずらしたのだ。

「ううん。風紀委員会」

「アリサさん、風紀委員になったんですか？」

明の質問にアリサが首を横に振りながらそう答えると、小陽が表情と言葉で軽い驚きを表現する。

「不本意だけど、あたしもね」

小陽のセリフは疑問形ではあっても質問ではなかったが、茉莉花が答えを返した。「不本意」と言いながら、茉莉花の表情は余り嫌がっているようには見えない。

「受けたのが昨日だっけ？　じゃあ、今日が初仕事？」

明のこれは質問だ。アリサが「ええ」と、茉莉花が「うん」と同時に答える。

「昨日は部活だったから」

「アリサはクラウド・ボール部に入ったのよね？　あそこは確か、練習日が週三日……。日曜、水曜、金曜だったかしら」

「うん、そう。良く知ってるね？」

「生徒会の仕事で見たばかりなのよ」

「茉莉花さんは今日も部活じゃないんですか？」

アリサと明の会話を聞いていた小陽が、茉莉花に問い掛ける。

「そうだけど、どうやら部長と委員長の間で話が付いているみたいでね。部長から週一回は風紀委員会に参加するようにって指示されてるの」

「へぇ……」

小陽が「何故そうなるのか良く分からない」という声を漏らす。実は茉莉花も同じような疑問を懐いていた。

「風紀委員会の裏部委員長とマジック・アーツ部の北畑部長って、実は凄く仲が良いらしいわよ」

その謎を解き明かすヒントを明が提供する。

「えっ、そうなんだ。意外……でもないかな」

茉莉花が首を捻り掛けて、途中で頷きに変える。

「そうなの？　随分イメージが違うけど」

アリサは意外そうに首を傾げている。

「それを言うなら貴女たちだって相当イメージ、違うけど？」

アリサのセリフに、すかさず明からツッコミが入った。

「そうかな？」「そうかなぁ？」

アリサと茉莉花が、今度は仲良く首を傾げる。その所為で裏部と北畑の関係についての疑問は、いったん棚上げになった。

◇　◇　◇

「ミーナ、さっきの話だけど」

「さっきの、って？」

「裏部先輩と北畑先輩が仲良しでも意外じゃないって話」

食事を終えて二人で風紀委員会本部に向かう途中で、アリサは先程覚えた疑問を思い出した。

「あーっ、あれ？　根拠は無いよ。単なるあたしの印象」

「それでも良いから」

「そう……？　えっと、あたしと部長が連行されたこと、あったじゃない？」

「もちろん覚えてるよ。九日のことだよね？」

「……びっくり。そんなにすぐ、日付が出てくるなんて」

茉莉花が唯でさえ大きな目を丸く見開いて驚きを露わにする。

「部活連で何かあったの？」

アリサは茉莉花の驚愕には反応せず、先を促した。

「何かってわけじゃないよ。ただ委員長が部長に向ける態度がね」

「態度が？」

「セリフの内容だけで判断すると部長のことを責めてるんだけど、口調とか眼差しとかが柔らかだった気がしたの。こう、『仕方がないなぁ』って感じで」

「ふーん……。先輩たち、そういう関係なんだ」

茉莉花の説明は本人も言ったように感覚的なものだったが、アリサにはそれで十分理解できたようだ。

「でも部長公認なら、部活に影響無さそうで良かったね」

「公認というより業務命令みたいな感じだったけどね」

茉莉花の言い方がおかしかったのか、アリサがクスクスと笑い声を漏らす。

それにつられたのか、茉莉花も一緒になって笑い始めた。

「どうしたの？　何だか楽しそうだね」

そんな二人に背後から声が掛けられる。

アリサたちは、余り驚かなかった。

「誘酔先輩って、後ろから突然話し掛けるのが好きですよね」

茉莉花が振り返りながら、軽い非難を声に込める。二人が動揺しなかったのは、早馬の不意打ちに慣れてきていたからだった。

「ごめんごめん」

まるで反省の色がない謝罪を早馬が口にする。

「それで、何の話だったの？」

そしてすぐにこう訊ねてくるあたり、本当に口先だけの謝罪だったようだ。

「女の子同士の話ですよ、先輩」

しかし早馬の野次馬根性は、アリサによってあっさり撃退された。

風紀委員会本部は、すぐ目の前だ。

思わず足を止めた早馬を置き去りにして、アリサと茉莉花はさっさと本部の中へ入っていった。

「……やれやれ、手強いな。御前の為とはいえ、仲間にするのは簡単じゃなさそうだ」

アリサの背中を見送った早馬が意味ありげに呟く。その独り言は、彼の口から思わず漏れ出たものだ。

それに自分で気付いたのだろう。早馬は一瞬だけ「油断した」と言わんばかりに顔を顰めた。

だがすぐに彼は、軽薄の一歩手前で踏み止まっている軽くて人当たりの良い表情を顔に貼り付けて、風紀委員会本部の扉を開けた。

あとがき

本シリーズのコンセプトは「学園もの」です。

こんにちは。初めましての方はいらっしゃらないと思いますが、本シリーズでは「初めまして」。ここまでお読みくださり、ありがとうございます。

本シリーズ『キグナスの乙女たち』は『新・魔法科高校の劣等生』というサブタイトルが付いていますが、あけすけに言って劣等生要素はほとんどありません。単に『魔法科高校の劣等生』の世界を舞台にした、新しい物語というだけです。前シリーズのキャラクターも登場していますが、基本的に新しいキャラクターが新しい物語を紡いでいきます。

冒頭に申し上げたとおり、本シリーズは「学園もの」です。一応高校も舞台にしながら本質的には異端者（異能者）と社会の関わりを描いていた『魔法科高校の劣等生』と異なり、『キグナスの乙女たち』では学校生活と家族関係に焦点を当てていくつもりです。

ただ正直に告白すると、私は学校生活というものに関する記憶が薄いと言うか、灰色の靄に包まれているみたいに曖昧なんですよね……。「学生生活の思い出」というやつがほとんど無いんですよ。決して不登校だったわけではないのですが。

ですので、本シリーズで描いていく高校生活は全てフィクションです。私自身の体験は一切反映しておりません。敢えて言うなら「フィクションで追体験した学生生活を元に作り出したフィクション」でしょうか。読まれていてリアリティに欠けると感じられる点が少なくないと思いますが、そのようなご意見に対して私たち小説家にはとっておきの言い訳があります。それをここでご披露しましょう。「この物語はフィクションです」。

……質の悪い冗談はこのくらいで止めることにしまして、本シリーズを思い付いたきっかけなどをお話ししたいと思います。

最初のアイデアを得たのは前シリーズでスターズのネタにする為、星と星座について調べていた時でした。ウィキペディアの、はくちょう座に関する解説の中に「日本ではジュウモンジサマと呼ぶ地方が存在する」とあったのが意識に引っ掛かったんですよ。「あっ、これは何処かで使えそうだな」と。はくちょう座について北十字星という呼び方があるのは知っていましたが、「十文字様」というのはウィキペディアで初めて見ました。

結局『魔法科高校の劣等生』シリーズの中では使う機会がありませんでしたが、頭の隅に残っていたんでしょうね。魔法科の次のシリーズ構想を立てている時に『白鳥座の乙女』というフレーズが頭に浮かびました。某有名漫画のファンには怒られるかもしれませんが、白鳥座には「少女」「乙女」のイメージがあったものですから。

そのイメージから、主人公は少女に決めました。また「日本ではジュウモンジサマと呼ぶ地方が存在する」というウィキの解説から魔法科の十文字家に関連付けようと。

白鳥座は北天の星座だし、白鳥は北の鳥だから舞台は北国——北海道なんて良いのでは？

十文字家と北海道を結び付ける理屈として隠し子設定はどうだろう？

そうすると、すぐに引き取らなかった理由が必要——亡命ロシア人の娘ということにしよう。

隠し子が身を寄せている一家も平凡な設定では面白くない……。

——と、こういう感じで組み立てて行った結果が『キグナスの乙女たち』という本シリーズです。

今回もイラストは石田可奈さんが引き受けてくださいました。テレビアニメ『来訪者編』でもお忙しい中、新キャラのデザインを細々と注文してしまって申し訳ございません。素敵なダブルヒロイン、ありがとうございます。

編集のM社長、シリーズの構想をご説明した際の「編集の意見みたいだ」とのご発言はお褒めの言葉として真に受けておきますよ。私に編集者の激務は務まりそうにありませんが。

それでは、取り留めのないお喋りはこのくらいで。第二巻もよろしくお願い致します。

（佐島　勤）

◉佐島　勤著作リスト

「魔法科高校の劣等生①～㉜」（電撃文庫）
「魔法科高校の劣等生SS」（同）
「続・魔法科高校の劣等生　メイジアン・カンパニー」（同）
「新・魔法科高校の劣等生　キグナスの乙女たち」（同）
「魔法科高校の劣等生　司波達也暗殺計画①～③」（同）
「ドウルマスターズ1～5」（同）
「魔人執行官（デモーニック・マーシャル）　インスタント・ウィッチ」（同）
「魔人執行官（デモーニック・マーシャル）2　リベル・エンジェル」（同）
「魔人執行官（デモーニック・マーシャル）3　スピリチュアル・エッセンス」（同）

本書に対するご意見、ご感想をお寄せください。

ファンレターあて先
〒102-8177　東京都千代田区富士見2-13-3
電撃文庫編集部
「佐島 勤先生」係
「石田可奈先生」係

「キグナスの乙女たち　前日譚」は、著者の公式ウェブサイト『佐島 勤 OFFICIAL WEB SITE』にて掲載されていた小説に加筆・修正したものです。

「キグナスの乙女たち　本編」は書き下ろしです。

電撃文庫

新・魔法科高校の劣等生
キグナスの乙女たち

佐島 勤

2021年1月10日　初版発行

発行者　青柳昌行
発行　株式会社KADOKAWA
〒102-8177　東京都千代田区富士見2-13-3
0570-002-301（ナビダイヤル）
装丁者　荻窪裕司（META＋MANIERA）
印刷　株式会社暁印刷
製本　株式会社暁印刷

●お問い合わせ
https://www.kadokawa.co.jp/（「お問い合わせ」へお進みください）
※内容によっては、お答えできない場合があります。
※サポートは日本国内のみとさせていただきます。
※ Japanese text only

※定価はカバーに表示してあります。

ISBN978-4-04-913262-5　C0193　Printed in Japan

電撃文庫　https://dengekibunko.jp/

電撃文庫創刊に際して

文庫は、我が国にとどまらず、世界の書籍の流れのなかで〝小さな巨人〟としての地位を築いてきた。古今東西の名著を、廉価で手に入りやすい形で提供してきたからこそ、人は文庫を自分の師として、また青春の想い出として、語りついできたのである。

その源を、文化的にはドイツのレクラム文庫に求めるにせよ、規模の上でイギリスのペンギンブックスに求めるにせよ、いま文庫は知識人の層の多様化に従って、ますますその意義を大きくしていると言ってよい。

文庫出版の意味するものは、激動の現代のみならず将来にわたって、大きくなることはあっても、小さくなることはないだろう。

「電撃文庫」は、そのように多様化した対象に応え、歴史に耐えうる作品を収録するのはもちろん、新しい世紀を迎えるにあたって、既成の枠をこえる新鮮で強烈なアイ・オープナーたりたい。

その特異さ故に、この存在は、かつて文庫がはじめて出版世界に登場したときと、同じ戸惑いを読書人に与えるかもしれない。

しかし、〈Changing Times,Changing Publishing〉時代は変わって、出版も変わる。時を重ねるなかで、精神の糧として、心の一隅を占めるものとして、次なる文化の担い手の若者たちに確かな評価を得られると信じて、ここに「電撃文庫」を出版する。

1993年6月10日
角川歴彦

電撃文庫DIGEST　1月の新刊

発売日2021年1月9日

新作

新・魔法科高校の劣等生
キグナスの乙女たち

【著】佐島 勤　【イラスト】石田可奈

伝説の魔法師・司波達也が卒業して一年。魔法科高校に二人の少女が入学する。十文字アリサと遠上茉莉花。彼女たちが学内で織り成す、仲間たちとの友情に青春に、そして恋……!?　魔法科高校『新世代』編スタート！

娘じゃなくて私が好きなの!?④

【著】望 公太　【イラスト】ぎうにう

私、歌枕綾子、3ピー歳。自分の気持ちを自覚した瞬間、感情が爆発し暴走……というか迷走。なぜかなかなか付き合えない私達！　どうしてこうなった!?

新作

神角技巧と11人の破壊者
上 破壊の章

【著】鎌池和馬　【イラスト】田畑壽之
【キャラクターデザイン】はいむらきよたか、田畑壽之

すべてを無に帰す破壊の力を宿した魔導兵器・神角技巧。どこにでもいる少年・ミヤビが偶然その兵器を受け継いだとき、大いなる運命の歯車が動き出す——！　話題を呼んだ鎌池和馬による驚異のプロジェクト、完全小説化!!

わたし以外とのラブコメは許さないんだからね②

【著】羽場楽人　【イラスト】イコモチ

意外にもモテモテだったことが発覚しても、変わらずヨルカ一筋な希墨。クラスに向けての恋人宣言で、晴れて公認カップルに。だが今度は希墨を中学時代から慕っていた小生意気な後輩のアプローチが始まってしまい!?

ダークエルフの森となれ2
-現代転生戦争-

【著】水瀬葉月　【イラスト】ニリツ
【メカデザイン】黒銀　【キャラクター原案】コダマ

強敵スライム種・アグヤヌバを撃破した後も、開けっぴろげなエロス全開で迫ってくるシーナと同棲生活を続ける練介。そんな中、練介の通う騎士高校に、新たなる魔術種の潜む気配。シーナとともに討伐に向かうが……

つるぎのかなた④

【著】渋谷瑞也　【イラスト】伊藤宗一

あの無念の涙から、一年。頂を競った二人の剣士、悠と快晴は新たな仲間、悩みとともに部を率いていた。再びの団体予選決勝、約束を果たすため走り続けた二人の剣の道が交錯する最後の場所は、つるぎのかなた——。

Re:スタート!転生新選組3

【著】春日みかげ　【イラスト】葉山えいし

坂本龍馬暗殺を阻止し、武力衝突無しに明治維新を達成させた周平たち。歴史は変わり新選組の面々は北の地で剣術道場……ではなく、なぜかメイド喫茶をすることに!?　一方、中央政府の大久保は新選組に目をつけ——

新作

絶対にデレてはいけないツンデレ

【著】神田夏生　【イラスト】Aちき

蒼月さんは、デレない。可愛いと言えば怒るし、デートと言えば食い気味に否定する。それに……「《大嫌い》。本当は、反対の言葉を伝えたいのに」これは絶対にデレない彼女がデレるまでの、少し不思議な恋のお話。

新作

先輩、わたしと勝負しましょう。ときめいたら負けです!
イヤし系幼女後輩VS武人系先輩

【著】西塔 鼎　【イラスト】さとうぽて

離屋クオン。11歳の飛び級天才少女。彼女には、密かな野望があった。「あ、先輩、わたしあと二年で性的同意年齢に達しますから安心ですよ♪」危険な【ラブ攻勢】が繰り広げられる年の差学園ラブコメ！

新作

男女の友情は成立する?(いや、しないっ!!) Flag 1. じゃあ、30になっても独身だったらアタシにしときなよ?

【著】七菜なな　【イラスト】Parum

ある中学生の男女が、永遠の友情を誓い合った。1つの夢のもと運命共同体となった二人の仲は——特に進展しないまま高校2年生に成長し!?　親友ふたりが繰り広げる、甘酸っぱくて焦れったい〈両片想い〉ラブコメ！

新作

来タル最強ノ復讐者
~救いなき監獄都市で絶望を容赦なく破壊する~

【著】哀歌　【イラスト】夕薙

ある日突然、無実の罪で妹を捕らえられ、止めに入った母を殺されてしまった青年ヴァイド。復讐を誓い最強の力を手にした彼は、自ら監獄の中へ。妹を救うため、強大な敵も渦巻く陰謀も全て捻じ伏せる復讐劇が始まる。

新作

犯罪迷宮アンヘルの難題騎士

【著】川石折夫　【イラスト】カット

ダンジョンでの犯罪を捜査する迷宮騎士。ノンキャリア騎士のカルドとエリート志向のポンコツ女騎士のラトラ。凸凹な二人は無理やりバディを組まされ、"迷宮入り"級の連続殺人事件に挑むことに!?

ソードアート・オンライン
SWORD ART ONLINE
川原 礫
イラスト／abec
「これは、ゲームであっても遊びではない」
《黒の剣士》キリトの活躍を描く
究極のヒロイック・サーガ！
電撃文庫

グラフィティの聖地（ブリストル）で、
俺は"翼をもがれた天才"と
出会う――！
池田明季哉
[illustration] みれあ
オーバーライト
――ブリストルのゴースト
Overwrite
The ghost of Bristol
第26回
電撃小説大賞
選考委員
奨励賞
グラフィティの聖地を脅かす陰謀に
巻き込まれた訳ありコンビ「落書き探偵（グラフィティ・ディテクティブ）」。
立ち向かう若者たちの
挫折と再生を描いた感動の物語！
電撃文庫

放送部の部長、花梨先輩は、上品で透明感ある美声の持ち主だ。美人な年上お姉様を想像させるその声は、日々の放送で校内の男子を虜にしている……が、唯一の放送部員である俺は知っている。本当の花梨先輩は小動物のようなかわいらしい見た目で、かつ、素の声は小さな鈴でも鳴らしたかのような、美少女ボイスであることを。

とある理由から花梨を「喜ばせ」たくて、一日三回褒めることをノルマに掲げる龍之介。一週間連続で達成できたらその時は先輩に——。ところが花梨は龍之介の「攻め」にも恥ずかしがらない、余裕のある大人な先輩になりたくて——。

電撃文庫

ラブコメは異世界を救ったあとで！
~帰ってきたら、逆に魔王の娘がやってきた~
押しかけ女房――じゃなく
魔王の娘との同棲生活で、
元勇者の日常が大パニック!!
異世界で魔王を倒したあと、現代日本に戻って穏やかに暮らしていた俺。
そんなある日、魔王の一人娘、フランチェスカが向こうの世界からやってくる。
まさか、コイツと同棲するハメになるとは……なんてこった!
末羽 瑛
ill. 日向あずり
電撃文庫

女子高生同士がまた恋に落ちるかもしれない話。
杜奏みなや
Minaya Morikana
Illustration
小奈きなこ
Kinaco Cona
普通の女子高生がある日物語の主人公になる、
初恋やり直しストーリー。
八年前。ひとりぼっちで泣くわたしを助けてくれた、満月みたいな丸い瞳の、背が高くてかっこいい女の子。わたしの特別な、初恋の相手――。
わたしは、小学生のとき一緒に星を見た、あの女の子が今もまだ忘れられない。もう二度と会えない、ただの思い出……だけどある日寮を移った先の部屋で待ち受けていた女の子・佑月こそ、まさに初恋の彼女で――!? 昔とは違って、小動物みたいで背も小さくて、すこし変わり者の佑月。好きだったのは昔のこと。このドキドキは、恋じゃない……はず。
電撃文庫

豚になった俺が、異世界で美少女と
いちゃラブ(!?)する
ファンタジー

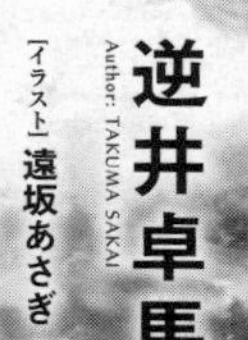

逆井卓馬
Author: TAKUMA SAKAI

［イラスト］遠坂あさぎ
illustrator: ASAGI TOHSAKA

豚のレバーは加熱しろ

Heat the pig liver

the story of a man turned into a pig.

純真な美少女にお世話される生活。う〜ん豚でいるのも悪くないな。だがどうやら彼女は常に命を狙われる危険な宿命を負っているらしい。

よろしい、魔法もスキルもないけれど、俺がジェスを救ってやる。運命を共にする俺たちのブヒブヒな大冒険が始まる！

電撃文庫